開運風水ダイエット

今日から自分がパワースポット

風水冒険家
岡西導明

ビジネス社

推薦の言葉

岡西導明さんは、私の体感型講座で講師を務めてもらったり、プライベートでも親交のあるよき弟分。背は高いし、顔よし、声よし、スタイルよしの若手ナンバーワン風水師。じゃぁ、性格はといえば、これまた勉強熱心で真面目な日本男子。完璧すぎるのがマイナスか⁉（笑）

そんな岡西さんの『開運風水ダイエット』は、これまでの枠にとらわれない形の、人々が笑顔で健康&幸せになるための新しい風水術。何といっても押しつけがましくなく、楽しみながら実践できるのが素晴らしい！　多くの人が迷いや不安、悩みを抱える時代。こんな時代だからこそ風水は人の心に光を与えます。私も、女性のみなさんに口紅を2本持ち歩き、嫌なことがあったら、口紅の色を変えて鏡に映る自分に「美丈夫！」と言って気持ちを切り換えて！　と伝えています。そう、心の持ちようで世界は大きく変わるのです。

その心の持ちようを上手にコントロールするためのガイドとして『開運風水ダイエット』は多くの人々に健康な体と心、そして幸せをもたらしてくれるでしょう。

ウォーキングDr. **デューク更家**

はじめに

「今年こそ、理想の美しい体型になるぞ！」

と毎年意気込むものの、なにもしないまま、日々が過ぎ去ってしまうのがいつものパターンではないでしょうか。やせたほうがいいのはわかっているけど、なかなか最初の一歩が踏み出せない、やっても続かない……。そんな人たちに理想の自分をもたらすのが、『風水ダイエット』です。

ダイエットにチャレンジし、目的を達成して理想の自分を手に入れられる人と、途中で断念し、あきらめてしまう人の差はどこにあるのでしょう。それは、目的達成後の輝く自分をイメージできているか、できていないか――にあるのです。

私は仕事の関係上、いろんな方々とお会いさせていただく機会に恵まれました。そのなかで、目的を達成する人と、途中であきらめてしまう人をたくさん観察してきました。そして、両者の決定的な違いは、「自らの未来を明確にイメージできているかどうか」なのです。「思考は現実化する」という言葉の通り、人は未来を自ら創りあげることができます。それにはイメージをより鮮明に描き、自らの意識をやる気ではなく、その気にさせていくことが大切です。風水とは自らの心と体を〝風水体〟にしていき、自らの気を変えていくことにあります。本書は、そんな「自分をその気にさせる工夫」をたくさん詰め込みました。

未来の具現化の法則は、映写機で投影される映像の原理と似ています。映写機を映し出す際にまず必要なのは、電気。電気がなければ映写機にエネルギーを送り込むことができません。まず、映写機本体は、私たちの体を現します。ここでいう電気はワクワクや感動、感謝に置き換えられ、それが私たちをつき動かすエネルギーになります。まずは自らを発電させて、ワクワクパワーを送り込むことを楽しみましょう。でも、体がゆがんでいては正確に自分を作動させることはできません。そこで、本書では『風水ダイエット』のメソッドを通して、体をハイスペックな映写機に変えていき、最高の自分づくりの方法をお伝えしていきます。

そして、なんといっても最後はフイルム！　誰かに決められた未来ではなく自ら決めた未来をビジュアル化させ、風水学を取り入れた『千年ノート』で希望に満ちたワクワクする未来を具現化させてしまいましょう。

人は大きく人生をシフトチェンジするとき、必ず何かのきっかけがあります。私自身、今回、本書出版に向けて、新たなきっかけづくりのために、F1グランプリが行われるモナコに向かいました。このきっかけとなったのが、ウォーキングDr.として有名なデューク更家先生です。

「モナコは癒す場所ではなく、エネルギーを転写する場所」と、数十年前に モナコに住むとイメージされたデューク先生。今ではその目的を具現化され、成功者になられたデューク先生に、エネルギー転写の体感を体験させていただくことになったのです。

世界中の大富豪が年に一度このモナコに集まり 、世界最速を決定するレースが開催されます。そのエネルギーの高さを、デューク先生は20年以上転写し続けてきたのです。そのパワーを日本に持ち帰り、今なおパワフルに走り続けている先生の背中を見て、エネルギー転写の力をあらためて実感しています。潜在意識にエネルギー転写することで、自らの可能性を切り開いてこられた先生には多大な影響を受けました。この場をおかりして感謝の気持ちをお伝えしたいと思います。

本書を出版するにあたり、たくさんの一流の先輩方からご指導をいただきました。武道の師であり、世界チャンピンを8人輩出された世界的名トレーナーである須田達史先生には、武道における達人の技をご指導いただき、日本人にあった中心軸のつくり方を学ばせていただきました。ほかにも、意識の世界の可能性についてエイトスターダイヤモンド田村熾鴻(たるひろ)社長から、職人魂と日本人のあり方を世界的美容師であるart vivant 代表の大須賀広士先生から、アスリートの体のつくり方を世界的名トレーナー今井美香先生から、目標を達成させる技術をパーフェクトドリーム作者である江頭俊文さんから、写真の可能性をカメラマンの古賀隆司先生からと、各分野の最前線でご活躍なさっている諸先輩方にご指導いただきました。この場を持ちまして、みなさんに心からの感謝とお礼をお伝えさせていただきます。

また、出版にあたり、ご縁をつないでいただいた開運マスターで声優としてもご活躍中の富士川碧砂先生、船井総研グループである本物研究所の佐野浩一社長、同じく51コラボレーションズの服部真和社長、構成を担当した岡留理恵さん、そして版元であるビジネス社の方々の絶大なご協力により本書は完成いたしました。心より感謝申し上げます。

本書が、手にとってくださった方々の心と体、そして人生をチェンジする大きなきっかけになることができれば、これほどうれしいことはありません。

2016年7月

風水冒険家　岡西導明

目次

第1章 導明流『風水ダイエット』でスリム&キレイになれるワケ

第2章 メンタル編

『風水ダイエット』で〝しなやかな心〟をつくる

第3章

メンタル実践編

効果がぐーんとアップ！『千年ノート』のつくり方

第4章 ボディ編
呼吸・ウォーキング・ストレッチでみるみるスリム&キレイに！

PART1 運気も変える呼吸法をマスター

PART2 マッサージ・ウォーキング

PART3　ストレッチ

第5章

毎日の〝ワクワク&ドキドキ〟が原動力 幸せを引き寄せるヒント

第1章

導明流

『風水ダイエット』で
スリム&キレイになれるワケ

風水のイメージが変わる風水ダイエット

『風水ダイエット』と聞いてもピンとこない、〝風水〟と〝ダイエット〟に違和感があるという人が大部分かもしれません。

「何のつながりもないじゃない！」

という人、あるいは、

「家のインテリアでダイエット運がアップするの⁉」

などと考える人もいるかもしれません。

それでは〝風水〟と聞いて、思い浮かべるものは何でしょう。

玄関の方位、凹凸のない部屋、龍の置物、西に黄色、鬼門……など。風水に興味がある人なら、さらにたくさんの知識を持っているかもしれません。

では、理想の風水に基づいた家を手に入れた人は、果たしてどれくらいいるでしょうか。

現代において、土地の場所や家の向き、家の間取りでさえ自由に選ぶのは難しいと言わざるを得ません。ましてや、思い通りの風水を施したマイホーム、会社、お店をつくるには、かなりの資金も必要になります。

私は風水師として、できる限り的確な風水空間が実現できるようクライアントに鑑定もしていますし、緻密なデータに基づいて実行できる風水がないわけではありません。ただ、それを実現するには大体、大規模な変更が必要となってきます。

たとえば、壁を壊して窓をつくる、玄関を家の反対側につくりなおす、天井を壊して高い吹き抜けをつくる……などといった具合です。もちろん、潤沢な資金を持つ人にとっては、何の問題もないことです。

土地の場所や家の向き、家の間取りを自由に選べない人たちが、これまでの風水をそのまま施したところで、そのパワーは発揮されにくいでしょう。

つまり、時代の変化、ライフスタイルの変化、人々の考え方の変化とともに、風水自体も変化するのは当然のことなのです。

風水とダイエットへの違和感は、従来の風水で考えると、当然のことかもしれません。しかし、**〝風水は変化している〟**ことを踏まえて考えれば、ごく自然に受け入れることができるはずです。くわしくはこれから紹介していきますが、まずは〝時代とともに風水も変化している〟ということを知ることからスタートさせましょう。

吉凶（スピリチュアル）の呪縛！

「素敵な恋人に出会えない！」

「結婚できない！」

「いい仕事が見つからない！」

「会社がつまらない！」

「人間関係がうまくいかない！」

「痩せない！」

「体の不調が治らない！」


など、日々悩みは尽きないものです。そんな毎日が続いていると、どうしても考えがちなのが、〝私は運が悪いのでは⁉〟ということ。

そして、巷には「運気を上げる」「〇〇運をアップする」などという言葉が雑誌や書籍、テレビ、インターネットなどにあふれています。仕方のないことなのですが、それに呼応するように多くの人が運の吉凶に敏感になっています。

なかには運が悪くなることを恐れるあまり、

「○○をしないと不幸になる！」

と思いこみ、生活のなかに〝しなければならないこと〟ばかりが増えて、身動きがとれなくなっている人さえいるようです。占い師を渡り歩く、いわゆる〝占いジプシー〟と呼ばれる人たちもそのひとつでしょう。

私は人生において人生を見つめ直す時期があることが、とても大事だと考えています。人が悪い年回りを避けたくなるのは当然なことですが、悪い側面ばかりを見るくせのある人は、悪い現象を引き寄せてしまいがちです。すべての事柄にはよい面と、悪い面があり、見る側の心がどちらを見ているかで事柄はまったく違う変化をしていきます。

この世で起こる現象には、必ず表と裏があり光と影ができます。これを陰陽といいます。すべては完璧な陰陽のバランスで形成され、一見悪く見えている現象が自分に恩恵をもたらすことがあるのです。人生を見つめ直さなくてはならないような暗い時期でも、その裏にはそれなりの恩恵が隠されているものです。

たとえば、人は何もなくなってしまうような窮地に立たされたときほど、自らが持つ本来の力が覚醒されやすくなるのはみなさんもご存知だと思います。窮地に立たされた人が、そのときに浮かんだアイデアがのちに大発展のきっかけになったり、最近はやりのファスティング（断食）も何も食べないことで初めて肉体が覚醒し、生きようとする力が増していったり……。マイナスの出来事が大発展の力を秘めているのです。

それは星も街灯もない真っ暗な夜空のほうが、星空の銀河が鮮明に見えることでも説明がつきます。私たちの人生も同じで、人生が上手くいかない時期はとても貴重で、星空のなかで輝く北極星のように人生の目的が明確になったり、その後、進むべき道がわかったりするからです。

天気のよい青空はとても美しく気分もいいものですが、星空を肉眼で見ることはできません。私たちは天気のよい青空の下では、本来の姿が見えにくくなっているのです。そのため、気がのらないことまで行ってしまうことがあります。そうなると、何かぼやけた人生を送ってしまいがちになるのです。

すべてのものにバランスがあり、陰陽の法則が働いています。つまり、暗闇のなかでこそ、光（本質、真実）が見えてくるのです。

人は運がいい時期、悪い時期は誰にでもあるからこそ、その時期にすべきことをすればいいのです。そうすれば、運の悪い状態が永遠に続くことはないでしょう。

自分自身と向き合うことなく、ただただ吉凶に振り回されていては、低迷期はなかなか抜け出せません。吉凶の呪縛にとらわれることなく、幸運の時期はできるだけ長く、不運な時期はできるだけ短くなるよう心がけることが、幸せで充実した人生の近道になるのです。

成功者の家に安物の〝風水グッズ〟はない！

私は、風水師という仕事柄、ご縁があって経済的に成功された人の邸宅に足を運ぶことが多く、これまでにさまざまな「成功者の家」を目にする機会に恵まれました。そこで確信したのが、

「成功者の家に安物の風水グッズはない」

ということです。

イメージしてみてください。成功者の家の洗練されたモダンなインテリアのなかに、突如として安物の〝風水グッズ〟という異物が置かれた部屋の様子を……。どう考えても、その家、その部屋にそぐわないものです。見た目にもバランスが悪いため、空間に不調和

が生じてしまいます。実は、この空気こそが家や部屋のエネルギーを下げてしまうのです。

運を上げるはずの風水グッズが、逆に不調和の元凶になっていることはよくあるのです。

実はこれ、

「最近運が悪くて……」


という人の家によく見られる傾向です。そうした家の玄関の脇には、ありとあらゆる風水グッズが、所狭しと、ほこりをかぶった状態で煩雑に置かれているのが目につきます。

あとでお話しますが、私にも本当に運が悪かった時代があります。当時の私の家が、まさに同じような状態でした。風水グッズが悪いというわけでは決してありませんが、空間とのミスマッチはエネルギーをかえって下げてしまうことになりかねないのです。

反対に、風水グッズの類がまったくなくても、心地のよい家というのは、本来、いい気が満ちている空間ということになります。これまでに拝見した成功者の家は、やはりいい気が満ちあふれた空間ばかりでした。整理整頓がゆき届き、シンプルで上質なインテリアがバランスよく配置されています。

そうした家で「運気アップのポイントになるものは?」と探してみても、これといったものは見あたりません。ただひとつ共通しているのは、**「好きなもの」**に囲まれていることとでした。

たとえば、好きな車、お気に入りのインテリア、好きな色で統一されたラグやカーテン、好きな画家や写真家の絵画や写真、趣味のグッズ、思い出の小物類……など。そこにはこれまでの風水理論は当てはまりません。「家人が居心地よく過ごせる気」に満ちあふれているだけなのです。

つまり、物そのものは持ち主の気持ちで変化するということです。たとえば、東日本大震災支援のチャリティーオークションで、世界的歌姫レディ・ガガの直筆サインとキスマークがついたティーカップが約６００万円で落札されたことがありました。元は数千円のティーカップだったものが、

「東日本大震災の支援のために、レディ・ガガが使用したものを自ら出品した」

というストーリーがあるからこそ、そのティーカップに大きな価値が生まれたのです。愛する人が使っていた物、先祖代々大切に受け継がれた物、大好きなアーティストが所有していた物なども同じでしょう。

金運を上げたいから黄色いカーテンにしている、風水グッズを置いている、それ自体を否定するつもりはありません。ただ、その黄色いカーテンや風水グッズを見て、居心地が

いいでしょうか。あるいはワクワクしたり、何かの価値やストーリーを感じたりしているでしょうか。

風水とは、**「気を操る」**ことです。感動やストーリーのないところに、決して気は生まれません。運気を上げる家に住みたいのであれば、自分にとって価値があるものに囲まれること、これこそが風水なのだと私は考えています。

難しい、面倒な風水はかえって逆効果!?

風水とは「気を操る」こと。そして、気には感動やストーリーが必要だとお話ししました。風水に関心のある人のなかには、「風水は難しい」、「ちょっと面倒だなぁ……」と思ったことがあるという人が少なくありません。もし難しいとか、面倒だと感じているのなら、残念ながらその風水を試したところで、よい気は発生しづらいでしょう。

自分が居心地のいい、気分がいい、ワクワクする、感動する空間は、ネガティブな感情からつくり出されることは決してないのです。

たとえば、部屋に思い出のある大好きな食器を飾るとき、「どこに置こうか」「どの角度から見ればいちばん素敵か」「食器のうしろには何を置こうか」「友人を家に招いたときに見やすい場所は？」などと、あれこれ考えるだけで楽しくなってくるものです。

時間を忘れて、「ここか」「あそこか」と食器を飾っては、ソファから眺めてみたり、入り口のドアから眺めてみたり……。最終的には部屋全体とのバランスまでワクワクしながら考え出すでしょう。

よい気が発生するのは、そんな気持ちでつくり上げた空間なのです。難しい、面倒だと思う風水を「やらなくては！」「運を上げるんだ！」と眉間にしわを寄せながら、必死にやっているようでは、よい気どころか、かえって悪い気を引き寄せてしまうかもしれません。これでは本末転倒でしょう。

先にも述べましたが、風水グッズは決して悪いものではありません。もし取り入れたいというのであれば、注意してほしいことがあります。それは、**決して運の悪いときに購入したり、置いたりしないということ。**

「えー!?　運が悪いときに、運を上げてくれるのが風水グッズでは!?」

と驚く人もいるでしょう。でも、よく考えてみてください。そういうときに購入し、玄関に置いた風水グッズを見るたびに、あなたは何をイメージするでしょう。

意識をしなくても、運が悪かった過去のことを思い出してしまうはずです。

風水では傘を玄関に出しっぱなしにするのはよくない、とされています。これは、傘は潜在意識のなかで、雨をイメージしてしまうのです。

「雨が大好き！」という人は別として、一般的には「雨」イコール「憂鬱さ」「暗くジメジメした日」というネガティブなものと結びつきます。つまり、運の悪いときにとり入れた風水グッズというのは、傘を玄関に出しっぱなしにしているのと同じことになるわけです。

家を喜ばすことで、よい気を巡らせる

私はこれまでに、40回以上の引越しをくり返してきました。幼いころから「家」に恵まれず、ずっと理想の家を探し続けてきたのです。風水師になったのも、理想の家を見つけたかったことが大きな理由です。

同じマンションのなかで、何度か引っ越ししたことさえあります。

「ラッキーナンバーの3階はどうか」

「東向きがダメなら、南向きの部屋ならいいんじゃないか」

と常に理想の家を探し求めました。私としては、あくなき追求心だったのですが、今思えば、理想の家を追い求めるあまり、実際に住んでいた家に対して、ネガティブな感情ばかりをぶつけていたのでしょう。自ら選んで引越しをしていたつもりでも、実は家から〝追い出された〟というのが本当かもしれません。

「ここの梁(はり)がなければなぁ……」

「玄関がもう少し南向きならなぁ……」

などと、毎日のようにネガティブな感情、いわゆる波動を家に送っていたことに当時はまったく気づいていませんでした。

よく、「1日の疲れた体や心を癒してもらえる家」という言い方をすることがあると思います。私も以前はそう考えていたからこそ、心身ともに癒され、幸せに導いてくれる理想の家を探し続けたのです。

しかし、今では別の考え方をするようになりました。家に癒してもらうのではなく、家によい気やエネルギーを持ち込んで、いい気の巡る居心地のいい空間にしてあげるのです。

家に対して、「ここが悪い！」、「あそこがきっと幸せを妨げているんだ」などと不平不満をぶつけていては、家が喜ぶはずがありません。日本人のＤＮＡには万物に魂が宿るという素晴らしい考え方が組み込まれています。その考え方からすれば、家にグチを言うのは間違っています。

それよりも、

「今日は居心地のいい空間で素敵な人と一緒に素晴らしい時間を過ごせたから、そのパワーを家に持ち帰って注入してあげよう」とか、

「最近、あまりかまってあげなかったから、週末は掃除や片付けをしてキレイにしてあげるね」といった具合にすれば、家が喜ぶのは間違いありません。

ネガティブな波動を投げつけるのではなく、縁あって出合ったわが家を愛でながら、過ごすことこそ大切なことだと思います。そして家が喜べば、あなた自身にもきっと何かを返してくれるはずです。

とらわれを外せば、どんなところも自分の居場所になる

結論から言えば、幸せになれる完璧な家は見つかりませんでした。

その結果、私はひとつの悟りのようなものを得ることになりました。それは、

「自分の居場所は家という空間のみにこだわることはない」

ということです。宇宙から見れば、アメリカだろうと日本だろうと、それは点でしかありません。ましてや日本の西であろうと東であろうと、さらに言えば、家や玄関の向きがどちらを向いていようが、ミクロの世界でしかないのです。つまり宇宙から見れば、自分の住所を地球にしてしまえばよいということです。

たとえば、高級ホテルのラウンジにあなたがいたとします。

「こんな場所に住めたらいいなぁ……、でも、絶対無理だよね」

と思うか、

「こんな居心地のいい場所で過ごす時間を持てて幸せだなぁ」

と思うか――。

あなたがそのときに感じたことを意識することで、その空間と自分をつなぐパワーが変わってくるのです。もちろん、「絶対無理だよね」と思った人には、その空間の持つパワーや素晴らしい気を十分に受け取ることはできないでしょう。

自分の居場所は、あなたの思い、意識のなかで自在に変えられるということ。幸せにな

るスイッチは、すべて自分の意識のなかにあります。それは物でも、場所でもないのです。

ですから、家にこだわる必要はありません。

しかし、**パワーやよい気を受け取る体や心の環境を整える必要**があります。せっかくのよい気も、受け取る器ができていなければ、充分に吸収することはできません。つまり、その器こそ、あなたの体と心なのです。

風水をあなた自身に施す『風水ダイエット』

「風水における究極の極意は、水にあり」

風水では、水を制した人が財をなすと言われるほど、重要な意味を持っています。水が豊かな場所には人が集まり、財をなすのです。

そして、人も体内のほとんどが水でできています。約60~70パーセントは水分です。

あなたの心や魂は、水で満たされている肉体に住んでいます。そのため、あなたの体に適切な風水を施すことで、体はもちろん、心や魂もみるみる変化していくのです。

つまり『風水ダイエット』とは、**体や心に効く風水**ということ。

人間の心と体はつながっています。自分が常日ごろ思っている、考えていることに体は反応します。

このつながりをよくするためには、体と心を整えなければなりません。体内の水に働きかけることで、詰まった気や運の流れを循環させ、〝風水体〟、つまり気がスムーズに流れる肉体にしていくことを目指すのです。

風水体を手に入れれば、あなたの体に本来備わっている能力、力を最大限に発揮できるのです。

心や脳をコントロールするストレスフリーのダイエット

私が紹介する『風水ダイエット』はシンプルであること、そしてストレスフリーであることを大前提としています。

情報社会の現代で、本当に必要なことはシンプルになることです。ダイエットに関する情報は巷にあふれています。最近では、専門的でかなり高度な食事も含めたトレーニングを推奨するもの、あるいはグッズを使うことでラクしてやせることをうたうものまでさまざまです。

『風水ダイエット』の目標はいたってシンプルです。それは、自分の体を本来の姿に戻すこと。**あなたの体がもともと持っている機能を取り戻す**ということです。

人間の体には、さまざまな能力が備わっています。しかし、生活習慣や加齢、さらには思考のくせなどによって、本来持っている能力を活かせない体へと変わってしまったのです。これが理想のボディ&キレイを手に入れられない大きな理由です。

ダイエットの大敵にリバウンドがあります。一時的に成功しても、しばらくすると元の体に戻ってしまったり、元の体重よりも増加してしまったりということも少なくありません。このリバウンドの最大の原因は、無理をしたこと。つまり、過度な食事制限をしたり、過度な運動を続けたりしたことでしょう。

もちろん、それらをダイエット成功後も続けられる人であれば、リバウンドもなく体型をキープすることは可能です。しかし、それはかなりハードルが高いと言えるでしょう。リバウンドの経験者やこれまでうまくいかなかった人は、その原因は何か考えたことはあるでしょうか。

その最大の原因がストレスなのです。

ストレスとなるダイエットの場合、最初は決められた運動メニューや食事制限を何とか守り続けます。しかし、頑張ること自体がストレス以外の何ものでもありません。これでは途中でダイエットに挫折したり、ストレスから過食に走ったり、大幅にリバウンドしてしまったりしかねません。

そして、もうひとつ重要なのが、心や脳もコントロールする必要があるということです。心や脳と体はつながっています。ダイエットを成功させるためには、単に体だけにダイエットを強いるのではなく、心や脳も変える必要があるのです。

ストレス→こりの悪循環を断つことからスタート

仕事の悩み、将来への不安、恋人、夫婦間のトラブル、ご近所付き合い、子育て・育児の悩み……など多くの人が、さまざまなストレスを抱えています。

ストレスは心と体を傷つけ、あらゆる病気の要因ともされています。『風水ダイエット』では、このストレスが原因となる心と体の悪循環をなくすことからスタートさせます。

精神的なストレスが体に与えるメカニズムには、おもに次の2つのルートがあります。

ストレスで心が緊張すると体にもこりが生じる

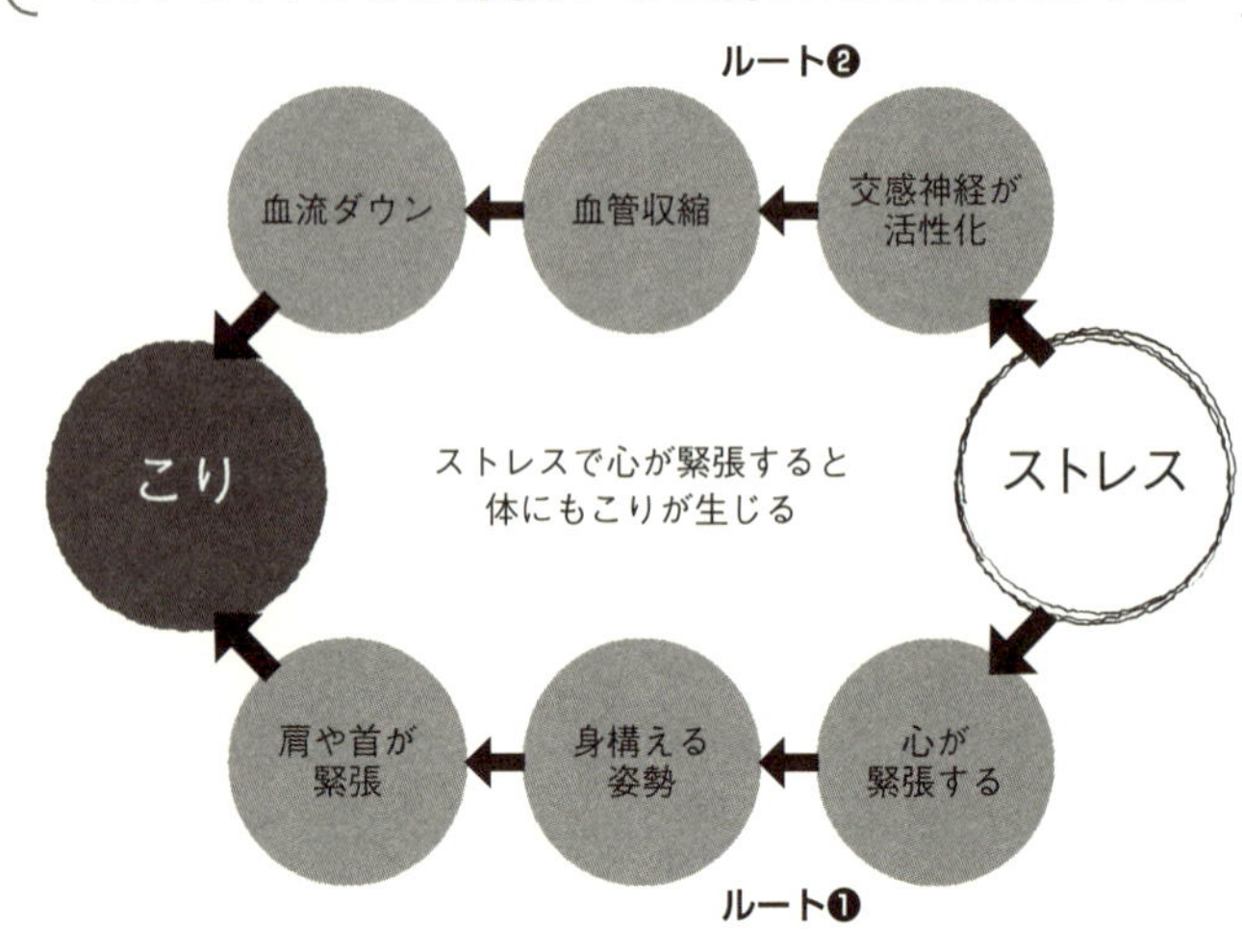

ルート❶ストレス↓心が緊張する↓身構える姿勢をとる↓肩や首が緊張する↓こり発生

ルート❷ストレス↓交感神経が活性化↓血管収縮↓血流ダウン↓こり発生

肩こり、首こりをはじめとした体のこりが、体にさまざまな悪影響を及ぼすのは広く知られています。これに加えて、体内でのスムーズな気の流れを滞らせる大きな原因のひとつでもあるのです。

このため、**こりをほぐすこと**は、非常に重要なポイントとなってくるのです。

『風水ダイエット』では、こりを解消する

対策として、心と体の両面からアプローチしていきます。

体を緩めて〝しなやかな体〟をつくる

『風水ダイエット』ではいわゆる〝筋トレ〟は行いません。おもに〝体幹〟を意識しながら、体全体を整えていきます。

ちなみに体幹とは、頭・腕・脚以外の胴体すべての筋肉のことを指します。よく誤解されるのが、インナーマッスルとの混同です。インナーマッスルとは、体の表面に見える表層筋と呼ばれるアウターマッスルに対しての深層筋のことです。体幹は筋肉の場所で、インナーマッスルは筋肉の深さのことを指しているのです。

体幹には、姿勢を維持するのに不可欠な筋肉があります。また大きな筋肉が集まっているため体幹を整えることで基礎代謝が上がり、太りにくい体質になることも期待できます。

ただし、先にも述べたように筋トレは行いません。なぜなら筋肉を無理にきたえてしまうと、体が硬くなったり、本来の機能を損なう可能性があるからです。

もちろんアスリートのように本格的なトレーニングが必要で、専門的なトレーナーについている場合は別です。しかし、アスリートでさえ、筋トレについてはさまざまな意見があるようです。ＭＬＢのイチロー選手がオフシーズンにウエイトトレーニングをして筋肉をつけた結果、本来のパフォーマンスができなくなったと語ったのは有名な話です。一般の人ならなおのこと、体のバランス、機能を確認しながら筋トレをすることは難しいと言えるでしょう。

このため、『風水ダイエット』では、筋トレをして体を硬くするのではなく、〝しなやかな体〟づくりをしていきます。しなやかさを持つ体は、自由自在に動かすことが可能です。言い換えれば、**うまく重力を使える体づくり**です。日常生活のくせや心理的なストレスが原因で、現代人の体は自然な状態ではありません。体をより自然な状態に戻してあげることができれば、無理なダイエットやトレーニングをすることなく、理想的なしなやかな体になっていくのです。

地球上でもっとも強い力は、〝重力〟です。重力を使える、しなやかな体にするには、体から力みをとり、力を抜くことなのです。つまり、体を緩めることが必要ということです。

しかし、これは思った以上に難しいようです。私のセミナーで、「体の力を抜いてください」とお願いしても、参加者のみなさんは必ずどこかに力が入ってしまいます。それほど現代人の体は、自然体でいること自体が難しくなってしまっているのです。

ボーッとしているときに、脳はもっとも活性化する

しなやかな体づくりと同じことが、心や脳にもいえます。〝しなやかな心や脳〟をつくることが必要なのです。こりかたまった考え方、つまり、**〝思いぐせ〟**のようなものができてしまっている人、とらわれた考え方をする人が大勢います。何ごとにおいてもネガティブに考えてしまったり、臨機応変な考え方ができなかったりするのも思いくせのひとつです。

また、脳はボーッとしている時間にもっとも活性化することがわかっています。ボーッとすることは、閉じ込められた潜在意識のフタを開けることなのです。

人間の意識には2種類あります。簡単にいえば、意識できる部分が顕在意識で、意識していない（または意識できない）部分が潜在意識（無意識）です。潜在意識のパワーについては、有名な心理学者のユングやフロイト、あるいは『マーフィーの法則』のジョセフ・

マーフィー牧師などでご存知の方も多いでしょう。潜在意識にある思いは、あなたの体や心に大きく影響を与えているのです。

潜在意識時（無意識時）の脳の活動についても科学的に証明されています。無意識時の脳は、意識して（顕在意識時）課題に取り組んでいるときの20倍も活発に働いているといいます。脳の消費エネルギーのうち、意識的な活動に使用されるのはわずか5パーセントで、そのほかは、脳細胞の維持・修復に20パーセント、無意識時の活動になんと75パーセントも使用されています。このことからもボーッとしている時間を持つことの大切さがわかるのではないでしょうか。

つまり多くの情報にとらわれ過ぎず、また考え過ぎずにボーッとすることで、心（脳）を緩めること。これを日常生活のなかに上手に取り入れることで、脳はより活性化されます。脳の活性化は、体を本来の姿に戻し、体全体の機能の向上につながるのです。また、心を緩めてしなやかな心を手に入れることで、間違いなく現代人をむしばむストレスを軽減させるでしょう。

『風水ダイエット』では、体と心にアプローチするとお話しました。詳しい方法は後章に譲りますが、この潜在意識へのアプローチこそが心へのアプローチということです。

『風水ダイエット』は幸せも引き寄せる！

『風水ダイエット』のメソッドがもたらすものは、理想のボディ＆キレイだけではありません。あなたの幸せも引き寄せることが可能なのです。

体内でとどこおっている気の流れをスムーズにすることで、さらによい気を引き寄せることができるのです。そうすることで、健康でバランスのとれた体になるだけでなく、人間関係や仕事、パートナーとの関係といった悩みが改善していくでしょう。その結果、これまでの自分とはまったくの別人に生まれ変わることができるのです。

あなたがハッピーになればなるほど、幸せはどんどん引き寄せられてきます。こうして幸せの好循環が生まれると、これまで想像もできなかったようなチャンスやラッキーな出来事が舞い込んでくるのです。

そもそもダイエットに挑戦するのは、何のためでしょう。

「素敵な恋人をゲットしたい」

「可愛い服やかっこいい服が着たい」

「いつまでも健康でいたい」

など、その理由はさまざまでしょう。それぞれに共通しているのは、

〝幸せになりたい〟

〝楽しい毎日を送りたい〟

ということではないでしょうか。

『風水ダイエット』は、理想のボディ&キレイを手にいれることが目標です。しかし、それだけではありません。さらにその先で、幸せな人生をつかむためのメソッドなのです。

あなたが幸せを実感すること。それこそが本書の最終目的地なのです。

第2章

メンタル編

『風水ダイエット』で〝しなやかな心〟をつくる

過小評価は失敗の元！　自分の最高価値を知る

まず行うのが、〝自分はどうなりたいのか〟という目標を設定することです。もちろん、体重やスリーサイズなど体型に関する目標設定でもいいでしょう。ただ、そこにこだわる必要はありません。それよりも、その先にあるさらに大きな目標を設定することが大切です。たとえば、

- 素敵なパートナーに出会って、みんなに祝福されながら結婚式を挙げる
- パリッとしたスリムなスーツを着こなして、年収を倍にする
- 独身時代の体型に戻って、子育てしながらバリバリ働く
- 小さいころから憧れていた弁護士の仕事に就くために資格試験に合格する
- 海外にコンドミニアムを購入して、家族でバケーションを楽しむ
- シャネルのスーツをパリ本店でオーダーする
- 独立起業して大成功する
- 人見知りを克服して友人をつくり、一緒に海外旅行へ行く

•クロコのエルメスのバーキンを手に入れる

など、目標は何でも構いません。

「でも、これって、ダイエットと関係ないのでは……」

と疑問に思う人もいるでしょう。それでもいいのです。ただし、ひとつだけ目標設定には条件があります。それは、

“ワクワク、ドキドキする”ものであること。

目標に達成したことをイメージしたときに、達成感とともにワクワク、ドキドキしている自分の姿が浮かんでくるようなものです。実現可能かどうかは、一切考える必要はありません。単純に望む自分の状態やものをイメージすればOKです。

もっと端的に言えば、**“なりたい未来を先に決めてしまう”**ということです。

ここで懸念するのは、目標のハードルを低く設定してしまう人がいることです。ハードルが低いと感じるのは周囲が感じるのであって、本人はそれほど低いハードルだとは思っていないこともあるのですが……。

つまり、自分の可能性を過小評価する人がとても多いのです。

「そんなことできるわけないわ」

「分相応というものをわきまえなくちゃ」

「現実を見なきゃダメでしょ」

と最初からあきらめてしまうのです。もっと言えば、今の自分自身を過小評価し過ぎる傾向があるということです。

人の数だけ経験もさまざまでしょう。つらい思いをしている人も少なくないはずです。「私は何だってできる!」そう自信を持って言い切れる人はごくわずかではないでしょうか。これまでの経験から現実だけを見てしまうようになったり、夢や希望を持てなくなったり……。親や周囲からの評価で、

「自分に誇れるところは特に何もない」

「凡人は凡人らしく生きるのが当然」

という人も多くいます。

しかし、本当にそうでしょうか。私はそうは思いません。風水鑑定にうかがった人たちを見ていてそう思います。私が鑑定するのは、おもにビジネスでの成功者です。そのなかにはご先祖が教科書に登場するような家柄の人ももちろんいます。

「ああ、選ばれし人なのだなぁ」

と誰もがその成功に納得するような人々です。ところが、そんな恵まれた環境に生まれた人だけが成功者かといえば、もちろん違います。

なかには、「え、本当に⁉」と驚くようなごく平凡な学歴、職歴の人、もっと言えば不遇の時代を過ごしているような人もたくさんいるのです。私が会った人のなかにも「こんなにごくごく平凡な人が、年商数百億円の会社のオーナー⁉」

という人も実際にいました。

ですから、自分を過小評価することはやめましょう。あなたは自分で思っているよりずっと多くの可能性を秘めています。自信がないという人は、家族や友人に「私のいいところってある？」と聞いてみてください。きっとあなたが思いもしなかった答えが返ってくるものです。

自分自身を過小評価しないちょっとしたコツを紹介しましょう。

それは、1年先、2年先といった近い未来を考えるのではなく、10年後の未来の夢を考えること。10年先のことなど、誰にもわかりません。

何が起こっても不思議ではないのです。

これまでの自分とサヨナラする勇気を持つ

「今の自分が好きですか？」

「今の自分は望んでいた本当の姿ですか？」

そんな質問をされたら、あなたは何と答えるでしょう――。

今の自分を肯定することは、案外難しいものです。

私の場合も、自分を肯定できない時代が長く続きました。当時の私は、すでに風水師として活動中の身。風水師として一流の風水師の先生方に負けないように、理論武装し、世間一般のイメージする〝難しい顔をした知的な風水師〟になるべく、人の目や評価を気にするあまり、自分を自分でつくり上げていたような気がします。くわしくは5章でお話しますが、ハワイでのある出来事を体験するまでは、自分の奥底にある本当の気持ちに気づくことさえできなかったのです。

占術という名の迷宮にどんどん深く迷い込み、複雑さを極めたところに、答えなどありませんでした。本当の答えは、自分の意識、心のなかにあったのです。そのことに気づき、

見た目がたった1年半でこんなに変わる！

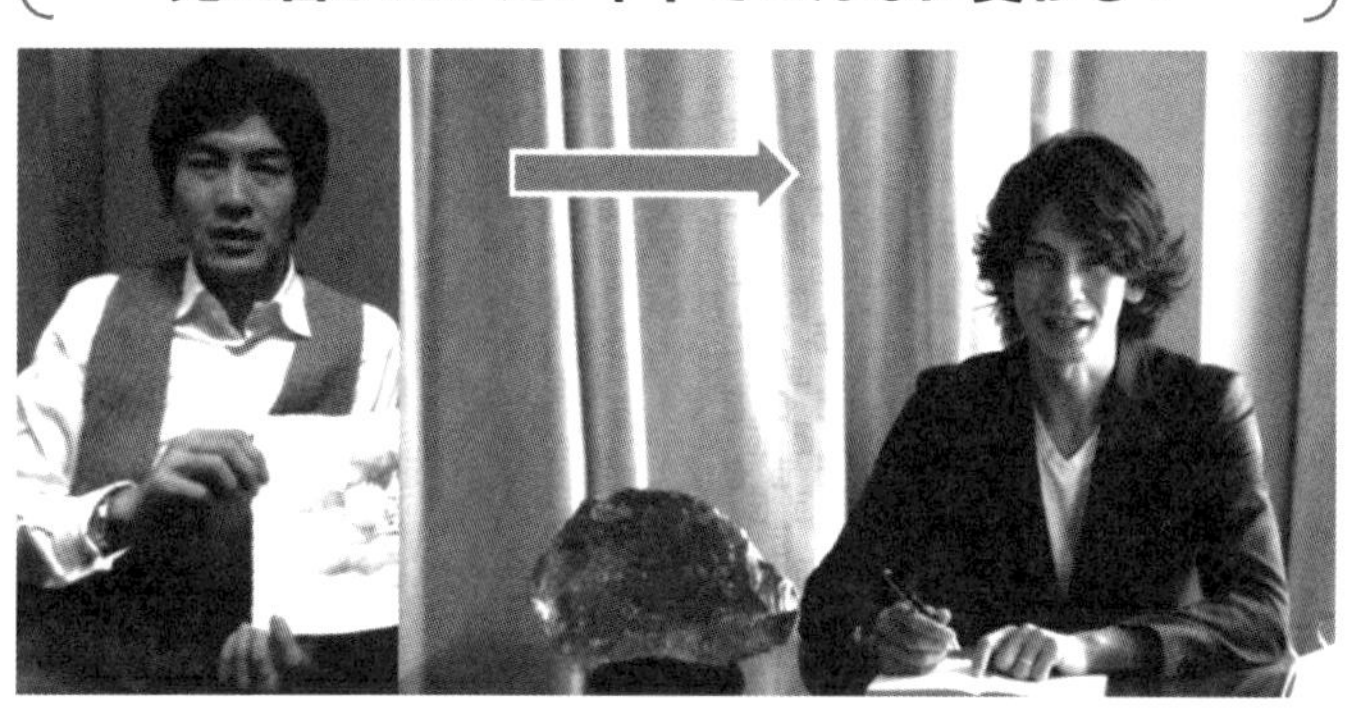

本当の自分が望んでいたもの、自分の気持ちに出会えたときの感動は今でも忘れることができません。

もちろん、それまでにもさまざまな書物を読み、勉強もして「自分らしく生きる」という言葉に何度となく出会ってきましたが、本当のところは腑に落ちていなかったのです。理解できていなかったといったほうが正確かもしれません。

「今の自分が好きですか？」

「今の自分は望んでいた本当の姿ですか？」

このことを自分の心に問いかけてみてください。答えが「NO！」であるなら、これまでの自分とサヨナラする勇気を持ちましょう。変わることは素晴らしいことですが、変わることは勇気のいることでもあります。

「今よりも悪くなったらどうしよう……」

「変わるには時間がかかるし……」

「何をどうしたらいいかわからないし……」

と、多くの不安が頭のなかを駆けめぐるでしょう。それでも、私はみなさんの背中を押したいと思います。

なぜなら、私自身がこれまでの偽りの自分に別れる決意をしたときから、人生が大きく好転したのです。不思議なことに、見た目も大きく変化を遂げました。それまでの理論武装した暗中模索中の私と、現在の写真を並べてみると一目瞭然です。写真を見た人からは、「今のほうが若いよね」「素敵になった」「イケメンだったんだ!」などのお褒めの言葉もたくさんいただき、恥ずかしながらその気になっている自分もいます。**その気になれる自分に変わった**といったほうがいいのかもしれません。

心や考え方が変われば、見た目も変わります。それは、私自身が身をもって体験した真実なのです。

自分が最高に輝く場所、環境、キーワードは?

自分が最高に輝く場所、環境――。

そう言われてパッとすぐに思いつく人はどのくらいいるでしょう。思いつかないという人に覚えておいてほしいキーワードが、何度もお伝えしている〝ワクワク、ドキドキ〟です。

頭でいろいろと考えて答えを出すのではなく、自分の心、気持ちに問いかけてみてください。あなたが一番ワクワク、ドキドキする場所はどこでしょう。ワクワク、ドキドキするものでも構いません。同様に、

「こんな未来ならワクワク、ドキドキして毎日楽しいだろうなぁ」

というのはどんな未来ですか——。

身近な例を1つ挙げてみましょう。ディズニーランドに行ったことがあるでしょうか。私は、まさに夢の国にふさわしいあの場所が大好きです。徹底した完成度とインパクトで多くの人を惹きつけています。掃除が行き届いていることも、キャストの人たちの振る舞いも、すべて完璧な世界がつくられているのです。

つまりディズニーランドは、現実世界のことをすべて忘れさせてくれる完全な非日常空間なのです。

ディズニーランドをあとにして、電車や車で帰路につくとき、ちょっと前までアトラク

ションに乗ってワクワクしていた自分、盛大なパレードを見てドキドキした自分とはまったく違うあなたがいるはずです。

細胞のエネルギーをイメージしてください。ディズニーランドの夢の世界を楽しんでいるあなたの細胞と、帰路についたあなたの細胞では、当然、前者のほうがキラキラしているのは間違いないでしょう。できれば、ずっとそのワクワクしているときのエネルギーで満たされていたい。そう思うはずです。なぜなら、そこには幸せの気が満ちあふれ、あなたの波動が最高潮になっているからです。

『風水ダイエット』の目標は、目標を達成することで幸せの気で自分を満たし、自分の波動を最高潮にすることです。そのためには、〝ワクワク、ドキドキできる〟ということが不可欠なのです。

創造力、イメージする力は右脳が働く

『風水ダイエット』で大きな力を発揮するのが想像力、つまりイメージする力です。現代人は、この想像力が低下しています。その理由はさまざまですが、そのひとつに便利さが

あります。簡単で、便利で、受動的な日常生活では、わざわざ想像力、イメージする力を働かせなくても何の不自由もなく生きられます。

この想像力、イメージ力の低下は、つまりは右脳を使わないことに通じます。言語脳と呼ばれる左脳は、「論理」や「理性」をつかさどっています。これに対して、右脳はイメージ脳とも呼ばれ、「感性」や「直感」などをつかさどります。

右脳の持つ潜在パワーは左脳の何万倍ともいわれ、私たちは右脳のほんの一部しか使っていないこともわかっています。また、特筆すべきは、右脳は潜在意識からのメッセージを届けてくれる能力を持っているということ。つまり、**「自分が本当に思っていること」を教えてくれる**のです。

それでは、どんなときに右脳が働くのでしょう。何かにとても集中している瞬間をイメージしてみてください。料理をしているときでも、ゲームをしているときでも、読書をしているときでも構いません。その世界にどっぷりと浸っている瞬間。この瞬間は聴覚も嗅覚もシャットアウトされているはずです。これこそが右脳が活性化して働いている瞬間です。そして、物音や臭いなど、何らかの刺激に気を取られた瞬間、浸っていた世界から現実に引き戻され、左脳が働きはじめます。この右脳が活性化されているときの無我夢中になっている感覚を大切にしてください。

私も右脳に、潜在意識に動かされたと確信した出来事がありました。それは人生の転機となったハワイへの旅でのことです。

当時の私は、物事を真面目に考え、勉強こそがすべて、理論こそがすべてのまさに〝THE左脳人間〟で、「遊ぶこと」イコール「サボっていること」であると考えていました。そして、勉強し努力さえすれば、その先には幸せが待っていると信じて疑いませんでした。当時の私にとってハワイ旅行など、「道楽の最たるものでとんでもない！」とさえ思っていたわけです。

そんな日々を送っていたある日のこと。妻と自宅のダイニングで食事をしていると、突然、**「ハワイに行ったほうがいい」という声が聞こえた**のです。実際は、私のなかの心の声だったと思うのですが、正直、そのような体験ははじめてのことでした。それまでの私であれば、ハワイ行きなんて当然のごとく思いもつかなかったでしょう。ましてや、経済的に余裕があるわけでもなかったのです。

しかし、私の行動は早かった！　その場ですぐにインターネットでハワイ行きのチケットを妻と2人分予約してしまったのです。まるで自分ではない、誰かに操られているかのようでした。今から思えば、「ハワイに行ったほうがいい」という声を聞いてから、チケットの予約をし終えるまで間の記憶がないといってもいいぐらい、そのことに集中していたと思います。「誰かに操られている」と感じたのは、まさに右脳に、もしくは自分の潜在意識に操られていたのでしょう。

このハワイ旅行が私にとってどれほど大きな意味を持ち、人生の転機になったのか——。その後の私の人生を振り返ると、間違いなくこのハワイ旅行が、運命を変えたとしか思えないほど好転していったのです。

右脳を活性化させることが、潜在意識へのアプローチ

『風水ダイエット』で重要なイメージ力は、右脳を活性化し潜在意識へアプローチするのがポイントです。

潜在意識とは記憶のデータベースのようなもので、これまでの人生のなかのさまざまな出来事が記憶として蓄積されています。そして無意識の領域、つまり顕在意識のなかでは気がついていないものがたくさん貯め込まれているようです。そこには、「本当の気持ち」

「本当に望んでいること」も含まれるということです。

人の顕在意識とは、言語と理論でじっくり思考するためコントロールできるものです。一方の潜在意識は、通常コントロールできません。

また、顕在意識（意識）と潜在意識（無意識）の割合は、顕在意識が全体の10パーセントで、残り90パーセントが潜在意識と言われています。つまり、人間の行動は自分でコントロールできない潜在意識のほうに支配されていることになります。

『風水ダイエット』では、右脳を活性化することで、潜在意識にあるものを顕在意識に変えて、コントロールできるようにアプローチしていきます。

メンタルトレーニングや睡眠療法というものを聞いたことがある人も多いでしょう。アスリートやトラウマを抱えてしまった人に、数多く使われていることでも知られています。これらも潜在意識に働きかけるものなので、全体の90パーセントを占める潜在意識を引き出すためのトレーニングというわけです。

現代人の生活は、確実に左脳優先の生活パターンです。このことも想像力、イメージ力、つまり、右脳の働きを低下させる大きな原因の1つでしょう。『風水ダイエット』で日常生活のなかに右脳を優先させる時間を持ち、それを習慣にすることは、右脳の活性化、ひいては、潜在意識の力を間違いなく引き出せるでしょう。

ストレスを抱える人は右脳を使っていない！

実は一般的にストレスが強い人は左脳ばかりを酷使し、右脳の大部分をほとんど使っていない傾向があるといいます。

また、現代人の生活は、幼いころから、勉強や受験など、綿密に思考し計算して行動することを求められます。さらに、野山や公園で好きなだけ駆けまわるといった外遊びをすることも少なくなっています。これらのことからも、右脳があまり使われなくなっているのは明らかでしょう。

毎日、仕事や勉強ばかりして、趣味もなく、休みの日は寝ているだけで外に出ようともしない、友人と会おうともしないという人。

「疲れているからしょうがない……」

と言うかもしれません。また、

「仕事はあるし、給与もいいから満足だ」

と、充実した毎日を送っているつもりでも、脳はバランスよく使われていないのです。

こういう人の脳の状態を見てみると、左脳は過労死寸前でヘトヘトなのに、右脳はほとんど使われないというものです。そのまま放置していると、左脳と右脳のバランスの悪さのせいで、加速度的にストレスがたまっていくのは目に見えています。今は、そのストレスのダムが決壊していないだけ……ということかもしれません。

『風水ダイエット』では、心も体も本来の姿に戻すことが基本です。脳についても、左脳ばかり使う生活から、右脳を活性化させる生活習慣をプラスすることで、左脳と右脳のバランスを整え、本来の姿に戻すのです。さらにダイエットの大敵・ストレスを軽減させるためにも、右脳の活性化は非常に効果的ということです。

また、右脳の処理速度は非常に速く、右脳で得た情報は瞬時に行動に移せます。純粋な子供のころの景色やイメージもずっと右脳が記憶しています。本当にやりたかったこと、ほしかった環境、かなえたかった夢は右脳を活性化することでよみがえります。それによって、よみがえった夢や希望を手に入れるための行動もスムーズに取り組むことができるのです。

過去を見つめて欠落感を探ると、本当の願いが見えてくる

大部分の人たちが、これまでの人生において、やりたかったけれどもやれなかったこと、持てなかったものがあると思います。

私もそうでした。恵まれていたとは言いがたい幼少期から、実母の病気や転居の繰り返しによるいじめなど、人生の多くの時間をそういった環境のなかで過ごしてきました。通常は、過去の不幸話で終わることがほとんどだと思います。思い出したくもない、と考える人もいるでしょう。ただ、**過去の自分と向き合うことでよい結果をあなたにもたらす**ことがあることも知っておいてください。

どういうことかというと、じっくり自分の過去を見つめていくと、それが自分自身に欠落したものだと気づくはずです。たとえば、私のケースを挙げてみましょう。

- 家がない生活
- 転校が多くいじめに遭う

- 人前で話せない、話すのが苦手
- 貧乏生活
- 実母の病気
- 不健康のため、学校生活がうまくいかない
- 父親不在の恵まれない家庭環境

ほかにも、ここには書ききれないほどの不幸のオンパレードでした。しかし、この欠落感が今の自分をつくっているということも否めません。

家がない生活を送ったため、理想の家捜しの追求をして風水師になりました。

転校が多くいじめに遭ったり、人前で話すのが苦手だったりしたので、人への対応力を高めることや、気持ちを伝えるための勉強をし、コミュニケーション能力を身につけました。今では何百人というセミナー参加者の前で話すことも苦ではなく、楽しく思えるようになりました。

貧乏生活だったからこそ、自由に使えるお金を手に入れる努力をし、今ではお金の心配をすることなく大好きな海外旅行にも行けるようになりました。

実母が病気がちだったり自分自身が不健康だったからこそ、心身ともに健康になるための知識を身につけ、武道に向き合う日々を過ごしています。

家庭環境に恵まれなかったからこそ、よきパートナーとの家庭を大事にする気持ち、感謝する気持ちを持ち続けています。

これらすべてのことは、私に欠落感があったからこそ、現在、よい方向へと動いているのは間違いありません。

また、欠落感を埋めることは、自分の心をニュートラルな状態、自然な状態にすることにつながります。過去は過去です。嫌なことは忘れてしまいたい人もいるでしょう。

しかし、これらの欠落感は、表に出さないだけで潜在意識のなかに深く刻み込まれているのも事実です。今の自分に何となく満足できていない、焦燥感がある、投げやりな気持ちがある……などのネガティブな気持ちがあるのであれば、一度、自分を見つめ直すことも必要なのかもしれません。

この**欠落感を補うことは、むしろ非常に有効な手段**なのです。平凡なことよりも、なぜかやる気やエネルギーがわいてくるのです。

たとえば、ボクシングの世界チャンピオン。子供のころにいじめられていたという人が何人もいます。アメリカの元世界ヘビー級チャンピオン、マイク・タイソンもいじめに遭っていたといいます。大事にしていた鳩をいじめっ子たちに虐殺されたときに、相手に手を挙げたことがきっかけで、自分の強さをはじめて認識したと言われています。そして、プロボクサーになってからの彼の快進撃は説明するまでもないでしょう。

とくに今、自分が何をしたいか、何を望んでいるのかがわからないという人も多いといいます。そんな人は、本書をきっかけに、自分自身を見つめ直してみてください。最初は、「自分が理想のボディ&キレイを手に入れたら、その先でどうなりたいのか」ということからスタートすればいいのです。それを毎日続けていくことで、本当の自分の願い、望み、気持ちが必ず見えてくるはずです。

夢に偏りすぎると欲になり、志に偏りすぎると夢がなくなる

夢はおおいに見るべきだと私は考えています。

「お金持ちになりたい」

「宝石がほしい」

「玉の輿にのりたい」
「セレブな生活を送りたい」
「大きなマイホームがほしい」
「海外旅行を毎年思い切り楽しみたい」

など、夢は人それぞれだと思います。ただし、夢ばかりが大きく膨らみすぎると、それは〝欲〟になってしまいます。**夢と欲は少し違う**ことを覚えておいてください。

大きな木にたとえると、夢というのは実の部分です。幹の部分には、ぜひ〝志〟を持つようにしてください。志などと言うと大層に聞こえるかもしれませんが、日本人としての誇りや先祖への感謝など、自分の軸となるようなものが必要ということです。

私たちには、先祖から何千年も伝わる日本人のＤＮＡというものがあります。それは大事にしてほしいと思います。なぜなら、それを大事にすることで、その人たちとつながっていきます。その手段として、日本の歴史を勉強することもよい方法です。不思議なことに、そうすることで歴史上の偉人たちがエネルギーを送ってくれるのです。そのエネルギーと自分の歯車がかみ合うように回りはじめます。自我だけ、欲という夢だけ、自分の人生だけで考えていると、一瞬で終わってしまうものです。

何千年と伝わってきているエネルギーを受け止めることで、あなたの歯車を回し、これがこの先の未来、子々孫々にも伝わるエネルギーとなるのですから、大きな視点で見なければもったいない！　もちろん、志の部分で偉人たちとエネルギーがつながったほうが、パワーが出るのは言うまでもありません。

また、自分自身が先祖から代々受け継がれてきた命であることを考えるのもいいでしょう。誰一人欠けても、あなたはこの世に存在しないという奇跡の証でもあります。自分のルーツをたどるためにファミリーツリー（家系図）をつくってみたり、家族の歴史をたどってみたりするのもひとつの方法です。これによって、これまで自分1人の人生と思っていたものが、**大切に受け継がれたかけがえのないもの**に思えてくるはずです。そして、自然と先祖への感謝の気持ちがあふれてくることになるでしょう。

もっとシンプルに幹の部分を考えることもできます。それは、まわりが笑顔になる〝夢〟を持つということ。自分だけの夢の場合、途中でいろいろな言い訳をつけてあきらめてしまうものです。ところがその夢が実現できれば、まわりの人、いろんな人が喜んでくれて笑顔になる、そして自分自身も笑顔になれるとしたらどうでしょう。自分だけの夢よりも

体幹脳には「志」が必要！

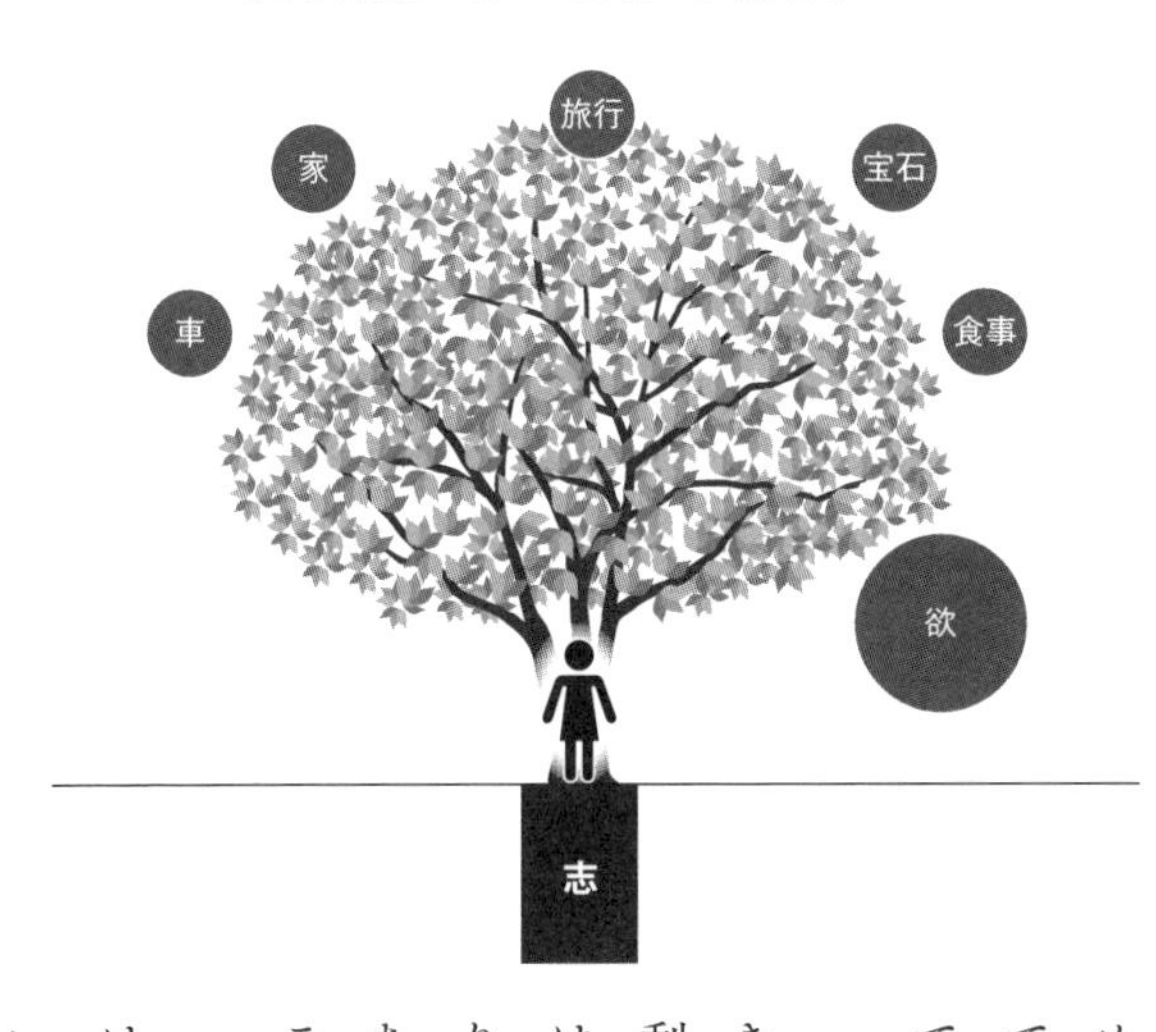

もっと実現のため努力をして、簡単にあきらめることはないものです。みんなとつながっているからこそ、夢を目指すことができるのではないでしょうか。

そして、ここでもバランスが大切になってきます。志だけがあってもダメなのです。過剰な志の幹だけあっても、夢という小さな実は枯れたものになってしまうでしょう。やはり、志のその先にある夢が必要なのです。どちらかという選択肢はありません。両方、バランスよく持つことが大事ということです。

夢ばかりがふくらみすぎて、自分の自我だけになってしまうと、枝は折れてしまい夢という実はつきません。ですから、体の体幹をきたえるのと同じように**脳のなかにも体幹を**

つくってほしいのです。

すべてはバランスよく、それが人間の自然な姿なのです。

体幹脳の幹は、この志の部分をしっかり持つということです。そのうえで、自分の本当にやりたいこと、ほしいもの、環境、仕事、家族、恋人、友人などをイメージしてください。そうすれば、軸のあるしっかりした思考能力、考え方ができるようになるはずです。

成功するダイエットには、努力と根性がいらない

最後に『風水ダイエット』成功の秘訣をお話しします。

最大の秘訣――。それは何といっても〝無理をしない〟ということ。

理想のボディを手に入れたい、キレイになりたい、という思いは、多くの女性が抱いているものです。男性もできることなら見た目をよくしたいと心の底では思っている人も多いでしょう。

周りを見渡せば、ダイエットに関する情報は山のようにあふれています。それぞれの情報は、各専門家の先生が監修にあたり、有益なものもたくさんあるでしょう。

ただ、それらのダイエット法は完璧すぎるのです。たとえば、エクササイズによるダイエット本。やせるために必要なエクササイズが写真とともにていねいにいくつも掲載されています。ページをパラパラめくっていくだけで、「これやるんだ」とため息が出てしまうでしょう。

もちろん、最初の数日は「やせるんだ！」「キレイになるんだ！」とモチベーションも上がっていますので、一生懸命にエクササイズをこなすことができます。でも、1日1日と経過すればするほど、それらをやり遂げる熱意も根気も薄れてしまいます。

そう、続かないのです。ダイエット法は完璧であっても、続けられなければダイエットが成功するはずはありません。

ダイエットに努力と根性を持ち込んでも続きません。強い意志の持ち主で、努力と根性でダイエット法通りにダイエットを成し遂げたとしましょう。そのうちの多くはリバウンドを経験しているはずです。結局のところ体や心に無理を強いると、それはストレスになってしまいます。無理がストレスの元なのです。

『風水ダイエット』では、**無理は禁止**です。最初は、たった1つの方法でもいいのです。そこからはじめて、体や心が慣れてきたなら、ストレスを感じない程度に、種類や回数を増やしていきます。種類や回数の多さは重要ではありません。少くてもできることを長く続けることのほうが、ずっと有益で重要なことなのです。〝3ヵ月続ければ、何事も習慣になる〟といいます。まずはそこからスタートしてください。

「でも、ちょっと無理をしないとダイエットなんてできない……」

という人もいるでしょう。これはダイエットがつらいもの、苦しいものと思い込んでいるから、「無理をする」ことにつながるのです。ここで、メンタル面での考え方、脳内の状態が大切になってくるのです。

ダイエット自体を目的にするのではなく、ダイエットの先にある、やりたいこと、ほしいものといった願いをかなえることを第一の目的にするのです。そう、ワクワク、ドキドキするもの、ことをイメージするのです。すると、ダイエットがつらいもの、苦しいものという呪縛から解放されます。

実は、ワクワク、ドキドキしているときの脳内には、〝幸せホルモン〟と呼ばれるホルモンが放出されることがわかっています。おもな〝幸せホルモン〟とよばれるものを簡単に説明すると以下のようになります。

おもな“幸せホルモン”

セロトニン	90パーセント近くが小腸などの消化管に存在し、残りの8パーセントが血液中、そして脳内には2パーセント存在しています。脳内のセロトニンは、気分や感情のコントロールに欠かせません。精神を安定させるとともに、意欲ややる気を引き起こしてくれます。セロトニンの分泌が低下すると、いわゆるうつの症状が現れてしまいます。
ドーパミン	快感、やる気、学習能力、運動機能や記憶力といった働きをつかさどるホルモンです。人間が生存するために必要な意欲や、過去の経験から学習する能力といった、生きていくうえで不可欠な機能を担います。ワクワク、ドキドキしながら好きなことをしているときには、ドーパミンが分泌されて意欲的に取り組むことができます。このため、たとえば好きな教科やスポーツの成績は伸び、逆に苦手な教科やスポーツに対しては、やる気が起こらず苦手であり続けるといった傾向が出ることも、ドーパミンの分泌量がひとつの要因とされています。
エンドルフィン	脳内を活性化させ、思考力、創造力、記憶力、集中力などの脳の機能を向上させます。精神的ストレスを緩和し、幸福感を満たしてくれるのです。また、免疫細胞の防御力を高め、老化を遅らせる効果も期待されています。さらに、エンドルフィンは、単純な物質欲というよりも、たとえば見返りのない人類愛のほか、いわゆる自己実現を実践し続けている状態など、高度な精神レベルでの欲求を満足させることで多く分泌されるホルモンです。

セロトニン、エンドルフィンについては、ダイエットの大敵・ストレスの軽減にも確実に貢献してくれます。

つまり、ワクワク、ドキドキすることは、モチベーションの面だけでなく、脳内のホルモン分泌にも変化をもたらす、まさにダイエットをスムーズに継続させるためには不可欠なものなのです。

必ずやってくる〝誘惑〟は自然の法則

おもしろいもので、ダイエットを順調に続けているとき、必ずやってくるものがあります。それは**〝誘惑〟**です。つまり、邪魔するものや出来事が、なぜか自分の身に起こってしまうのです。

たとえば、飲み会、食事会などが代表選手でしょうか。友人との飲み会、食事会などであればスルーしても問題はないでしょう。しかし、なぜかそういうときに限って、大切な取引先の接待があったり、お世話になっている方との食事会があったり……。結婚をしている人なら、夫や妻の実家で、姑や舅などと食事をすることもあるかもしれません。しかも、大量のもてなし料理を準備されて……。できれば、無難にすませたいシチュエーションでしょう。

実はこれ、単なる偶然ではなく自然の法則という説もあるのです。とくに〝誘惑〟がやってくるのは、いわゆる停滞期と呼ばれる時期です。通常のダイエットの場合、ダイエットスタート時には、一気に体重などが減る傾向があります。しかし、一定の期間が過ぎると、何をやっても体重に変化が見られないことがあるのです。これが停滞期です。長い停滞期を乗り切ると、その後また体重が減りはじめ、ダイエット成功につながるというのが一般的な流れです。

この停滞期というのは、人間が持つ本能的な安全装置でもあります。つまり、体が「なんだか急に体重が減ってきたぞ！　本当にこのまま減り続けても大丈夫なのか⁉」と安全装置が働くということです。

人類の歴史を考えると、飢餓状態の時代を非常に長く経験しています。飽食の時代と呼ばれるのは、人類の歴史からするとほんの一瞬といっていいほど短い時間しか経験していません。このため体重が減るということは、人体にとっては死活問題なのです。栄養過多のときに体内から放出されるホルモンにインスリンなどがありますが、それはほんのわず

「誘惑」は自然の法則!?

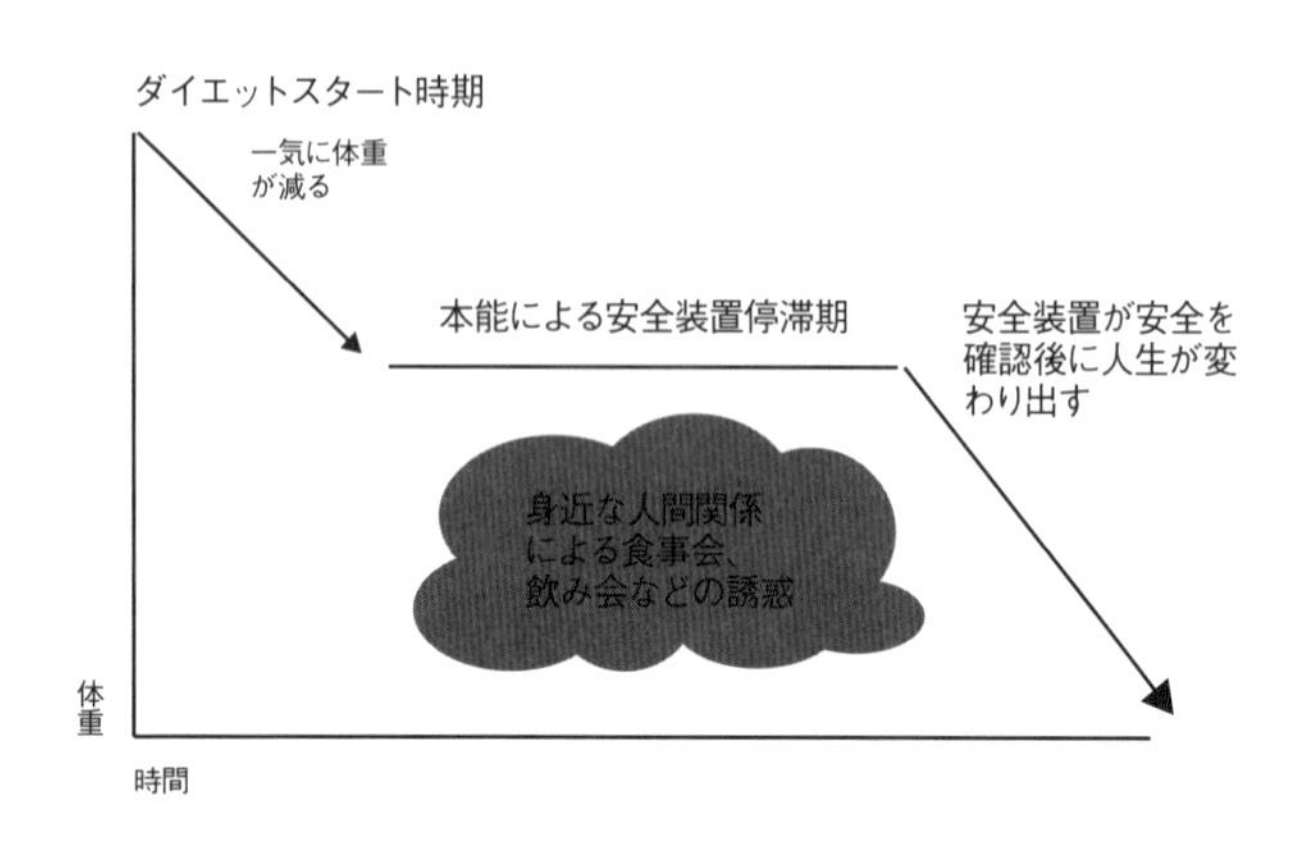

かです。逆に、飢餓状態のときに放出されるホルモンは数多く存在しているため、人体は飢餓に対して非常に敏感だということがわかると思います。

その〝誘惑〟、つまりダイエットを邪魔するものが出現してしまうのは、体から発せられる緊急事態の波動がそれを引き寄せているのかもしれません。

私はそういうときは、『風水ダイエット』の大前提である無理をしないことをおすすめします。多少の節度は持ったうえで、その誘惑や邪魔ものを受け入れましょう。1日はめを外したからといって、失敗するダイエットなら、決して成功までたどり着くことはないでしょう。

「ダイエットでストレスがたまったから、邪魔ものが来てくれたのかな」

というぐらいの気持ちでいいのです。それより、「また明日から続けよう！」と思える継続力のほうが大切なのですから。

第3章

メンタル
実践編

効果がぐーんとアップ！
『千年ノート』のつくり方

『千年ノート』ができるまで

ここからは、メンタル面を強力にサポートする具体的な方法を紹介していきましょう。

みなさんは、レオナルド・ダヴィンチは知っているでしょうか。では、彼が歴史に残る「メモ魔」だったということはどうでしょう。

彼の1万ページを超える手稿に残されていたのは、絵画の手法や建築の設計図、数学、解剖学、スケッチ、日々のメモなど、あらゆる事象に渡っています。彼ほど好奇心と探求心があった人は歴史上、類を見ません。

さらに、彼のノートは常に進化していました。すでに書き込まれたページを修正したり、追記したり……。何十年も前に書いたノートにさえ修正が加えられていたといいます。

「関連性を追い続けること、探求心を持ち続けること」

これこそが思考を現実化させる、最大のテクニックなのです。そして、ダ・ヴィンチが知っていたのは、

「あらゆるものは、他のあらゆるものと関連する」

　ということでした。

　彼が天才だったのは、このことを信じ続け、無限に世界に広がるノートをつくりあげたからなのだ、と私は確信しています。

　かくいう私も、18年ほど前からさまざまなタイプの手帳をつくり、試行錯誤し、研究を重ねてきました。世界的に有名な成功哲学本『7つの習慣』で人気のフランクリン手帳を愛用していた時期もありました。タイムマネージメントについて緻密に考えられたもので、これまでにない画期的な手帳でした。しかし、私は使いこなそうとすればするほど、**「使えない自分」**にイラ立ちました。フランクリン手帳の特徴である「目標設定」がうまくできなかったのです。

　今の私であればはっきりとビジョンが見えているので、使いこなす自信もあります。しかし当時はどう使えばよいかわからない……というのが実情でした。使いこなせないでいると、手帳に白紙のページが増えていきます。若かった私は単純に「もったいないなぁ」と思ったくらいです。また風水師としての占術のさまざまな資料を持ち歩きたいということもあり、使いやすく改良しはじめたのです。

そうして試行錯誤の結果、出合ったのがモレスキン社の無地のノートでした。著名人にも愛用者が多いことで知られている定番ノートです。

ノートに改良を加えた結果、私は次のことに気がつきました。それは、フォーマットされたノートでは、物ごとの枠のなかに押し込んでしまう作業になるのに対して、無地のノートはその逆ということ。**つまり発想が自由になり、思考が無限に広がっていく**のです。

それだけではありません。そのことが意識を広げ、コントロールしはじめることを知ったのです。このノートを使いはじめたことから、私の身に変化が起こりはじめたのは紛れもない事実なのです。

そして、私はこのノートを『千年ノート』と名づけました。

意識を広げ、コントロールすることをサポート

意識が広がっていくというのは簡単に言えば、ワクワク、ドキドキすることや、楽しいこと、自分の夢を集めていくことです。想像力や可能性が広がり、自分の夢や希望に制限がなくなることと言えばいいでしょうか。

ノートのなかにこれらを集めていくうちに、意識する場所も変わり、気がついたときには、現実世界さえも変えてしまう力を持っているのです。やがてノートはエネルギーになり、意識がこのノートのなかに入りこんでいきます。自分を信じ、ノートと信頼関係をむすぶことができたとき、ノートは必ずあなたのエネルギーへと変化するはずです。

『千年ノート』にルールはありません。「こうあるべき」「こうしなければならない」という決めごとはないのです。まずは遊び感覚ではじめればＯＫ！

『千年ノート』に書き込んだり、見返したりするときに「楽しい！」「笑顔になる！」「感動がよみがえる！」そんな単純な感情が自然とあふれるようになったときに、あなたの考え方、心、脳も劇的に変化を遂げているはずです。

自分の希望や夢に向けて意識が広がっていくということは、あなたの意識をコントロールするということでもあります。つまり、これまでできていなかった自分の意識をコントロールすることをしっかりサポートしてくれるのが『千年ノート』の大きな役割でもあるのです。

理想の世界が完全につまったノート

夢や希望を引き寄せることで、よく知られるのが「ビジョンボード」というものです。ボードに理想の家や好きな写真などを貼っていき、毎日くり返し目に入れるという点ではよいアイテムだと思います。

一見、『千年ノート』と同じように見えますが、大きく違うところがあります。それは、このノートは「プライベートである」という点。そして「進化する」という点です。

ビジョンボードの場合、どうしても他人の目を意識してしまうものです。自分の本心を貼ることを躊躇する可能性があります。家族と一緒に暮らしていると本心を貼ることが難しいものです。格好よく貼ろうとか、恥ずかしいなどという意識がどうしても働いてしまいます。

しかし、**『千年ノート』は誰かに見られることもありません。**心から望むことを、他人から見たらバカにされるようなことであっても、書き込んだり、貼ったりすることに恥ずかしさを感じることもないでしょう。

自らの気持ちを開放して夢や希望を書き出すという行為自体、とても重要なことです。頭で考えていることを書くという行動に移すことで、脳はその意味を認識しはじめます。すると潜在意識まで、その情報が届けられ、潜在意識が過去の体験や視覚情報などを探しだします。さらに何度も書いたり、読み返したりすれば、それらは潜在意識により深く刷り込まれていくのです。

実際に夢を実現させるために紙に書き出した人と、頭でだけ考えていた人とでは、紙に書き出した人のほうが、はるかに夢を手に入れた確率が高いというデータもあるほどです。書くことによって、潜在意識が夢を実現させるための情報を、過去の体験や視覚情報から見つけ出そうと働くのです。

また、「先月はこういう気持ちだったけど、今は違う気持ち」と夢や希望の理想の形が変化しても、その都度ブラッシュアップも可能です。これはとても重要なことなのです。

さらに、夢や希望をノートに書くという行動を繰り返していくことは、自分が本当に望んでいたものを見つける手助けもしてくれます。

「何が夢なのか、何を望んでいるのかがわからない」

という人には効果的な方法だと思います。つまり、自分の『千年ノート』をつくるということは、本来の自分を知る最適な手段なのです。

自分の未来をまず決めてしまう

まずはあまり深く考えずはじめてみましょう。『千年ノート』のなかで思い切り遊んでください。文字だけでなく、写真の切り抜き、手書きのイラスト、映画のチケットなど何でもOKです。誰かに見せるものではありませんので、**自分が楽しければいい**のです。

たとえば、未来日記を書きこむのもひとつの方法です。

「○○年○月○日　大好きな彼とついにゴールイン！　ハネムーンはファーストクラスでヨーロッパへ行きました♡　とっても楽しかった！」

「年収がいよいよ○○○○万円突破！　自分へのご褒美として、憧れのボンドカー・アストンマーチンをキャッシュで購入！」

今、恋人がいなくても、正社員でなくても、フリーターでも、そんなことは関係ありません。自分がワクワク、ドキドキするのであれば、どんどん書き込んでください。

「最初に終わりを考慮する」

これはレオナルド・ダヴィンチの言葉です。つまり、未来を先に決めてから、考え、行動するのです。未来日記はこの未来の部分です。

私たちは、過去の失敗に支配されたり、考え過ぎたりして本当になりたい未来を最初から消してしまうことが多いものです。しかし、まず未来をイメージすると現在の自分に対応しやすくなります。すると、エネルギーも自然と流れ出し、未来に向かって今、自分が何をしたらいいのかということが、おのずと見えてくるものです。

ただひとつだけ、決して忘れてはいけないこと。それは、

〝心から楽しいと思いながらつくること〟

「心から楽しい！」「幸せ！」と思える「ノートのなかの世界」をつくり、ワクワク、ドキドキすること。これだけです。意識の世界が変わりだすと、現実の世界も大きく変化するものなのです。

アクシデントに感謝できれば、幸運が舞い込む！

『千年ノート』では、ワクワク、ドキドキすることを記入するのが基本です。そのなかで、

感謝の気持ちを書き残すことは大切なことです。

「今日、Aさんからこんなことをしてもらった」

「打ち合わせギリギリのタイミンだったけど、タクシーの運転手さんが渋滞回避の裏道を使ってくれて間に合った！」

といった些細なことでもOKです。

『千年ノート』に感謝の気持ちを書き込み続けた結果、私は悪いこと、アクシデントが起こったときにも感謝するようになりました。たとえば旅行先で帰りの飛行機の日にちを一緒に行った妻が間違えたことがありました。空港のカウンターに行くと、グランドスタッフから、

「その便は、昨日飛んだよ」

と。帰国後すぐにセミナーなどのスケジュールが詰まっているため、現実的に考えれば大変です。以前の私なら、妻に対して激怒していたでしょう。でも、そのときの私は思わず笑ってしまいました。逆に、

「ありがとう！　おかげで、今回の旅行がさらに思い出深いものになった！」

と思えたのです。何においてもスムーズに事態が進んだときよりも、何かトラブルやハ

プニングが起きたときのほうが、あとあとまで記憶に残るものです。素晴らしい旅行であってもすべてがスムーズだと、なぜかあまり思い出として残らないということもあるのです。このハプニングがあったからこそ、この旅行は妻と私にとって、これから先も印象深い思い出となるはずです。

そして、感謝の気持ちには強いパワーがあります。不思議なもので、たまたま日本行きの飛行機に2人分のキャンセルが出たおかげで、妻の予定通り（？）その日のうちに搭乗することができたのです。

この世は陰陽のバランスで成り立っています。物事には悪い面とよい面があるのです。悪い側からばかり見るのではなく、よい側からも同時に見るようにしてみてください。そのアクシデントや失敗は、あとから見ると「アクシデントがあってよかった」「失敗してよかった」と感謝に変わることも多いのです。

たとえば、アクシデントで何かのイベントに参加できなかったとき、代わりに行った場所で、その後の人生でなくてはならない人やもの、出来事に出会うこともあるでしょう。

ですから、このちょっとしたアクシデント、失敗をネガティブな表現ではなく、そのよい側面を加えて『千年ノート』に書き残しておきましょう。あとから見直したときに、

「ああ、ここからはじまってたんだ！」

というつながりを発見できるかもしれません。

ノートを見直すことで、本当の自分が見えてくる

『千年ノート』は書き込んだり、写真を貼ったりしてつくることも大切ですが、見直すことはそれ以上に重要です。

自分を知るには、自分を観察することです。自分を観察するには、『千年ノート』を見直すことです。自分が興味のあること、好きなこと、ワクワクすることは何なのか、ノートを見れば一目瞭然だからです。

とくに意識していなかったのに、なぜか黄色のペンをたくさん使っているとか、食べ物、あるいは木や花、海、山など自然の写真ばかり貼っているとか……。自分では気づかなくても、ノートにはあなたの本当にやりたいことのヒントが隠れているかもしれません。

『千年ノート』をよく見直して、これを習慣にすることは、自分の本当の気持ちを知るための最適な方法でもあるのです。

視野を操る

人間の意識をつくるのは、約70パーセントが視覚からの情報だと言われています。美しいものを見続けている人と、悲惨な光景を見続けている人では、体内に流れるエネルギーの質がまったく異なってしまうのです。もちろん、美しいものを見続けている人のほうがよいエネルギーなのは言うまでもありません。

部屋についても同じことが言えます。キレイに整理整頓された部屋を見続けて暮らしているのと、ゴミ屋敷のようにものが氾濫し足の踏み場もないような部屋を見続けて暮らしているのとでは、意識に与える影響が大きく違ってくることは、容易に想像がつくでしょう。

毎日、できるだけ美しいものやキレイなものを見るように心がけてみてください。日々の生活のなかには、美しくキレイなものはたくさんあります。あなたが気づいていないだけのことです。

満月や新月、太平洋側では冬、日本海側では初夏か秋には美しい星空が広がることも多いものです。春には桜、秋には紅葉など、日本には多くの美しいものがあふれているのです。自然だけでなく美しい建物や装飾品、絵画などでもOKです。さらには、

「こんな女性になりたい！」

「これが理想のボディ！」

というモデルさんや女優さんでもいいでしょう。

そして、『千年ノート』にもキレイなもの、美しいものを貼り続けてください。

高級でステイタスのある場所に行ったり、直接は行けない場合は写真を貼ったりすることで、その場所の高い波動と合ってきます。それも視覚からの情報のインプットから引き起こされることなのです。

キレイなもの、美しいものに意識を向ける習慣がつくと、不思議なことにメッセージ性のある写真が撮れるようになることもあります。ぜひ体験してみてください。写真に写るもの、それはあなた自身の心なのです。

『千年ノート』の最大の特徴は、この**「視覚を操る」**ことで意識を変えていくことにあります。目にする映像で意識が変わると、人生は激変するのです。

『千年ノート』の基本

ここからは、実際の『千年ノート』のつくり方について紹介していきます。

本当はつくり方にルールなどはありません。自由な発想で自分の好きなようにつくり、使うのが正解です。ただ慣れてくるまでは、以下に紹介するガイドに沿ってつくるとスムーズでしょう。ガイドからはずれてもまったく問題はありませんので、遊び感覚で楽しくノートと付き合ってください。

何を書くのか、何を貼るのか

これまでに説明してきた通り、『千年ノート』には何を書いても、何を貼っても構いません。今あなたが考えていること、ひらめいたこと、かなえたいこと、気になったこと、日々の記録、うれしかったこと、絶対に手に入れたいこと、もの……など思いつくままに書いてみましょう。

文字だけでなく、写真や雑誌の切り抜きなども貼ってください。何気なく貼ったものでであっても、あとで見直してみると、驚くような偶然があったり、意味を持っていたりすることがあります。そして、それが背中を押してくれたり、判断に結びついたりするのです。つまり、それは潜在意識からのメッセージなのです。

ここで何を書くのか、何を貼るのかを具体的に紹介していきましょう。特に①〜⑥は、ダイエットを成功させるうえで、効果的なものなのでぜひ取り入れてみてください。また、①〜⑥については、いったん作成してしまえば、あとは見直したり、チェックしたりするだけの作業です。ですから、『千年ノート』は、2つに分けて使うのがおすすめです。

たとえば、表紙側から順に①〜⑥のページをつくり、その後に少しページをあけて、⑦〜⑩をつくっておけば、前半は見直すページ、それ以降はどんどん書き込むページとして棲みわけができます。こうすることでノートの使い勝手がよくなりますので、ぜひ試してみてください。

①呪文の言葉

最高の自分を創る呪文

目に力があるね
笑顔が素敵
君は成功者だよ
良く出来ました
おめでとう
君に任せたら安心
オーラがあるね
心にゆとりがあるね
品格があるね
かっこいい
センスがいいね
一緒にいて落ち着く
凄く面白い
かわいい
心が豊かだね
その服にあってるね

①呪文の言葉

まず最初のページは、自分自身に毎日、褒める言葉を使って、〝呪文〟をかけてあげましょう。自分のいいところを書き出すのはもちろんですが、「こうなればいいな！」「こんな人になりたい！」といった希望の言葉でも、現在すでにあなたがそうであるかのように、書き込んでください。知らない間に潜在意識のなかに〝**呪文の言葉**〟が刷り込まれていきます。そして、恥ずかしがらずに、どんどんその気になってください！

②感謝と感動、そして思い出

他人の長所をどんどん口にする
「その人が気づいていない能力にスポットライトを当ててあげる」
周囲に自分を支えている人がいる事を忘れない
（成功は自分を支えてくれている人への恩返し）
感謝している事は具現化への
光の発電機になり未来へ送るエネルギー
を生み出し投影された未来は鮮明に具現化する

②感謝と感動、そして思い出

うれしかった日のこと、感動した出来事をいつでも思い出せるように残しておきましょう。文字はもちろんですが、写真などのビジュアルを貼っておくのもおすすめします。感動した出来事は、深く潜在意識に残る特徴があります。インターネットでさまざまな情報は手に入りますが、そこには体験が伴いません。感動を体感することができないからです。身をもって感動した体験は心の財産になり、これからの人生において大事な宝物になるのです。

また、感謝していることを意識し

③希望に満ちあふれていた若いころの写真

ながら貼っていると、感謝している今が未来をつくり、**あなた自身が感謝される人**になっていきます。

③希望に満ちあふれていた若いころの写真

風水では人体は水と考えています。水は見ている映像や意識していることをそのまま転写するのです。若返りやダイエットで必要なのは、自分が理想の体だった時代へタイムスリップすること。すると、細胞がその当時と勘違いして、勝手に若返ってくれるのです。また、夢や希望に満ちあふれていたマインドもそのまま

④自分の未来写真

自らをやる気にさせるのではなくその気にさせる

よみがえらせ、エネルギーへと変えてくれます。

④自分の未来写真

未来の自分のビジュアルを先につくってしまいましょう。これには**写真の加工が一番**です。最近では、コンピュータやスマホのアプリのほか、プロのカメラマンが写真を加工してくれるサービスもあります。

「このぐらいスリムになって……」
「小顔になるといいな」
「肌はツルツル、色白で……」

など、いくらでも調整可能です。

自分の写真を使うことで、自分の可

⑤目標達成プログラム

目的達成 プログラム

項目	月曜日	火曜日	水曜日	木曜日	金曜日	土曜日	日曜日
身体のデザイン							
体温測定							
胃の休憩16時間							
24時までに睡眠（8時間睡眠）							
週に150分のウオーキング							
腕立て30回							
腹筋30回							
もも上げ 10回×3セット							
呼吸法 20分							
体幹噴水運動 週2回以上							
体重計測定							
食事デザイン							
炭水化物 1種類							
タンパク質 、豆、卵、魚、豆腐、乳製品 3種類							
ビタミンミネラル 緑黄色野菜、海草、きのこ、果物 16種類							
水 2リットル							
心のデザイン							
掃除							
千年ノート イメージトレーニング							
瞑想							

未来から変わるために必要な事を逆算しギャップを埋めて行く事を楽しむ

期限2016年 7月末頃

－3キロ ダイエット

能性があることに気がつきます。すると、人は自分のこととしてリアルに考えることができるようになり、自然とすべきことをはじめるのです。情報は巷にあふれています。自分が必要としている情報も、この未来写真一枚を眺めることで引き寄せられ、それによって理想の自分へと勝手に変化していきます。やる気になるよりも、その気にさせることが何より効果的です。

⑤目標達成プログラム

自分をその気にさせたら、今度は今の自分と未来の自分のギャップを

⑥理想の自分になれたら起こること　STEP1

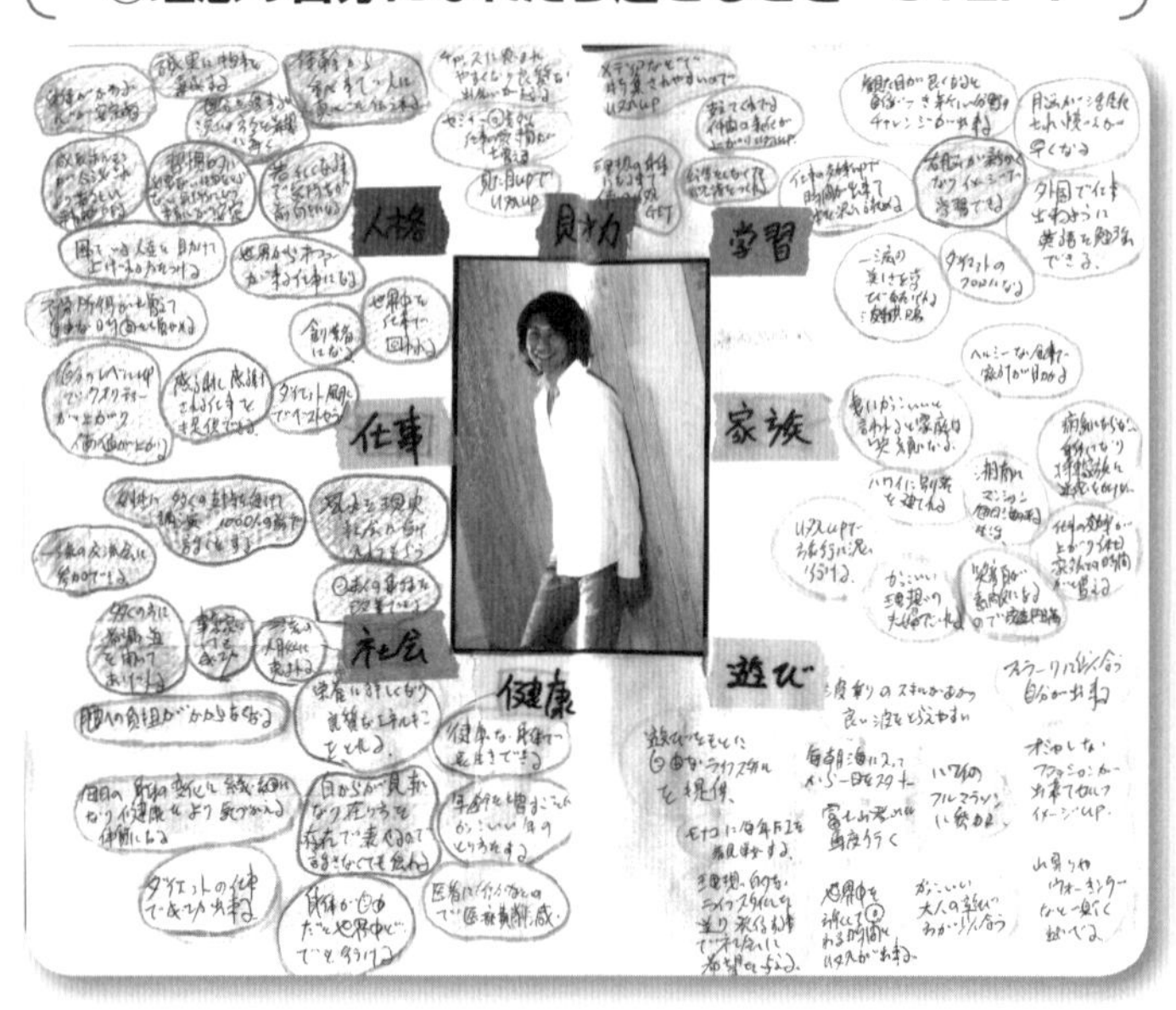

埋めるために、日々の行動計画を考えます。誰かにやらされているエネルギーでは人は続きません。人は自ら動きたいと感じてこそ、自ら行動目標を立てることができるのです。

また、ギャップを埋めることを「大変だ！」とネガティブにとらえず、**ゲーム感覚で楽しむこと**がポイントです。私の場合は行動目標を一週間ごとに落とし込み、毎日チェックリストをつくり、達成できたら丸を書き込んでいきます。

⑥理想の自分になれたら起こること STEP2

⑥理想の自分になれたら起こること

STEP1 文字で書き込む

未来の自分が理想の自分になったとき、どんなよいことが世の中で起こるのか、自分にはどんなメリットがあるのかを想像します。そして、それをマインドマップのように書き込んでいきましょう。こんなにいいことが起こるとイメージできたら、不思議なもので、もうやらざるを得ない心境になってくるものです。

STEP2 ビジュアル化する

書き込んだあとは、もっともっと具現化へパワフルな力を発揮するビジュアルへ転写してみましょう。

⑦毎日の出来事で印象的なもの

その日起こった出来事のなかで印象的なものを**ランダムでいい**ので書いておきましょう。それがあとで振り返ったときに、どんなことがあったかを思い出すヒントになります。時が経つにつれて、些細な出来事が点と点でつながる瞬間があります。その瞬間を体感すると、さらに意識の奥深くに入り込み、「引き寄せられた！」という実感が得られるのです。このプロセスを積み重ねていくことで、理想の実現性が高まり、ノートとの信頼関係が深まっていきます。

⑧情報のスクラップ

目についた情報で気になったものを文字で残したり、雑誌を切り抜いたりして残しておきましょう。こうすることが、あふれる情報のなかから**大事なメッセージを整理することにつながります。**これは、自分の目標や目的をクリアすることにも大きく貢献してくれるものです。図やイラストなどのビジュアル化されたものを多用すると右脳にインプットされやすくなり、より潜在意識に届きやすくなるので、おすすめです。

⑨インスピレーション

突然パッとひらめいたこと、ふと思いついたこと、あるいは頭のなかで降りてきた**メッセージを書きとめる**ことを習慣にしてください。記憶に残ることはもちろんですが、いつかその点と点がつながることで、何かがはっきりと見えてくることもあります。ダヴィンチがそのことを証明しています。

⑩未来日記

先にも紹介しましたが、未来に起こる出来事を先に決めてしまい、これを文章に残すのもおすすめです。すでに願いがかなったとして、

「結婚して幸せ！」

「理想のボディ&キレイを手に入れて、モテまくり♪」

「理想の仕事をして充実している」


など、完了形で書き込んでください。すると、あなたの意識は「かなったもの」として認識しはじめるのです。

願いがかなう10のコツ

続いてはちょっとしたコツを紹介していきます。これは、私がこれまで試行錯誤して『千年ノート』を完成させた経験から見つけだしたものです。無理なくできる範囲で取り入れてみてください。

コツ1　時系列に書くこと

まず、**必ず日付を入れる**ようにします。仕事、プライベートなどカテゴリー別にせずに、前のページから順番に書いていきます。

「大事な情報とそうでないものがゴチャゴチャになるんじゃや……」

と心配するかもしれませんが、気にせず順番に使っていきましょう。

コツ2　ちょっとしたことでもすぐにその場で書き込む

「こんなことノートに書くほどのことでもないか……」

なんて思って書かないのはNG！　少しでもあなたが気になったことは、意識のなかにひっかかるものがあるという証拠です。あとから見れば、**重要な何かが隠れている**かもしれません。

コツ3　リラックスして自由につくる

書き込む内容も、貼るものもすべて自由です。立派なことを記録するノートではありません。できるだけ多くの**「気になったこと」**を残すことが一番です。くだらないことでもOKです。むしろ、そうしたリラックスしたことを自由に書く習慣ができると、次第に心のなかの本当の言葉を進んで残せるようになっていきます。

コツ4　完璧さを求めない

1冊目から上手に使いこなすのは至難の業です。真っ白なノートをはじめて使うのには、なぜか勇気がいるものです。でも、『千年ノート』は人に見せるものでも、何かを整理するものでもありません。とにかく時系列に、ワクワク、ドキドキすること、楽しいこと、感動したこと、気になることを、どんどん詰め込んでいきましょう。失敗したら、次のページにあらたに書き込めばOK。文字が汚い、インクがにじんだ、雑誌の切り抜きが破れた……一切気にすることはありません。

コツ5 わかりやすい見出しをつける

『千年ノート』に書き込んだ内容は、あとから見返せるように見出しを大きくしたり、色を変えたりするとインデックス的に使うこともできます。たとえば、ダイエット&キレイに関係することは赤、仕事のことは黄色、恋愛や結婚のことはピンク、家族のことはブルー……といった具合です。また、書き込んだ場所なども、あとから思い出すのに重要なキーワードになることもあります。場所や「A子ちゃんと一緒に」など関連するワードもメモしておくのがおすすめです。

コツ6 ページ番号を入れる

ページ番号を入れておくと、あとから見直すときに、探しやすかったり、目次をつくったりすることもできます。また、**風水では数字には意味とパワーがある**と考えられています。数字の意味とパワーで思わぬハプニングがあるかもしれません。

コツ7 イラストをたくさん書き込む

文字や文章で長々と説明されるよりも、アイコンのほうが意識に入りやすくなります。

マクドナルドは〝M〟のマークだけでパッとイメージできるのと同じです。楽しかった旅行でイルカショーを楽しんだのであれば、イルカのイラストを書き込む、バーキンのバッグやベンツがほしいのであれば、カバンや車のイラストといった具合です。

「絵を描くのは苦手……」

という人もいるでしょうが、誰かに見せるものでもありません。イルカらしきもの、カバンらしきもの、車らしきイラストでいいのです。**恥ずかしがることはありません。**

イラストを使うと、一瞬で潜在意識に入り込んでいきます。潜在意識をつかさどる右脳はビジュアルでの記憶が得意なのです。イラストを多用するのはとくにおすすめです。

コツ8 常にノートを持ち歩く

会社や学校に行くときはもちろん、ちょっと近所のコンビニに行くときや、子供の送迎のときであっても『千年ノート』は持ち歩くようにしてください。寝るときにはベッドサイドに置いておきます。つまり、**いつでもノートが手に届く状態**にするのです。ノートが自分の一部になって、不思議な信頼関係が結ばれたとき、大きな変化はやってきます。

コツ9　儀式を行う

これは難しいことでも、怖いことでもありません。『千年ノート』と信頼関係を持っための簡単な魔法です。ノートのパワーが自分のエネルギーになっていると感じるまで、ぜひ続けてみてください。儀式といっても何をするのかわからない人も多いと思いますので、いくつか例をあげておきましょう。

①自分の生まれた曜日に『千年ノート』と向き合う

占星術では、この世に生を受けた曜日はとても重要なエネルギーを持っているとされています。ちなみに生まれた日の曜日は、インターネットで『誕生日　曜日』と検索すれば生年月日を入力するだけで誕生日の曜日がわかるサイトがいくつも見つかります。

②月のリズムに合わせて書き込む

月は気分や後天的な運命を表すものです。自分に向き合うのには絶好のタイミングといえるでしょう。たとえば新月の日に、なりたい自分の姿を宣言することで、新月パワーがサポートしてくれるとされています。

曜日が持つパワー

曜日	
月曜日 Monday	自分と向き合うのに最適です。瞑想をしたり「千年ノートを書く日」にしたりするのもふさわしいのが月曜日です。
火曜日 Tuesday	スポーツするのに適しています。「燃やす」という意味があり、異性にアタックするのにもよい曜日です。
水曜日 Wednesday	勉強や知識を深めるといい曜日です。勉強会やセミナーへの参加も◎。契約ごとにもよい曜日。
木曜日 Thursday	お金に関することは木曜日に。口座開設や貯金スタートの日に最適です。宝くじ購入もこの日に。
金曜日 Friday	ダイエットをスタートするなら金曜日。美に関するものに適しています。エステ、恋愛への願いごとも◎。
土曜日 Saturday	忍耐など修行に適した日。座禅をしたり、長期的に取り組むことには最適で、継続して力をつけたい習いごとにもよい曜日です。
日曜日 Monday	成長の日です。エネルギーを十分に注いで、自分が成長するイメージを持って過ごすのにふさわしい日。

③数字を活用する

1日や15日、あるいは自分が好きな数字の日などに自分と向き合うのもおすすめです。あるいは3時など時間を決めて10分間だけ向き合うのもよい方法です。

おもな数字の持つ意味とパワーをいくつか紹介しておきます。

13	若返り・美肌運	キレイな写真などを13点集めてノートに貼るなどがおすすめ。毎月13日に集中スキンケアをする、13回パッティングするなど、この数字を意識しながら肌のお手入れをするのも効果的です。
15	徳のある人に	人間が持っている正義や節制などのよい特徴を徳と呼びます。徳のある人は自然によい方向に導かれます。何もしなくて徳のある人になるのではなく、そうなるためのパワーを与えられるということ。
17	強い意志	意志決定力が強くなる数字です。優柔不断の人や、何か大きなことを決定しなければならないときに活用するのがおすすめ。ただし、元々、自我の強い人は増長されてしまうので、極力使わないこと。
21	事業運	文字通り事業運が上がる数字です。会社設立を21日にしたり、オフィスを21階にしたりするのもおすすめです。そのほか、出世やキャリアアップにも効果があるので、ビジネスをはじめたい人は意識に刷り込んで！
24	玉の輿・金運	3と並んで、女性にはとてもパワーのあるのがこの数字。玉の輿運と金運をアップさせるので、ノートに書くのはもちろん、いつでも目につく場所に24の数字を貼ったり、置いたりするのがおすすめです。
31	モテ運	この数字は異性運があるので、モテ運にも効果あり！合コンの前などにパワーチャージすればよい相手が見つかるかも!?　そのほか仕事を集める運もあるので、仕事の依頼がもっとほしい人にはおすすめ。
32	ツキ運	姓名判断の字画で、なぜかいつも運がいい人、くじ運がいい人、ツキに恵まれている人に多い画数です。ラッキーなことが起こったり、宝くじ運もアップしたりするので、つねに仲良くしておきたい数字です。
33	最強パワー	3をふたつ合わせた数字で、図形にすると三角形がふたつになり、合わせると六芒星（ヘキサグラム）になることから最強のパワーを持つとされています。万物に効果があるので必ず取り入れて！
35	技術能力・専門職	専門職の技術を身につけ、発展させるパワーのある数字。ネイリストやエンジニア、弁護士など目指している人は、この数字をつねに味方にしておくと、夢が叶う可能性がぐーんとアップします。

おもな数字の意味とパワー

1	スタート	何かをはじめるのによい数字。将来、事業をはじめたい、お店を持ちたいという夢があったら、この数字をノートに書いたり貼ったりするとスタートによいタイミングが訪れます。
2	別れる	嫌なことと縁を切りたいとき、この数字を意識に刷り込んでおくのがおすすめ。自分が不要なものと別れたいときに使いたい数字。2が何度も目に入ってくるときは、何かの別れの暗示かも!?
3	美のバイブレーション	ビューティ運が上がり、華やかさを増す数字。女性はもっとも積極的に使いたい数字です。エネルギーを安定させる効果もあるので、いつも視野に入るように部屋のなかにとり入れても○。
4	安定	安定させたい事柄と合わせてノートに貼ると安定のパワーを得ることができます。四角の形も同様のエネルギーがあります。五行の土の形にもなり、精神的な安定をもたらします。
5	自由と変化	人間の「五感」「五体」「五臓」、5本の指など、人間そのものを象徴する数字。自由と変化を現すとてもパワフルな数字です。
6	天からのアドバイス	この数字にまつわる何かがあったときは、それは天のメッセージだと意識していると何か発見がある可能性大。何かインスピレーションがほしいときにもノートに6を書いたり、貼ったりしましょう。
7	魔除け・剣	ラッキーセブンとはよくいったもので、この数字には絶大なパワーがあります。アクセサリーなどで上手に活用してください。ただし、縁切りのパワーもあるので、よい縁が切れないよう注意を。
8	縁・家族	縁や家族をもたらす数字なので、結婚を引き寄せるのにも効果を発揮。日本でいわれる「末広がり」同様、ポジティブな数字でもあります。縁が結ばれるので、ビジネスでも積極的に活用しましょう。
9	宇宙とつながる	潜在意識からメッセージをもらいやすく、パワーも強い数字です。吉凶がでやすいため、ネガティブなパワーも広がりがちです。もっともスピリチュアルなパワーのある数字ですが、使いすぎには注意を。

コツ10 ノートを見直す

ノートにする最大のポイントは、**「いつでも見直すことができること」**でもあります。貼ってある写真、書かれている言葉などに、自分が本当に探しているものは何か、そのヒントが見えてくるのです。一見何のつながりがないと思う2つ以上のものから、あなたにとって重要な意味が浮かび上がってくることもあります。このように点と点がつながりはじめると、加速度的にやるべきことが理解できるようになっていくはずです。

夢を具現化する『千年ノート』のテクニック

ここからは、『千年ノート』にプラスしたい、おすすめのちょっとしたテクニックを紹介していきます。

①望みがかなったあとの1日を具体的に書き出す

望んでいるもの、ことを鮮明にイメージして『千年ノート』に書き出すことはとても効果的です。でも、それを鮮明にイメージするのがどういうことかわからない人もいるかもしれません。そんな人におすすめなのが、望むものが手に入ったと思って、その1日を書き出す方法。

たとえば、宝くじ3億円が当たったあなたをイメージしてみましょう。

まず、あなたは当選した宝くじをお金に換えなければなりません。

お金は、現金で受け取りますか、振込みにしてもらいますか?

すぐにお金を引き出せるとして、そのあと、何をしますか?

銀行へは1人で行きますか? 誰かと一緒に行きますか?

いくら引き出しますか? 5万円? 10万円? 100万円? 1000万円?

お財布に入らないような金額を引き出したなら、それはどこに入れますか? アタッシュケースを持参する? あえて紙袋に入れる?

では引き出したあと、あなたはどこに行きますか? 不安なのでいったん帰宅しますか? それともそれを持ったまま食事や買い物などに行きますか?

そのときはどんな服装でしょう? ちょっとおしゃれなワンピース? 普段通りのGパンにラフなジャケット? 近所のコンビニに行くようなスウェット上下?

食事をしに行くなら、1人? 誰かを呼び出しますか?

食事はどこに行きますか? 何を食べますか?

食事のあとは何をしますか？

……そんな1日を具体的に、鮮明にイメージするのです。もちろん、ワクワク、ドキドキしながら鮮明に描いていってください。

②寝る前の45分間に見直す

自分の理想が詰まった『千年ノート』は読み返す、見るということを繰り返し、それを習慣にしてしまいましょう。私は、寝る前の45分間をこの時間にあてています。就寝前の45分間に『千年ノート』を見返したり、頭のなかで自分の望むこと、かなえたい未来をイメージしたりします。

これは非常に効果的です。なぜなら、就寝前の45分間に考えたことは、寝ている間の頭、脳のなかで繰り返されるからです。どんな人でも必ず寝る時間はあるはずです。体を休めながら、自分の思いを朝起きるまで頭のなかで自動的にヘビーローテーションしてくれるのです。おすすめです。

③興味があるものの写真を撮って貼る

私は写真が趣味なので、つねに写真を撮るのが習慣になっています。ときには、『千年ノート』を取り出して記入することができないシチュエーションもあるでしょう。そんなときには、ぜひ写真を撮ってください。ちょっと気になったものや、興味を引くものは携帯電話のカメラでパシャリと撮影するのです。そして、それをあとでプリントして『千年ノート』に貼っておきましょう。ちょっとしたコメントをつけておけば、あとから見直すときにさらに鮮明に記憶が戻るはずです。

④「3」のパワーを取り入れる！

3という数字は、美をつかさどる数字といわれ、三角形は美しさのパワーを持つ形として広く知られています。三角形の形をしている「山は、風水でもエネルギーを流すパワーがある」とされ、宇宙につながる形とも言われています。日本でいえば、富士山は最強の美のバイブレーションがあり、パワースポットでもあります。

『千年ノート』をつくりはじめたら、まず「3」を意識して使ってみてください。使い方は自由です。ノートに「3」と書いてもいいですし、「3」という数字が入った写真を撮るのもいいでしょう。三角形のものを集めるといった方法もあります。

そして、まずは1週間、「3」と「三角形」を日常の景色のなかから意識的に探すことを習慣にしてみてください。3丁目でも3番線でも、三角屋根でもOKです。そして意識のなかにそれを刷り込むのです。

これだけで、自然と「3」のパワーが入ってきます。そして、何らかの変化があなたの身に起こるはずです。

「そんなバカなこと、起こるわけがないじゃない!」

といったネガティブな意識はNGです。

「3のパワーをもらって素晴らしいことが起こるんだ! 何だろう!?」

とワクワクした意識を持って取り組むのが重要です。

⑤パワーストーンのエネルギーを活用

本書を手にとった人のなかには、パワーストーンに興味がある人も多いのではないでしょうか。パワーストーンとは、地球という生命体のなかで歳月をかけて結晶化したものです。そのなかには、宇宙と地球のエネルギーが内包されています。世界に同じものは1つとありません。

最近では多くの人が、何かしらのパワーストーンのブレスレットを身に着けている姿を目にします。これも「何かのパワーがもらえる！」という気持ちからだと思います。なかには、パワーストーンの知識が豊富で、「エネルギーの流れを整えるため」といった明快な理由を持って身に着けている人もいるでしょう。

『千年ノート』でも、そのパワーを存分に活用してください。パワーストーンを実際に持ち歩くのはもちろんいいことだと思います。しかし、ノートに写真を貼るだけで、そのパワーは得られます。

パワーストーンは、「手に入るべきときに手に入るもの」と私は思っています。ですから、リアルなパワーストーンを手に入れるのは、そのご縁のタイミングが訪れるのを待つだけでいいのです。それまではノートのなかに、ほしいエネルギーをためておきましょう。

私がおすすめするパワーストーンとその効果をまとめましたので参考にしてください。

おすすめのパワーストーン＆効果

クリスタル 調和・統合・強化	とても優れた浄化作用があり、他のパワーストーンが吸収したマイナスエネルギーをキレイな状態に戻すパワーがあります。すべてのものに調和をもたらし、それらをうまく統合させ、より一層強力なパワーを発揮するよう導いてくれます。目標や前に進むべき道を明確にし、夢の実現をサポートしてくれるでしょう。また、心と体の活性化や潜在能力の開花、直観力や想像力の強化なども助けます。
ダイヤモンド 永遠に変わらない想い・深い絆を結ぶもの	地球上でもっとも硬く、普遍的な輝きを持ち続けるダイヤモンド。今の状況を脱したいとき、これまでのマイナス面を取り払うと同時に、その障害を打ち砕き、新しい生き方へと導いてくれます。
ルビー エネルギーが強まる・活動的・積極的	今までチャレンジできなかったことや、体力不足で乗り越えられなかったものを越えるサポートをしてくれます。体力や意欲、意志力も強まり、活動的、積極的になっていきます。
アクアマリン 幸福と永遠の若さ・富と喜び	勇気、希望という意味も持っているので、勇気を与えてくれるパワーがあります。癒しのエネルギーで心と体を満たし、穏やかで優しい気持ちに誘います。コミュニケーション能力を高め、自己表現ができるようサポートしてくれます。
ターコイズ 災いをはらう・心を浄化	古来、幸運のお守りであり、災いをはらうパワーがあると信じられてきました。ネガティブなエネルギーをはらいのけ、困難を乗り越えて、希望を達成するためのサポートをしてくれます。浄化力の強い波動を持つため、直感を磨き、精神世界を探求するときに守ってくれます。魂をなぐさめ、心を浄化する作用も持っています。
インカローズ バラ色の人生	持ち主を豊かな愛情で包み込み、心に受けた傷を癒してくれます。「ソウルメイト」を引き寄せるパワーもあるといわれます。情熱の意志と呼ばれ、眠っていた情熱を呼び覚ます作用もあります
タイガーアイ 邪気払い・自己実現	古代より、金運をはじめあらゆる吉運を招くとされています。強力な邪気払いとしても使用されていました。実行力をサポートし、直観力が研ぎ澄まされます。このため、何かをはじめるときは、踏み出した先に何かが待ち受けているのかを察知させ、難を逃れ、目的とするものを確実に手に入れさせてくれる自己実現のパワーがあります。

『千年ノート』のなかの理想の世界で思い切り楽しむ！

『千年ノート』をつくることは、難しいことでも面倒なことでもありません。眉間にしわを寄せながらつくっても、あなたに何の変化も起きないでしょう。

私の生徒さんからこういうことを言われたことがあります。

「楽しいことをすればいいと思っていても、現状の仕事や生活で、そんなことばかりしていられません。どうすればいいのですか……」

この生徒さんの言葉にうなずく人も多いでしょう。これこそ今の日本人、あるいは世界中の人の悩みなのです。

だからこそ楽しいことは、まず**「ノートのなか」で実践**すればいいのです。

『千年ノート』のなかに自分の理想の世界をつくってください。理想のボディ&キレイをはじめとした、手に入れたいものはすべて手に入り、自分は幸せな笑顔で笑っている。そして、その気持ちをできるだけリアルに感じてください。

この理想の世界の波動は、いつしか現実の自分の波動になりはじめます。そのときに素晴らしいことが、変化が、奇跡があなたに訪れるのです。

私が必ずセミナーで伝える言葉があります。

「感動を閉じ込めて！」

日常の世界でも、できるだけ感動する出来事に出合ってください。感動のエネルギーは、勝手にあなたの意識のなかに入ってきて、波動を上げてくれるのです。

とくにおすすめしたいのが、**旅に出ること**。夢をかなえたいのであれば、どんどん旅に出て、大自然に触れ、感動を味わいましょう！　そして、その記憶をノートに閉じ込めて、エネルギーにすれば、必ず人生は変わります。

そしてもう1つ。

『千年ノート』では、あなたは最初に夢や希望を求め、イメージします。そして、毎日それを見直します。ここまでは、これまでに説明した通りです。そして、その次に大切なことがあります。

それは **〝忘れる〟ということ**。

求めていても、いったん手放すのです。矛盾しているようですが、これは大切なことです。なぜなら、あなたが顕在意識のなかで意識している間は、それらは手に入りにくいものだからです。

　もちろん、最初に強く求めなければ決して手に入りません。ですから、まずは『千年ノート』に書き込み、ビジュアルを貼り、強くイメージします。それを習慣化させて、意識しなくなったころ、いわゆる忘れたころにそれはやってきます。つまり、それはあなたの夢や希望が、潜在意識のなかに深く入り込んだということなのです。まずは、108日間続けることをおすすめします。

『千年ノート』に身を任せること、流れに身をゆだねること。実はこれが最大のポイントと言っても過言ではないほど重要なのです。逆になかなか変化を実感できないときに
「何も変わらないじゃない！」

「私にはやっぱり無理なのよね……」

などと、あきらめやネガティブなエネルギーは決して持ってはいけません。それは波動となって、求めているものがすぐ近くに来ているにもかかわらず、また遠くへ行ってしまうかもしれません。あるいは、それを手にすれば、すべてがうまくいくものがあなたのすぐそばにあるのにもかかわらず、気づかずスルーしているのかもしれません。

　日常生活のなかにちりばめられた、あなたにとって大切なものやアイテムに気づくこと

ができる自分になることこそが、『千年ノート』で目指すあなたの姿なのです。そこから
すべてが変わってきます。

HAVE A FUN!

郵便はがき

料金受取人払郵便

牛込局承認

7734

差出有効期間
平成30年1月
31日まで
切手はいりません

162-8790

東京都新宿区矢来町114番地
神楽坂高橋ビル5F

株式会社ビジネス社

愛読者係行

ご住所 〒 TEL:（　　）　FAX:（　　）			
フリガナ お名前		年齢	性別 男・女
ご職業	メールアドレスまたはFAX メールまたはFAXによる新刊案内をご希望の方は、ご記入下さい。		
お買い上げ日・書店名 年　月　日	市区 町村		書店

ご購読ありがとうございました。今後の出版企画の参考に
致したいと存じますので、ぜひご意見をお聞かせください。

書籍名

お買い求めの動機

1　書店で見て　　2　新聞広告（紙名　　　　　　　　　）

3　書評・新刊紹介（掲載紙名　　　　　　　　　　　　　）

4　知人・同僚のすすめ　　5　上司、先生のすすめ　　6　その他

本書の装幀（カバー），デザインなどに関するご感想

1　洒落ていた　　2　めだっていた　　3　タイトルがよい

4　まあまあ　　5　よくない　　6　その他(　　　　　　　　　　　)

本書の定価についてご意見をお聞かせください

1　高い　　2　安い　　3　手ごろ　　4　その他(　　　　　　　　　　　)

本書についてご意見をお聞かせください

どんな出版をご希望ですか（著者、テーマなど）

私の最新『千年ノート』大公開！

最後に、私の実際の『千年ノート』を少しだけ公開します。モナコグランプリ観戦のために妻と出かけたモナコ旅行での感動を詰め込んだページです。ノートを見返すたびに、モナコで受け取ったエネルギーや感動がよみがえってきます。今回はみなさんに公開する特殊な機会でしたので、文字をワープロで打ち込みましたが、もちろん手書きでもOKです。自分の好きなように感動の瞬間をノートに詰め込んでみてください。

世界中のお金持ちが集まるモナコです。ちょっと豪華にクルーザーに乗って、ラグジュアリーな雰囲気を満喫！

過去にはケーリー・グラント、マイケル・ジャクソンやネルソン・マンデラといった超有名人が宿泊名簿に名を連ねた５つ星ホテル『HOTEL DE PARIS Monte-Carlo』。究極のリラクゼーションを体感できる空間です。

はじめてのF１観戦がモナコグランプリ！　世界最速のスピードで目の前を走り抜ける迫力は、映像では味わえない未体験ゾーン！

第4章

ボディ編

呼吸・ウォーキング・ストレッチでみるみるスリム&キレイに!

『風水ダイエット』ボディ編の3つのメソッド

ここからはボディ編。体を実際に動かす『風水ダイエット』について具体的に紹介していきます。次の3つのメソッドがあります。

- 呼吸
- マッサージ・ウォーキング
- ストレッチ

これら3つをバランスよく日常生活のなかにとり入れることで、理想のボディ&キレイを目指していきます。

呼吸法で腹圧を調整することで正常な状態に戻し、マッサージ・ウォーキングやストレッチで全身の筋肉を緩めていきます。これらにより、血流が改善し自然治癒力を向上させます。また、体幹を養うことで、内臓機能は本来の正しい状態にリセットされ、活性化していきます。

PART1では呼吸法を、PART2ではマッサージ・ウォーキングを、PART3ではストレッチについて紹介していきます。

ダイエットでもっとも大切なことは、〝続けること〟だと私は考えています。そのため、ボディ編の各メソッドの個別の紹介は最小限にとどめました。シンプル＆簡単で、誰でもできるものを厳選しています。

できるものから、**無理なくストレスなく続ける**ようにしてみてください。まずは1つだけ、あるいは2つだけなど、自由にセレクトしても構いません。

ただし、PART1で紹介する呼吸法はすべての基本となります。呼吸法だけは、必ず最初にマスターするようにしてください。

朝5時～7時の間の20分がおすすめ

みなさんは「睡眠のゴールデンタイム」というのをご存じでしょうか。女性の場合、「美肌のためのゴールデンタイム」といったほうがわかりやすいかもしれません。それは、一般的に夜の10時から深夜2時の4時間と言われています。これは、この時間帯に眠っていることで成長ホルモンが多く分泌され、体や肌、髪によい効果がもたらされるからです。

『風水ダイエット』でも同様に、理想のボディ&キレイがより効果的に手に入るゴールデンタイムがあります。

それが朝の5~7時です。

この2時間の間に『風水ダイエット』を行うことで、その日1日を元気に快適に過ごすことができます。

「5~7時なんて無理!」

と言う人もいるでしょう。もちろん無理をする必要はありません。ただ、少しずつでも夜型から朝型へシフトするよう心がけることをおすすめします。なぜなら、早朝に活動する恩恵は思った以上に多いのです。

まず、早朝に体を動かすことで、細胞の新陳代謝が活発になり、1日を通してエネルギーが効率的に消費されやすい状態をつくりあげます。つまり、体がやせやすくなるということです。

また、脳の働きも、夕方より早朝のほうがあきらかに集中力が高い、つまり活発に動いているという報告もされています。人は起きている間にさまざまな情報を目から取り入れてしまい、その情報を無意識に脳のなかに記憶しています。そして、1日で集められたそれらの情報を寝ている間に整理しているのです。

つまり早朝、起きてすぐというのは、頭のなかがきちんと整理されたゼロの状態になっています。余分な情報に振りまわされることなく、何をするにもスッキリとした状態で取り組め、効率もよいのです。

こうしたことから、最近では、仕事や学校の始業前に活動する「朝活」も、大いに賑わいをみせ、頻繁に行われています。

夜型から朝型のサイクルにするのは、最初は大変かもしれません。もちろん、仕事や学校の関係で朝型にするのが難しい人もいるでしょう。ただ少し朝型にシフトするだけでも、驚くほど体や心が快適になることが多いのです。

『風水ダイエット』は、心と体を本来の自然な状態に戻すものです。夜型というのは、人間本来のサイクルではありません。朝日が昇るのに合わせて起き、日が暮れるのに合わせて生活の活動を終わらせる、これが本来の姿です。現代社会で完璧にそれを取り戻せるかといえば疑問ですが、少なくともできるだけ本来の姿に戻すよう心がけることは大切なことだと思います。

また、心や体が快適になれば、考え方も前向きになっていきます。すると『風水ダイエット』への取り組みもさらに意欲的になり、モチベーションも確実に上がります。理想のボディ&キレイを手に入れた自分をイメージしながら、それを手に入れたときの自分にワクワクしながら取り組むことができるでしょう。

1日を3分割して、時間のとらえ方を変える

ダイエットが続かない理由の1つとして、多くの人があげるのが「時間がない!」というものです。みなさん忙しい毎日を送っているので、そう考えるのも仕方のないことかもしれません。ただ、そうはいっても少しでも『風水ダイエット』の時間を確保しなければ、何もはじまりません。

そこで、私がおすすめするのが、**1日を3分割する考え方**です。つまり、1日24時間を、「睡眠8時間、仕事や学校8時間、その他8時間」とイメージしてください。

睡眠や、仕事、学校などのどうしても割かなければならない時間以外に8時間あります。あなたは、この8時間をどう考えるでしょうか。

「もう8時間しかない」と考える人もいるでしょう。でも、

「あと8時間もある」と考えることもできるはずです。

『風水ダイエット』は、シンプルで無理なく続けられることを一番に考えたメソッドです。自分の限られた時間を「あと8時間もある」と考えることさえできれば、問題なく誰にでも続けることができます。

時間は、億万長者にも、ワーキングプアで大変な人にも、失業中の人にも、恋人やパートナーがいて幸せを満喫している人にも、好きな人さえいないという人にも、大人にも、子供にも、老人にも……、すべての人に平等に与えられたものです。よくよく考えてみれば、この世の中ですべての人に平等に与えられているという貴重なもののひとつかもしれないのです。

そんな貴重な時間をどのようにとらえるのか——。

「もう8時間しか……」なのか、「あと8時間も……」なのか——。

もちろん理想のボディ&キレイを手に入れ、幸せに生きることができるのは後者であることは間違いないでしょう。

あなたの時間のとらえ方から変えていく、これも『風水ダイエット』成功の大きな秘訣になるのです。

ダイエット成功の鍵は、日本人特有の性格を上手に活用すること

『風水ダイエット』を失敗させないために、私がいつもおすすめするのが、「責任感の強い日本人の性格を利用する」ということです。

日本人は、よい意味でも悪い意味でも〝真面目〟と称されることが多く、とくに〝責任感〟については驚くほど強く持つ人が多いのです。これは〝人に迷惑をかけてはいけない〟という幼いころからの教育が大きく影響しているのでしょう。このことが周囲の目を気にする、自己主張をあまりしないなど、あまりよくない面で話題にされることもありますが、ここでは上手に利用するのが得策です。

身近かな人に宣言してしまうのも1つの方法でしょう。

「ダイエットでやせてキレイになるんだ！」

「ダイエットを決行します！」

と告げるだけでも、やり抜こうと努力するのが日本人です。

また、ダイエット仲間をつくって、一緒に取り組むのもおすすめです。ＳＮＳなどを通

じて、途中経過を報告しあったり、励ましあったり、ときには過剰に「すごい！」「さすが！」などと褒め合ったりするのもいいでしょう。

これは私のセミナーでも取り入れている方法です。このセミナーは、1年間という長いスパンで構成されたものですが、必ずグループで行います。そして、数回のセミナーに最初の会から最後の会まで同じメンバーで参加してもらうのです。

日を追うごとにグループ内には連帯感が生まれ、それがよい方向で影響し合うことになります。グループ内の参加者が直接会う機会は数回ですが、その間にSNSでの交流は必ず続けるシステムなのです。

これまで参加してくれた人たちの結果を見ても、1人で参加するセミナーに比べて、各段に効果は高く、各自のモチベーションも継続しているようです。連帯感は楽しさを与えパワーがあふれてくるとともに、

「みんな頑張っているのに、私が手を抜くことでやる気を削いではいけない！」

といった日本人独特の責任感が出てくるのだと思います。

ときに取り組みに挫折したり、挫折まではいかなくても面倒になったりすることは人間ですからあって当然です。私は**1日、2日、ダメな日があっても構わない**とさえ思ってい

メンターがいることでの目標達成率

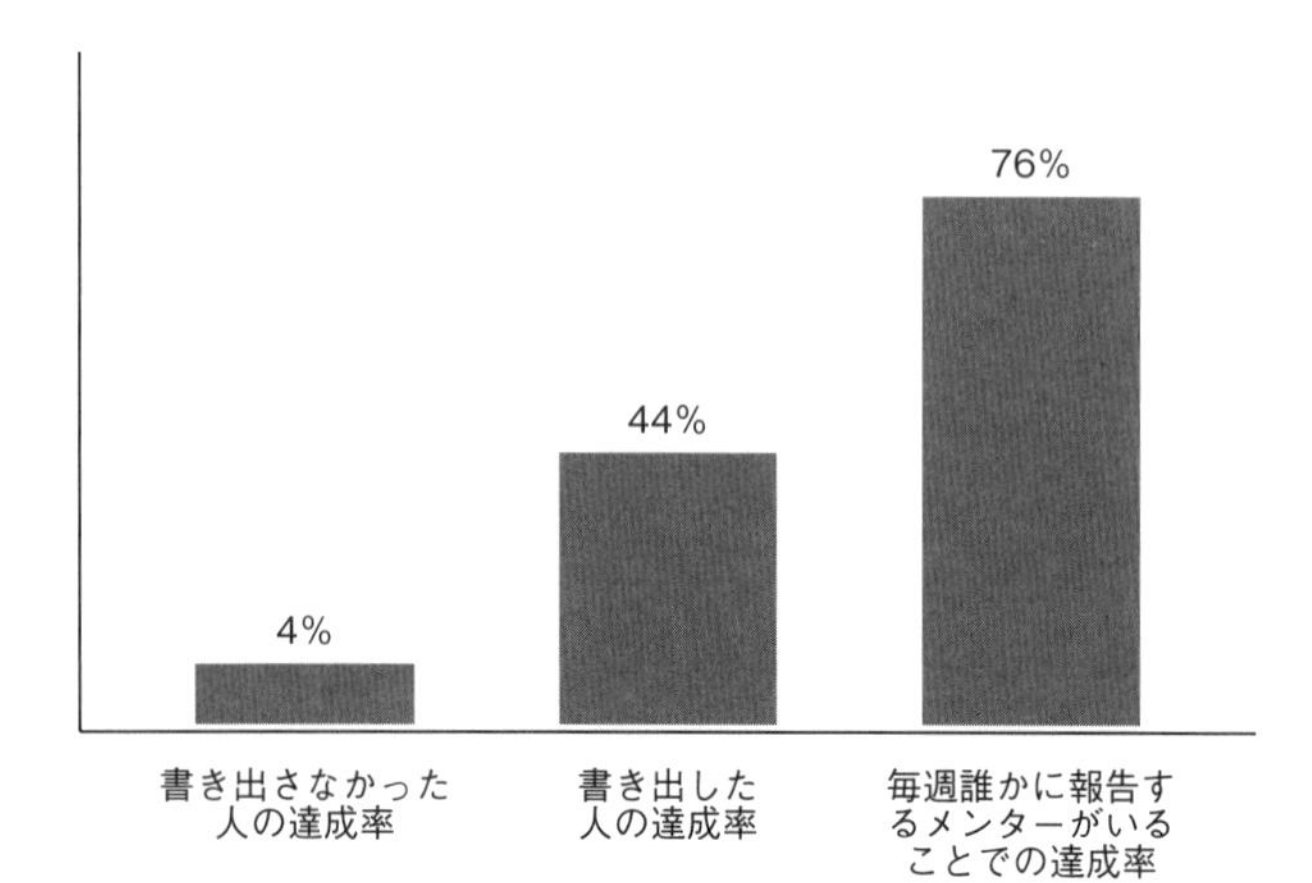

ます。ただ、孤独な戦い（?）をしていると、1日、2日の失敗にもかかわらず、

「ああ、もうダメ！　やっぱり私には無理！」

などと投げ出してしまいがちです。そこに共通の目標や夢を持つ仲間がいることで、

「いやいや、このままじゃ、ダメだ！」

「今日からまたはじめよう！」

とストッパーがかかり、モチベーションを持ちなおす機会になるわけです。

ある調査によると、定期的に経過報告をするメンター（指示や命令ではなく対話によって助言や指導育成をする人）がいる人は、目標達成率が74パーセント以上アップするとされています。仲間をメンターとして設定してしまえば、ダイエット成功率も飛躍的に伸びる

ことは間違いありません。

　そのほか、簡単な方法としては、
●○月○日にA写真館でプロフィール写真撮影の予約を入れ料金も払ってしまう
●理想のボディサイズのワンピースを購入してしまう
など、先回りして少し自分自身を追い詰めるという方法もあります。何らかのリスクをとるほうがやり遂げやすいものです。もちろん、そのリスクは、成功したときにワクワク、ドキドキできるものであるのがベストでしょう。

体の軸が整えば、よい縁を引き寄せる！

『風水ダイエット』で目指すのは、しなやかな体づくりです。

しなやかな体とは、体の隅々にまでスムーズによい血液を循環できる体のことを言います。よい血液を全身に循環するためには、酸素を十分に取り入れることと、体の中心軸を整えることが重要なのです。

　しなやかな体を手に入れることができれば、脳にも血液が充分に循環しますので、脳の

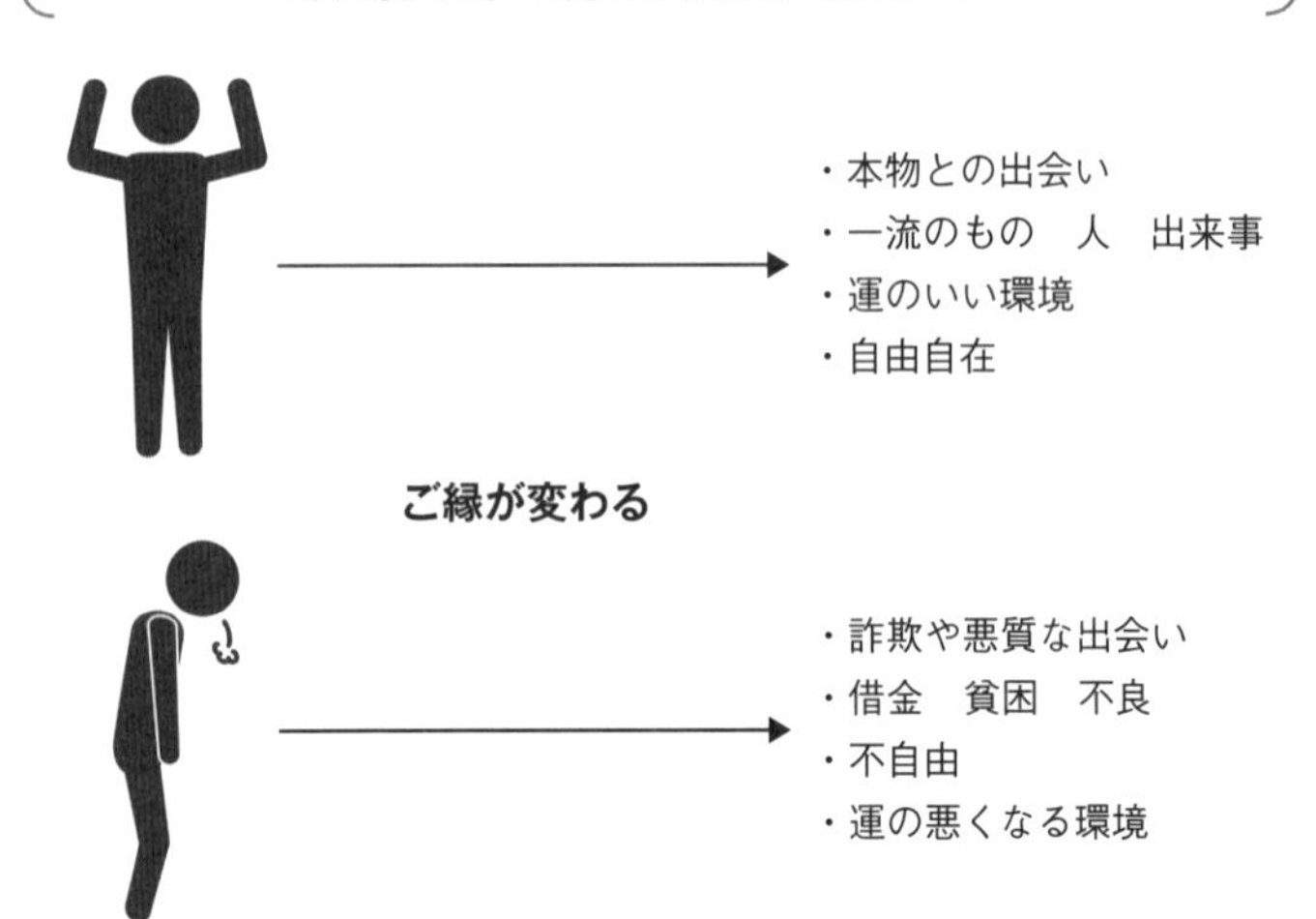

活性化、メンタル面の変化にもつながります。これまで述べてきたメンタル面のアプローチが、より効果的にあなたを変化させてくれるでしょう。

また、体の中心軸が整うことで、不思議なパワーも実感できるはずです。それがあなたの出会う〝縁〟が変わっていくということ。体幹がブレ、中心軸がない人は、詐欺などの悪質な出会い、借金や貧困、自由のきかない生き方、運の悪い環境などが、知らない間に引き寄せられてきます。

逆に中心軸が整い、ブレない体を手に入れた人は、本物と思える人やもの、出来事との出会い、運のよい環境、チャンス、自由自在の生き方が引き寄せられます。

これは**波動共鳴**というものです。ものにはそれぞれ波動があります。そして、似た波動を持つもの同士が共鳴し合い、集まってくるのです。「類は友を呼ぶ」という言葉があります。これはまさしく波動共鳴そのものです。運の悪い人のところには運の悪い人が、運のよい人のところには運のよい人が集まるということ。
『風水ダイエット』によるしなやかな体づくりは、あなたの縁を、そして未来も変えるパワーがあるということを忘れないでください。

『風水ダイエット』成功の5つのヒント

実践する前に、ここで成功に導くヒントをもう一度、まとめておきましょう。

ヒント1　目標を明確にする

メンタル編で紹介した自分の夢や希望をもう一度、明確にしましょう。明確であれば強く意識できるためダイエット成功に強力なパワーを生み出してくれます。また、夢や希望は『千年ノート』に書き込み、1日のはじまりに見直すだけでなく、**声に出す**のも効果的です。

ヒント2　原因を知る

なぜ太るのか？　どうしたらやせるのか？　その原因をしっかり理解しましょう。とくにストレスは太る最大の原因です。自分自身のストレスはどこにあるのか、それを改善するためにできることは何なのか、といったストレスに対する日々のアプローチもしていきましょう。

ヒント3　周囲に宣言&報告する

ダイエットをスタートさせたら、周囲の人やSNSの仲間に宣言してみましょう。そして、できれば経過報告も忘れずに。すると、応援の言葉やアドバイスなど思わぬメッセージがもらえるかもしれません。

ヒント4　無理せず継続することを最優先させる

無理をするのは大きなストレスがかかります。できることから1つずつ、ゆっくりスタートさせてください。1日にいくつメソッドを実行するかではなく、続けることが何より大切です。ストレスなく少しずつ続けていけば、心と体が喜び、楽しみながら取り組むことができるようになります。

ヒント5　日々の習慣に落とし込む

『風水ダイエット』を続けることで、体や心はよりよい方向へ日々、変化していきます。各メソッドを、毎日の習慣として落とし込んでいきましょう。すると意識したり、ワークとしてではなく、あなたの体や心がこのメソッドを自ら求めるようになってきます。そうなれば「続けなきゃ！」と構えることなく、自然の流れで継続され、理想のボディ＆キレイをキープできます。

必要なのは努力ではなく、体を緩ませること

『風水ダイエット』はマシーンやダンベルなどの器具を使ったいわゆる〝筋トレ〟は行わず、しなやかな体づくりを目指すものです。つまり、ストイックでキツいトレーニングを努力と根性でやり遂げるものではありません。ダイエットに大切なのは、努力ではなく〝体を緩ませる〟ことだというのを忘れないでください。

現代人の多くが、体が緩まない状態で日々生活をしています。

では、体が緩まない状態とはどういうことなのか——。

簡単に言えば、筋肉に力が入る、つまり体に余分な力が入っている状態です。それでは、なぜ余分な力が入るのかといえば、脳など中枢神経系から筋肉に「力をいれて！」という指示が出されたため、その指示を忠実に筋肉が守っているわけです。中枢神経を通して体にそのような働きかけをしているのが、自律神経です。

自律神経は、内臓や呼吸、体温調節機能など、生命維持にかかわる体の基本的な働きをコントロールしています。自律神経には、体を緊張状態にする交感神経と、リラックス状態にする副交感神経があります。このバランスが崩れることで引き起こされるさまざまな不調が、自律神経失調症などと呼ばれるものです。

これらの自律神経は、意識して動かすことはできません。自律的に動いているのです。ですから、意識とは別の指令により「筋肉を緊張させろ」といった情報を筋肉に伝えているのです。このような働きをするのは、自律神経のなかの交感神経ですので、この働きを抑え、副交感神経の働きを高めることで自律神経全体のバランスをとる必要があります。

とはいえ、意識してもコントロールできないのが自律神経です。意識的に自律神経を抑えたり、副交感神経の働きを強めたりすることは基本的にはできません。ただし、副交感神経は、リラックス状態のときに優位に働くことはわかっていますので、体全体をリラックスさせることが有効な手段であることは間違いありません。

体を緩めることで、副交感神経を優位にし、交感神経の興奮を抑え、自律神経がバランスをとるようになります。これが重要なのです。

ストイックに厳しいトレーニングを努力と根性で続けると、かえって交感神経を優位にして体を緊張させてしまうのです。

体を緩める体操やそのメソッドなどの情報はたくさんあります。ただ、実際に体を緩ませることは思った以上に難しいものです。「力を入れない！」「力を抜くんだ！」「体を緩めて！」と意識すればするほど、体は緊張してしまいます。これは、座禅で無我の境地になることや、一切の物事を考えずただ座り続けることと難しさは同じでしょう。

腹式呼吸で体を緩ませる

『風水ダイエット』では、体を緩ませるために腹式呼吸を用います。つまり呼吸法です。もっとも効果的であり、シンプル、そして続けることが簡単なのがその理由です。

私たちは毎日、呼吸をしなければ生きていけません。そして、その呼吸は意識することなく自然に、自動的に行われています。生命を維持する心臓、肝臓、胃腸、腎臓をはじめとしたさまざまな器官も同様です。意識してその動きを変えること、動かすことはできないものです。ところが、生命維持に不可欠な呼吸だけは、自分の意思でコントロールすることが可能な唯一の機能なのです。

呼吸には、ご存知のように胸式呼吸と腹式呼吸があります。

胸式呼吸は、肋骨を広げたり閉じたりすることで、肺に空気を取り込みます。楽に空気をすばやく取り込むことができるのが胸式呼吸の特徴で、マラソンや階段の昇り降りなどで息を切らしている状態のときはこの呼吸法をしています。また、ラジオ体操の深呼吸も腕を大きく広げることで肋骨を開き、空気を吸い込む胸式呼吸です。

一方の腹式呼吸は、横隔膜を上下させてお腹に空気を取り込む呼吸法です。お腹をひっこめながら口から息を吐き、お腹を出しながら鼻から吸い込みお腹に空気を取り込みます。

人が生まれたときには腹式呼吸をしています。赤ちゃんがお腹を大きく波打たせるように穏やかに呼吸をしている姿を見たことがある人も多いでしょう。赤ちゃんは自然と腹式呼吸をしているのです。当然、体に余計な力は入っていない自然体です。

つまり、私たちはもともと、腹式呼吸を自然と身につけて生まれているのです。しかし、それが成長とともに体や心へのストレスが増えてしまった結果、体に余計な力が入ってしまい、呼吸が浅くなり胸式呼吸へと変化してしまったのです。最近では小学生などでも呼吸の浅い子供が増えてきたと言われています。現代では、子供時代から多くのストレスにさらされているということでしょう。

腹式呼吸のさまざまな効果

腹式呼吸はさまざまな効果を発揮してくれます。もちろんダイエットや美容に関する効果も数多く報告されています。ここでは、おもなダイエット&キレイ効果を紹介していきましょう。

ダイエット&キレイ効果①　自律神経のバランスを整える

副交感神経を刺激し体をリラックス状態、つまり緩ませるのに効果的です。

私たちの日常は、仕事や対人関係などのストレスであふれています。また、1日中、目から光の情報が洪水のように入ってくるため、興奮状態が続いている人が多いといいます。

人間の体には、本来、日が沈むとともに交感神経優位の状態から副交感神経を優位に切り換わるようになっているのですが、それができない人が増えています。とくに時間が不規則な仕事をして昼夜が逆転していたり、夜になってもなかなか眠ることができなかったり、という状態では、この交感神経と副交感神経のスイッチの切り替えがうまく作動してくれません。

腹式呼吸は息を吸うことよりも吐くことを重要視しています。呼吸の場合、息を吸うときには交感神経が緊張し、吐くときには副交感神経が働いて緊張を緩めるしくみになっているのです。腹式呼吸による深くゆっくりとした呼吸は、副交感神経を優位にしてくれます。すると、リラックス効果や安眠効果を得ることができます。

副交感神経が優位になることで、ホルモン分泌や免疫、消化の働きなどが正常になるほか、生理時のイライラや肌荒れ、かぜをひきやすいといった症状も緩和するといわれています。

ダイエット＆キレイ効果②

体幹を養いブレない体をつくる

腹式呼吸は体幹を養い、体全体を安定させる効果もあります。

体幹とは、体から頭、両腕、両脇を除いた胴体の部分のことで、その中心となるのがお腹です。この部分は丹田（たんでん）と呼ばれます。丹田が安定することで、体の軸ができブレがなくなるのです。

お腹部分には骨がありません。この骨がないお腹を支えているのは腹圧です。これはお腹のなかに風船が入っていることをイメージすればいいでしょう。腹式呼吸をすることで、このお腹の風船がふくらみ、体幹を安定させることができるのです。風船のゴムの部分は筋肉ということになります。

そのなかに納まっている内臓の位置を安定させ、さらに背骨を立てるために体の前面から支えるのが風船のなかの圧力（腹圧）ということになります。

ただ、腹圧の周囲の個々の筋肉をきたえても、体幹を支えることはできません。しかし、腹式呼吸をすることで横隔膜が上下運動すると腹部内の圧力が高まり、体幹を支える力が生まれてくるのです。

体が安定すると、体に力みがなくなります。簡単に重心をとることができるため、正しい姿勢もラクにキープできるようになるのです。姿勢が悪いと、見た目年齢は高くなりがちです。逆に立ち姿勢のキレイな人は若々しい印象を与えるものです。

すべての姿勢、動作に力みがなくなるため、自然に体も緩み、体のこりもなくなり、こりから引き起こされるストレスや不調も改善していくのです。

ダイエット&キレイ効果③ 基礎代謝をアップさせて、太りにくい体へ

ダイエットに欠かせないのが、基礎代謝のアップです。代謝には、基礎代謝と新陳代謝（次項参照）があります。

基礎代謝とは、呼吸や体温の維持、心臓、肝臓、腎臓、胃腸など臓器の働きなど、生命維持に欠かせないエネルギーのことをいいます。何もせずに家のなかでじっとしているだけでも消費されるものです。この生命活動で消費される最低限のエネルギーを基礎代謝と呼びます。また、体のなかで、もっともエネルギーを消費するのが筋肉です。基礎代謝の量は年齢とともに低下していきますが、筋肉量が多いほど、それだけ基礎代謝量も多くなります。ですから、体質や生活習慣によって個人差が出てしまうのが、この基礎代謝というわけです。

基礎代謝は、何もしなくてもエネルギーを消費しますので、基礎代謝がアップするということは、太りにくい体になるということです。

腹式呼吸は、肋骨の下にある横隔膜を上下させながら、お腹を膨らませたり凹ませたりします。この部分の筋肉は、ふだんあまり使われていないため、腹式呼吸で動かすことによって基礎代謝が上がります。お腹周りの筋肉と同様に、お腹の内側の筋肉、いわゆるイ

ンナーマッスルと呼ばれる筋肉をきたえることにつながるため、基礎代謝も上がります。また、インナーマッスルをきたえることで、ぽっこりお腹はもちろん、ウエストダウンの効果も期待されます。

ダイエット&キレイ効果④

新陳代謝を正常にして、肌や髪を若返らせる

腹式呼吸をすることで体が緩み、しなやかな体を手に入れると、全身の血流もよくなります。

ストレスなどが原因で交感神経が優位になると筋肉が緊張し、全身に張り巡らされた血管が収縮します。すると、血流は悪くなり、内臓機能はおのずと低下していきます。つまり、内臓の元気がなくなってしまうわけです。すると、すぐに疲れたり、さまざまな不調を引き起こしたりします。また、免疫力が低下するといった、悪循環が永遠と続くことになるのです。腹式呼吸は血流をアップさせ、この悪循環を断ち切ってくれます。

内臓の血流がアップすると、内臓も自然に活性化されます。内臓の活性化は、新陳代謝を上げることにも貢献します。新陳代謝とは、前項の生命維持のために使用されるエネルギー代謝の基礎代謝とは異なる代謝で、体のなかの古い組織を体の外へ排出する作用のこ

とを指します。人間の細胞は絶えず生まれ変わり再生されるものです。

また、腹式呼吸で腹圧をコントロールして内蔵を活性化させることで、体の回復力が向上し、疲れてもすぐに疲れがとれる体になっていきます。

さらに、肌や髪などに関係する部分でも新陳代謝（ターンオーバー）がよくなるため、若々しい肌や髪を手に入れることもできるでしょう。

ダイエット＆キレイ効果⑤
便秘の改善

ダイエットを含め、健康体に快便は欠かせません。腹式呼吸をマスターした人の多くから聞かれるのが、便秘の改善です。

腹式呼吸で便秘が改善するのには、大きく3つの理由があります。ひとつは、これまで何度も述べてきた自律神経のバランスの改善です。ストレスなどが原因で、多くの人が自律神経のバランスが崩れると、交感神経が優位になっています。これにより体は緊張状態になり、胃は弛緩し、腸のぜん動運動も抑制。胃腸の機能が低下すれば、当然取り込んだ栄養を消化吸収したり、排泄したりする機能も低下するため便秘になりやすくなります。

腹式呼吸により、自律神経のバランスを整えることができれば、副交感神経も活発に機能しはじめ、胃腸も正常に働き、排泄もスムーズになるということです。

2つ目の理由は、腹式呼吸はお腹を膨らませたり、凹ませたりしながら行う呼吸法です。この一連の動きによる胃腸への刺激によって、血流がよくなり、便秘の改善につながります。

さらに、お腹周りのインナーマッスルもきたえられることが3コ目の理由です。便は小腸から大腸に送られ、最終的には直腸にたどり着きます。この小腸から直腸に送られるのは、腸のぜん動運動によるものですが、直腸から体外に排泄するときに必要なのは、いわゆる「いきみ」といわれる腹筋の力なのです。腹式呼吸によってきたえられたお腹周りのインナーマッスルによって、排泄がよりスムーズになるということです。

ダイエット&キレイ効果⑥

睡眠が深くなり、ダイエットホルモンが分泌！

腹式呼吸で副交感神経の働きを正常に戻し、自律神経のバランスを整えることで、質の高い深い眠りも手に入れられます。

睡眠は大脳を休ませ、心と体の疲れを取り除いてくれる大切な時間です。また、睡眠はダイエットにも深く関係していることが、アメリカのコロンビア大学が行った調査で報告されました。

その調査によると、眠りが不足している人は、太りやすいと結論づけているのです。もっとも肥満度が低かったのは、睡眠時間7～8時間のグループ。一方、5時間未満のグループは、睡眠時間7～8時間のグループと比較して、70パーセント以上も肥満度が高かったといいます。この調査結果からも眠りが不足すると、太りやすくなるということがわかると思います。

ほかにも睡眠不足は、さまざまな不調をもたらします。特に女性の場合、むくみやすみ、たるみ、しわなどの肌のトラブルの大きな原因のひとつであるのは間違いないでしょう。

また、睡眠で特に重要なのが、ノンレム睡眠という深い眠りの時間です。このノンレム睡眠の間に、大脳が休まり、疲労を回復させます。そして、ダイエット&キレイに欠かせないホルモンもこの時間に分泌されるのです。

腹式呼吸で深い睡眠（ノンレム睡眠）になることで、分泌されやすくなるダイエット&キレイにかかわる主なホルモンをいくつか紹介していきましょう。

ダイエット＆キレイにかかわるおもなホルモン

成長ホルモン	体の組織を修復＆再生、免疫力維持、脂肪の分解などの働きがあるのが、成長ホルモンです。このホルモンの大半は、寝ている間に分泌されるといわれます。そのため、効率よく成長ホルモンを分泌するには、やはり質のよい深い睡眠が大切です。1日に分泌される成長ホルモン量の約70パーセントが、ノンレム睡眠中と言われています。
グレリン＆レプチン	グレリンは食欲を促すホルモンで、レプチンは食欲を抑えるホルモンとして知られます。これらのホルモンは、自律神経の交感神経と副交感神経と同じように、バランスがとることが必要です。最近の研究では、睡眠が少ないと、食欲を調整するこれら2つのホルモンバランスがくずれ、その結果、食欲が増えてしまうことが明らかになってきました。睡眠不足は、これらの食欲調整ホルモンの分泌を低下させたり、バランスを崩したりする大きな原因となるのです。
セロトニン	ストレスをやわらげて、精神を安定させるホルモンです。さらに、意欲、つまりやる気を引き起こしてくれます。

まずはここから！　基本の腹式呼吸をマスター

　呼吸法にはさまざまなものがあります。私の武道の師である須田達史先生の須田塾では、腹式呼吸法のほか、胸式呼吸法、この2つを組み合わせた複雑なものまで、数多くの呼吸法を指導していただきました。呼吸法をマスターするだけでも、かなりの修練と時間が必要です。

　須田達史先生は、世界チャンピオンを8人輩出された世界的名トレーナーです。須田先生が行う「中心道」という武道稽古に通い始めてから、体への認識が変わり、自らも呼吸法の大事さを実感するようになりました。今なお、日々実践しています。須田先生が提唱される「体幹チューニング」理論は、まさに究極の呼吸法と私は思っています。

　本格的に呼吸法をマスターしたい人、次世代のリーダーになりたい人などには、体幹チューニングは本当におすすめです。

　実際のところ、呼吸法は簡単に見えて、コツをつかむまでは難しく感じるものです。ましてや、指導やチェックを受けずに、個人で行うのはかなりハードルが高いといえます。

寝ながら腹式呼吸

1 あおむけになって床に寝ます。両足のひざを軽く曲げて、両手はおなかの上におきます。このとき全身の力を抜き、脱力した状態にします。

2 3秒かけて鼻からゆっくり息を吸い込み、丹田（おへその下）に空気を貯めていくイメージでおなかをふくらませます。

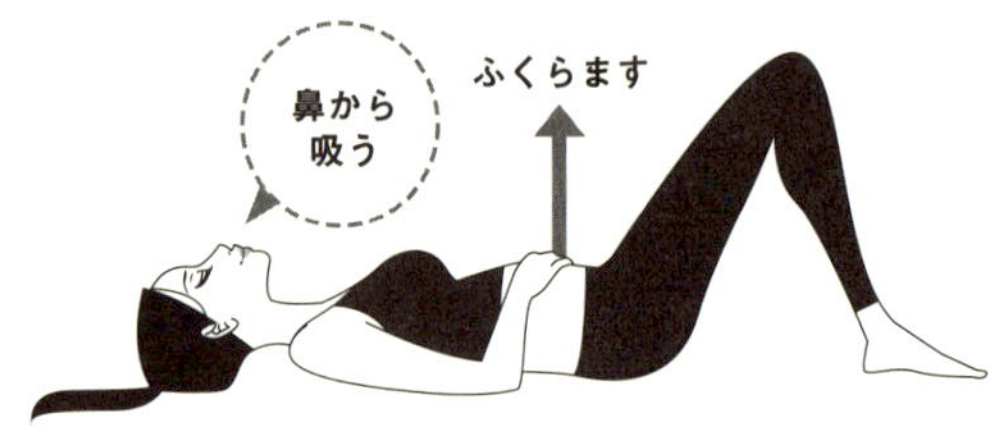

3 お腹をへこましながら、7秒かけて口からゆっくり、息を吐き出します。

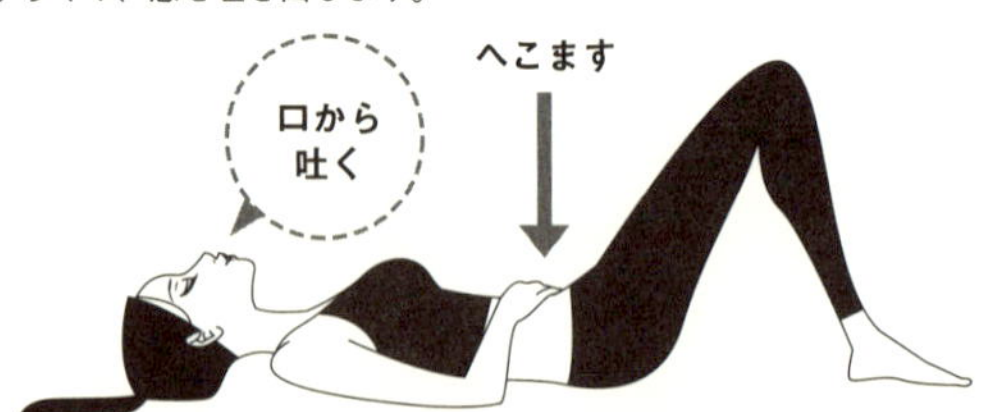

★最初は1日に10回程度から30回を目安に

POINT

お腹をふくらませるのを意識する

うまくお腹をふくらませるために、両手のひらをお腹の上に置いて、確認しながら行ってください。

そこで『風水ダイエット』では、呼吸法を基本の1つ、**寝ながら行う腹式呼吸法**に絞りました。この腹式呼吸であれば、**個人でも簡単にマスターすることができる**はずです。

「これだけ⁉」と驚く人もいるでしょう。ところが、腹式呼吸法は、この基本1つをマスターするだけでも大きな効果を実感できる素晴らしいものです。

シンプルで簡単なものだからこそ、長く続き、続けることでさらに効果はアップしていくのです。

方位取りは歩かなければ意味がない!?

風水には、「方位取り」というものがあります。

簡単に解説すると、気学によって割り出したよい方角（吉方位）に、旅行や引っ越しなどを行い、大地から発する気を体に吸収させることによって、運気を上昇させる開運法です。

最近では、吉方位旅行などとも呼ばれることもあるようです。ただ、この方位取りのことを、多くの人が自分にとっての吉方位にただ行けばいい、と思っているようです。

しかし、本来の方位取りは、吉方位に足を運び、その土地のエネルギーを吸収することですから、歩いて行かなくては意味がないのです。昔の人たちは、現代のように飛行機や新幹線、自動車などの交通手段は持っていません。ですから、徒歩で吉方位へ行き、大地のエネルギーを十分に吸収してきたのです。

もちろん吉方位へ徒歩で行かなければ意味がない、と言っているのではありません。今では海外旅行も特別なことではなくなりました。海外まで徒歩でというのは、あり得ない話です。

ただし、飛行機や新幹線、自動車、電車などで吉方位に行き、帰ってくるだけでは、やはり大地からあふれるよい気を十分に吸収することは難しいと言わざるを得ません。

大地を踏みしめ、その土地を歩くことで、足裏からよい気を吸収させてこそ、方位取り、吉方位旅行と言えるのです。

このように風水では、古来、**よい気を吸収するために歩くことは開運法**となっています。つまりウォーキングで運気を変えたり、運気を上げたりすることができるということです。

『風水ダイエット』では、ウォーキングはしなやかな体をつくるためのボディメソッドとしても紹介しますが、それ自体が開運法でもあるということを覚えておいてください。

マッサージ・ウォーキングは、しなやかな体とよい気の両方が一度に手に入る効率的なメソッドなのです。

マッサージ・ウォーキングは、足裏マッサージ&入浴と同じ!

いつでも、どこでも気軽にはじめられるウォーキング。早朝や夕方、あるいは深夜にもウォーキングしている人を頻繁に見かけるようになりました。ただ、ウォーキングに過度なダイエット効果は期待できないかもしれません。

『風水ダイエット』で行うウォーキングは、足裏マッサージ、あるいは毎日の入浴をイメージするとわかりやすいかもしれません。

みなさんは毎日、当然のようにシャワーや入浴をしているはずです。シャワーや入浴はとても心地がよいものです。体がスッキリしたり、心が癒されたり、気持ちがほぐれることもあるでしょう。「お風呂が大好き!」という人も多いのではないでしょうか。

足裏でしっかり大地を感じながら歩くことで、足裏がほどよく刺激されます。足つぼなどのやや強めの刺激よりも、ソフトで快適な刺激なのでストレスもありません。

歩くだけで心地よいマッサージ効果を得られるのが、このウォーキングをマッサージ・ウォーキングとした理由でもあります。そして、シャワーや入浴のようにマッサージ・ウ

歩くときは足裏の3点を意識する

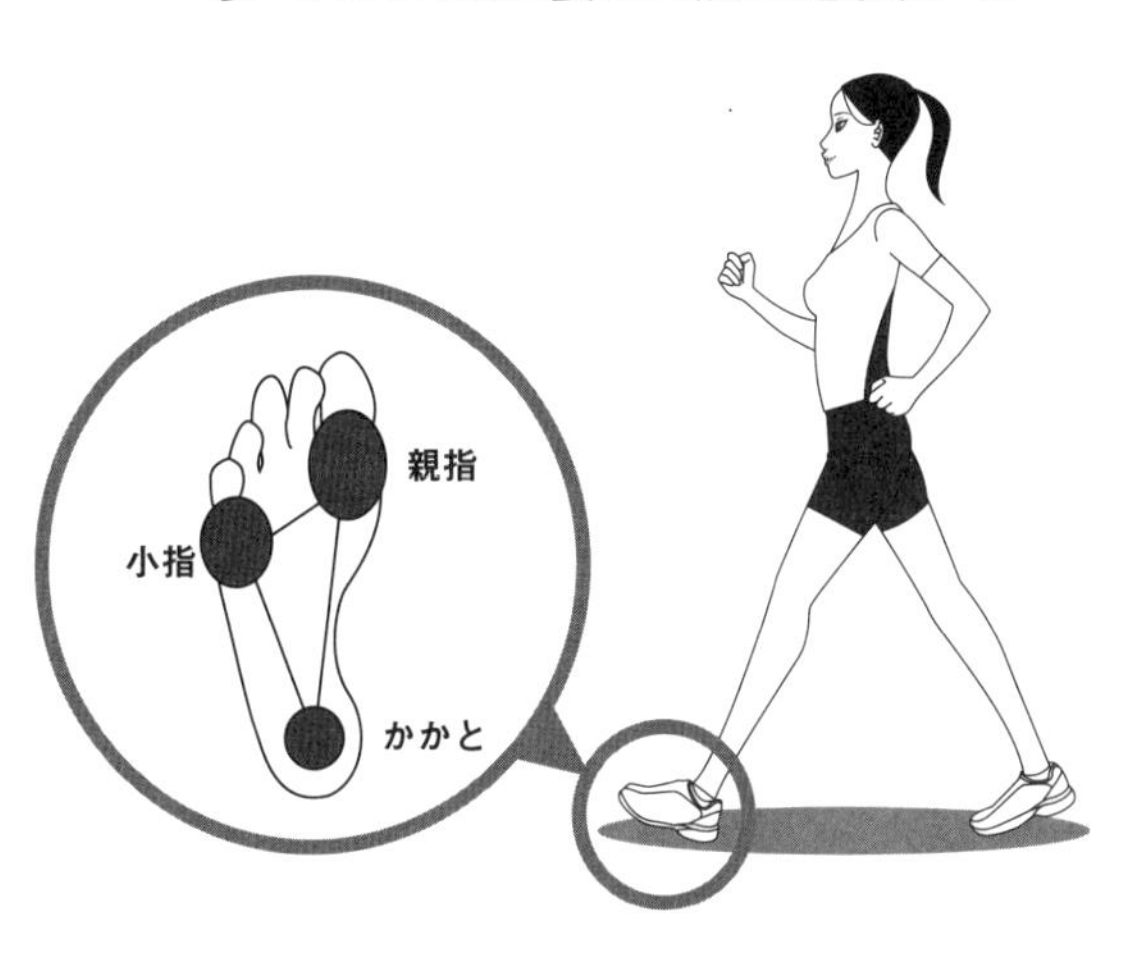

ォーキングも毎日、自然に行うものになってほしいのです。

ウォーキングは血液やリンパの流れをよくし、姿勢も改善

ウォーキングを毎日の習慣にすれば、血液循環がよくなり、全身の機能向上にも貢献してくれます。心臓から送り出された血液は、重力の関係で時間の経過とともに足先へと集まります。血液が全身をくまなくめぐるのは、脚の筋肉を収縮させ、刺激することによって血液を心臓に送り返すポンプの働きをしているからです。「脚は第2の心臓」とも言われるのもこのためです。

足裏で大地をしっかり感じながら歩くだけ

でも、全身の血液循環がよくなります。加えて、ウォーキングでは、お尻の筋肉をはじめ、太もも、ふくらはぎの筋肉を使うことで、さらに多くの血液を心臓に送り返すことができるわけです。

そのほか、血液だけでなく、リンパ管を通るリンパ液の流れもよくしてくれます。血液が心臓を起点に全身を循環しているのに対して、リンパ液は手足の先にある毛細リンパ管から心臓に向かって一方通行で流れています。血液は心臓と脚の筋肉の2つのポンプがありますが、リンパ液は脚の筋肉のポンプしかないわけです。リンパの流れが滞ると、足がむくみはじめ、代謝が低下することで肥満になるとされています。

また、足裏全体を意識しながら、親指、かかと、小指の3点でバランスよく着地するようにウォーキングすることで、全身のバランスがよくなります。猫背など姿勢の悪い人も正しくウォーキングするだけで改善することがあるのです。

ふくらはぎの腓腹筋(ひふくきん)を上手に動かす

血液やリンパの流れをよくするために使われるふくらはぎの筋肉が腓腹筋です。ふくら

腓腹筋は疲労のバロメーター！

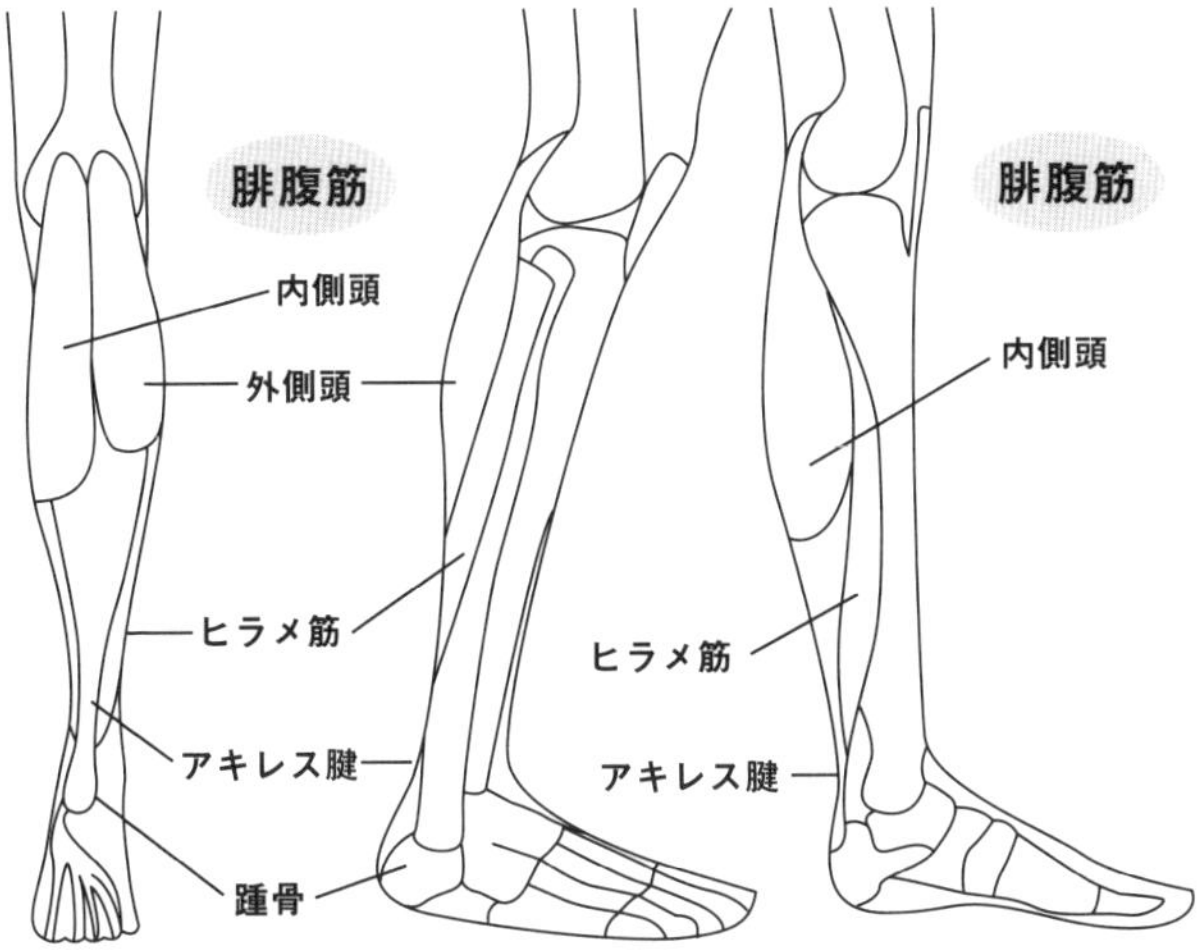

はぎの筋肉としてよく知られているのがヒラメ筋。ヒラメ筋と腓腹筋を総称して下腿三頭筋といいます。腓腹筋がふくらはぎをうしろから見て一番外側にあり、ヒラメ筋はその内側、骨側にある筋肉です。

この筋肉は足首を動かし、かかとを持ちあげるときにも使われますが、ひざを曲げているときには使われず、伸ばしているときに使われています。つまり、正しいウォーキングをしているときによく使われる筋肉ということです。

足裏を意識してウォーキングすると、足首やかかとを使って歩くことになります。これによって、腓腹筋をしっかり使うことにもつながるわけです。

腓腹筋は、疲労のバロメーターとも言われ、腓腹筋の硬さが、疲労の目安とされています。ジョギングやジャンプなどでも使われる筋肉ですが、使いすぎると筋肉が疲労して硬くなってしまうので、適度な運動が腓腹筋をきたえるのには効果的なのです。

私がウォーキング時間を20分程度にすることをおすすめするのも、腓腹筋が疲労しないようにすることも大きな理由の1つです。しなやかな体に硬い筋肉は必要ありません。

また、スラリとしたふくらはぎに憧れる女性も多いことでしょう。ふくらはぎの筋肉を使い過ぎると硬くなってしまうため、ふくらはぎが逆に太くなってしまうこともあります。とはいえ、血液やリンパを心臓に送り返すためにはある程度の筋肉は必要です。この適度な負荷に最適なのが、ウォーキングなのです。

通勤時間に買い物途中にも実行できるマッサージ・ウォーキング

マッサージ・ウォーキングは、とくに朝のゴールデンタイムである5～7時がおすすめです。忙しい毎日のなかでも、ほんの少し早起きをして20分ほどウォーキングすることで、1日を快適にスタートすることができます。

朝のウォーキングをおすすめする理由はほかにもあります。たとえば、体内時計のリセット。私たちの体は、朝、目を覚ますと体の機能を活動モードにする交感神経が優位になり、夜になると、1日の心と体の疲れを癒す休息モードにする副交感神経が優位になり眠りにつく、というリズムがあります。このリズムをつくっているのが、体内時計です。朝の太陽を浴びることで、体内時計がリセットされると、日中は活動的に、夕方から夜にかけてはゆっくりと休息するよう促してくれます。つまり、

「朝だよ！　体を活動モードに切り替えて！」

と毎朝のウォーキングで体に呼びかけているようなものです。時間が不規則な現代人にとって、体内時計のリズムを毎朝リセットする習慣をつけるだけでも、体のコンディションは大きく改善していきます。

また、ストレスを緩和させ、ダイエットの大きなサポートとなるセロトニンも、朝太陽を浴びることで活性化されます。セロトニンは午前中の日光を浴びなければ活性化されないのです。これは体内リズムとも関係しますが、眠りを誘う睡眠ホルモンと呼ばれるメラトニンはセロトニンから生成されます。このため、朝にしっかりとセロトニンを活性化させていないと、メラトニンがつくることができず、結果としてよい睡眠が得られないとい

う悪循環になってしまうわけです。

マッサージ・ウォーキングは決してつらいものではありません。一度、習慣にしてしまえば、「歩かないと気持ちが悪くて……」という人も出てくるはずです。なにより早起きをして体を動かすことで、体や脳がスッキリ目覚めた状態で仕事や学校、家事をテキパキこなすようになるはずです。

マッサージ・ウォーキングは朝のゴールデンタイムに行うのが理想的です。でも通勤・通学時間や買い物途中など、ちょっとした時間を見つけて歩いてみましょう。ウォーキングに難しいテクニックは必要ありません。深く考えず、基本のウォーキングフォームを頭に入れながら、気軽にスタート！

ただし、ダラダラと歩くのでは意味がありません。大きく腕を振り、いつもよりも歩幅を大きくすることを心がけながら、リズミカルに楽しくウォーキングを続けてください。理想的な基本のウォーキングフォームをまとめましたので参考にしてください。

基本のウォーキングフォーム

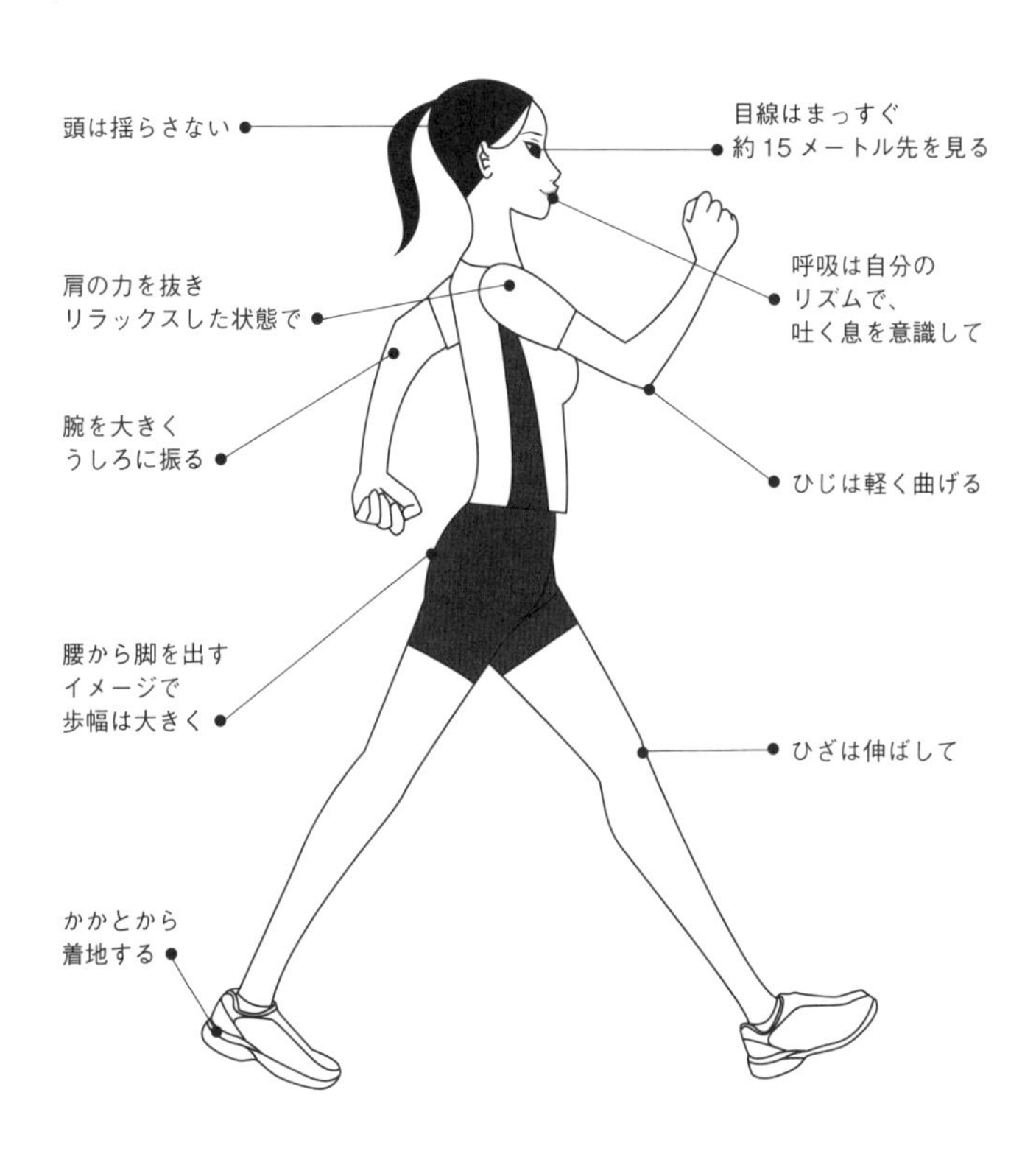
頭は揺らさない
目線はまっすぐ
約15メートル先を見る
呼吸は自分の
リズムで、
吐く息を意識して
肩の力を抜き
リラックスした状態で
腕を大きく
うしろに振る
ひじは軽く曲げる
腰から脚を出す
イメージで
歩幅は大きく
ひざは伸ばして
かかとから
着地する

1日20分を目標に！

POINT

大きく腕を振る

腕を振るときは、うしろに引くようなイメージで大きく動かします。

導明流　ウォーキングシューズの選び方

ウォーキングをスタートする前に、1つだけ準備してほしいものがあります。そう、ウォーキングシューズです。

合わない靴をはいたままウォーキングを続けるのは、体にかえって負担をかけてしまうので注意しましょう。

とはいえ、マッサージ・ウォーキングは20分程度の軽い運動です。私がおすすめしたいのは次の2点です。

まずは、**「好きなデザイン」**の靴。機能ではなく見た目です。スニーカー（ゴム素材の靴底を使った、布製または皮革製の運動靴）タイプのもので、紐で結ぶタイプのなかから選んでください。できれば靴を履くとき、歩いているときにワクワク、楽しい気持ちになるようなものであれば最高です。

そしてもう1つが、**「ソール部分が厚すぎない」**靴です。足を痛めないための、ソールはある程度あったほうがいいのですが、風水マッサージ・ウォークでは足裏の感覚を大切にしています。歩いていて、大地からエネルギーを吸い込んでいるイメージができるものがいいのです。足裏がしっかり地面をキャッチしている感覚がつかめる厚さのソールのものを探してみてください。

ひと手間で快適！ ウォーキングシューズの靴ひもの結び方

靴ひもの結び方を工夫するのもおすすめです。

足の形や大きさは人によって千差万別ですので、案外、自分の足にピッタリの靴に出合うのは難しいものです。サイズは合っているのに横幅が合わずに、靴のなかで足が微妙に動いてしまうという経験をしたことがある人も多いのではないでしょうか。

そんなときは、靴ひもの結び方をちょっと工夫するだけで、驚くほどそんな違和感が改善するはずです。

おすすめしたいのが、「ヒールロック」（または「レースロック」など）と呼ばれる穴を使った靴ひもの結び方のアレンジバージョンです。

みなさんは、ウォーキングシューズやランニングシューズなどの一番足首側のすぐ横にある穴（はと目）を見たことがありませんか。あれが「ヒールロック」です。この部分を利用して小さな輪をつくり、そこに靴ひもを通して結ぶことで、靴のなかで足が動きにくく、かかとをロックし靴と一体化してくれます。

このアレンジバージョンは、「ヒールロック」がないスニーカーでも同等の効果を実感できるのでぜひ試してみてください。これは世界的トレーナーの今井美香先生に直接教えていただきました。靴をはいていないみたいに！　というのは言い過ぎかもしれませんが、取り入れるのと入れないのとでは**各段の差がある**のは事実です。

また、靴擦れ防止にもおおいに役立ってくれます。ただし、この結び方の場合、あまりきつく靴ひもを締めすぎないように注意してください。

さらに、アレンジバージョンでは、靴ひもの真ん中（甲の中央あたり）と一番上（足首あたり）を結ぶ方法もあります。甲と足首の2か所をしっかり靴と密着させることで、びっくりするほど、靴と足が一体化します。実際に歩いてみると、ラクに歩けるうえ、足への負担も軽くなります。

1か所にするか2か所にするかは、足の形や好みもありますので、実際に試して快適なほうを選んでください。

ヒールロックを使った靴ひもの結び方

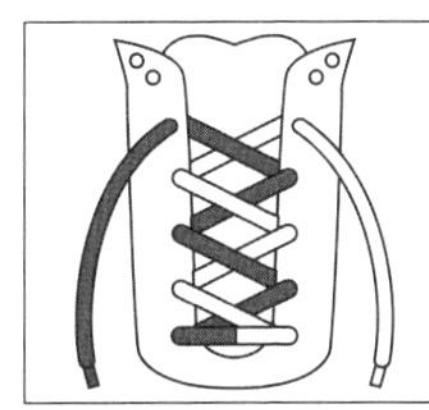

1 オーバラップ、つまり普通の通し方で、つま先から順番に靴ひもを穴の上から下に向かって交互に、最後まで通します。

2 同じ側のヒールロックに靴ひもを通し、輪をつくります。

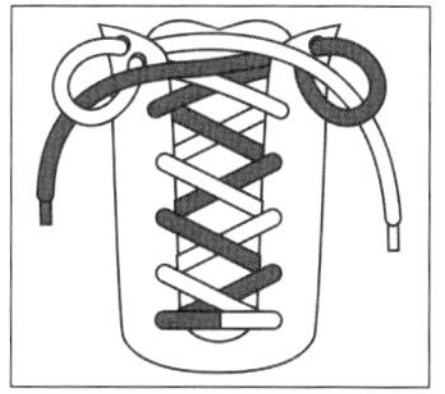

3 **2**の輪に反対側の靴ひもをくぐらせて、蝶結びをして完成！

ヒールロックを使わずに、足首を固定する靴ひもの結び方（アレンジバージョン）

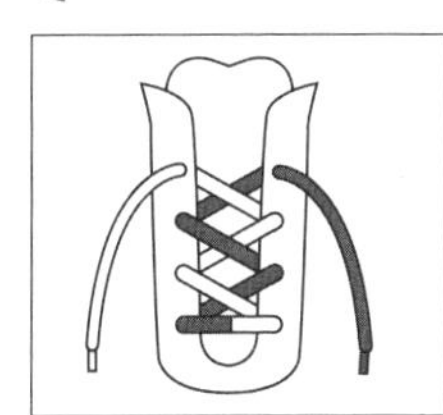

1 オーバラップで、つま先から順番に靴ひもを穴の上から下に向かって交互に通します。

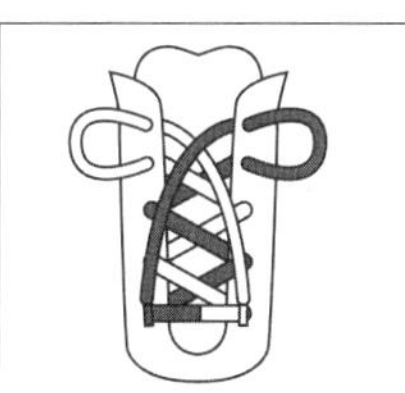

2 最後から２つの穴を使って、輪をつくります。

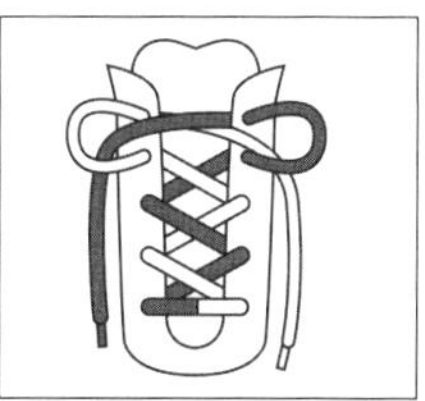

3 **2**の輪に反対側の靴ひもをくぐらせて、蝶結びをして完成！

POINT

2か所にヒールロックをつくることも可能

つま先から2つ目と3つ目の穴と、最後から2つの穴を使って輪をつくり2か所のヒールロックをつくると、足の甲と足首が靴と一体化してより安定します。

歩きながら、よい気を体中に浴びる！

マッサージ・ウォーキングでは、歩きながらよい気を吸収することができます。そして、歩きながら色を意識することで、ウォーキングの効果がさらにアップするのです。色の持つ波動は、各色異なります。そして、風水では色にはさまざまな意味があると考えられています。これらの色の特徴を上手に利用して、色の持つエネルギーをウォーキングしながら取り入れましょう。

やり方は簡単！　マッサージ・ウォーキングをするときに、自分に必要な色のものを目で探してください。たったこれだけＯＫなのです。

実は、ウォーキングしながら積極的に必要な色を取り入れていくことで、脳に信号が送られ、色を浴びたような状態になります。これに連動して、その色に合った意味合いのものが、あなたのなかで改善されていくのです。

教会などでステンドグラスを浴びると太陽の7色を浴びることになり、病気が改善されたり願いがかなったりするそうですが、それもこの色の効果なのです。

日本でも真言宗の開祖である空海は、意識的に色を取り入れたようで、お寺の門などに5色を使っていたりします。また、昔は殿さまが病気になった際、邪気を取るため紫色の鉢巻を頭に巻いたこともよく知られています。紫色はとても振動数が高く、電磁波なども中和させてくれる色と言われています。

マッサージ・ウォーキングは、毎日のシャワーや入浴と同じように考えてほしい、と先にもお話しました。つまり、マッサージ・ウォーキングで色を探すことは、カラーのシャワーを浴びている、あるいは色のお風呂に入っているとイメージすればわかりやすいかもしれません。

また、ウォーキングの最中に色を探すことは、**脳のトレーニングにも効果的**です。私たちが歩いているとき、さまざまなものが目に飛び込んできます。ところが、私たちは思った以上にそれを認識できていません。

湘南で開催している私のセミナーでも、参加者と一緒にウォーキングをする機会があるのですが、やはり想像通りに見過ごしてしまいます。海岸沿いに鳥の絵が描かれたブルーの大きな看板があっても、

「今、歩いたところに鳥の看板があったのがわかった人はいますか？」

と聞いてみると、ほとんどの人が、「え⁉」と驚いた顔をしています。少し道を戻って、

「ほら、こんなに大きな看板があるじゃないですか！」

と私が指摘すると、

「まったく気づかなかった！」

「何でだろう⁉」

と不思議そうにするのです。つまり、今までの脳についたくせにより、**チャンスが来ても気づきにくい脳になっている**ということです。

毎日、ウォーキングをする20分の間、色を探すだけで、脳はかなり活性化されます。色やイメージを認識するのは右脳です。そう、右脳活性化のトレーニングに最適な方法なのです。

たとえば、「今日はオレンジ色を探そう！」と決めたら、道の途中にあるオレンジ色のものを、目で追っていきます。すると、今まで何百回、何千回と歩いたいつもの道に新しい発見があったり、まったく違った道に見えたりするものです。淡々とただ歩くのではなく、毎回新しい発見ができるウォーキングは、きっと楽しいはずです。

もちろん、その発見が今まで気づかなかったメッセージとなって、あなたに届くことも

あります。

あなたのすぐ側にチャンスやきっかけ、あるいは幸せが来ているのに気がつかない……それは本当にもったいないことです。でも実際は多くの人が気がつかないだけで、メッセージは近くに来ていることは多いのです。

色を探しながらのウォーキングは、そういう「もったいない」あなたを変えるきっかけにもなります。チャンスや変化、ご縁に気づくこと、これは幸せになるためのトレーニングとも言えるのです。ぜひ挑戦してみてください。

色のエネルギーを知り、自分に必要なものをセレクト

色を探しながらのウォーキングで、どんな色を選べばいいのか――。

単純に脳トレをしたいのであれば、ウォーキング前にパッとひらめいた色を選んでも構いません。あなたがその日の朝にパッと選んだことに意味があるということも考えられるのです。

もちろん目的をもって色を選んでもいいでしょう。それにはいくつかおすすめの方法が

色の意味とエネルギー

紫	高貴、神秘、女性らしさ、優雅、不安、正義、豊かさ、気品、威厳、インスピレーション、中庸
赤	健康、歓喜、太陽、炎、情熱、誕生、争い、活力、スタート、行動力
ピンク	愛、恋愛、若さ
オレンジ	あたたかさ、活動、人気、元気
グリーン	平和、安全、潤い、成長、自然、ヒーリング、癒し、森林、ストレス回避
イエロー	健康、コミュニケーション、喜び、知性、希望、光、金運
ブルー	清涼、知性、落ち着き、希望、感受性、真実、忠誠、海、ダイエット、清々しさ
ブラウン	大地、安定
白	もっとも高い波動、純粋、神聖、髪、清潔、光、素直
黒	権力、謎、暗闇、色の不在、慎重、炭、冷静さ、静寂、不信感
ゴールド	太陽、栄光、輝き、王様、変わらない権力
シルバー	月、反射、内側の恐れの消却、クリエイティブ、魔除け
虹色	空想、イマジネーション、夢、歓迎、輝き

あるので紹介していきます。

色の意味を知り、自分に必要な色を選ぶ

風水では色にはそれぞれ意味があり、エネルギーを持っています。この意味を知って、あなたが望むことに関連する色をピックアップして活用してみてください。

活性化させたいチャクラの色を選ぶ

チャクラとは、人間の体にある「気＝エネルギー」の出入口のことで、7つのチャクラは背骨に沿って存在します。活性化させたい臓器や、エネルギーを上げたいところと関係するチャクラの色を選んでください。

それぞれのチャクラの色と関係する臓器、意味を次ページで簡単に紹介します。

自分の星座の色を選ぶ

私はこれまで風水以外にも、さまざまな占術を勉強してきました。そのなかでも、強力パワーを持つと考えているのが占星術です。この占星術を使ったウォーキングもおすすめ

チャクラの色

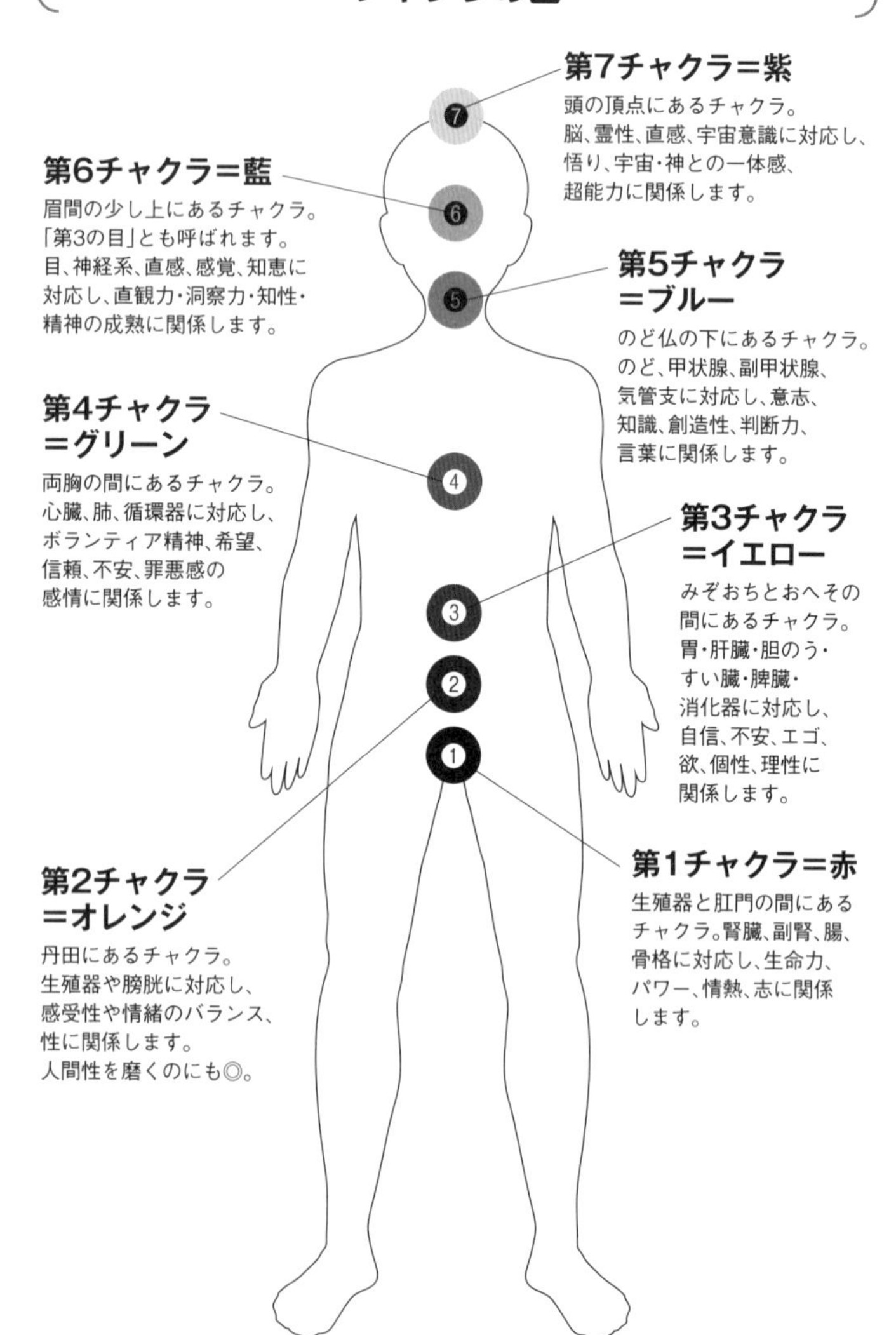

第7チャクラ＝紫
頭の頂点にあるチャクラ。
脳、霊性、直感、宇宙意識に対応し、
悟り、宇宙・神との一体感、
超能力に関係します。
第6チャクラ＝藍
眉間の少し上にあるチャクラ。
「第3の目」とも呼ばれます。
目、神経系、直感、感覚、知恵に
対応し、直観力・洞察力・知性・
精神の成熟に関係します。
第5チャクラ
＝ブルー
のど仏の下にあるチャクラ。
のど、甲状腺、副甲状腺、
気管支に対応し、意志、
知識、創造性、判断力、
言葉に関係します。
第4チャクラ
＝グリーン
両胸の間にあるチャクラ。
心臓、肺、循環器に対応し、
ボランティア精神、希望、
信頼、不安、罪悪感の
感情に関係します。
第3チャクラ
＝イエロー
みぞおちとおへその
間にあるチャクラ。
胃・肝臓・胆のう・
すい臓・脾臓・
消化器に対応し、
自信、不安、エゴ、
欲、個性、理性に
関係します。
第2チャクラ
＝オレンジ
丹田にあるチャクラ。
生殖器や膀胱に対応し、
感受性や情緒のバランス、
性に関係します。
人間性を磨くのにも◎。
第1チャクラ＝赤
生殖器と肛門の間にある
チャクラ。腎臓、副腎、腸、
骨格に対応し、生命力、
パワー、情熱、志に関係
します。
7
6
5
4
3
2
1

12星座ごとのラッキーカラー

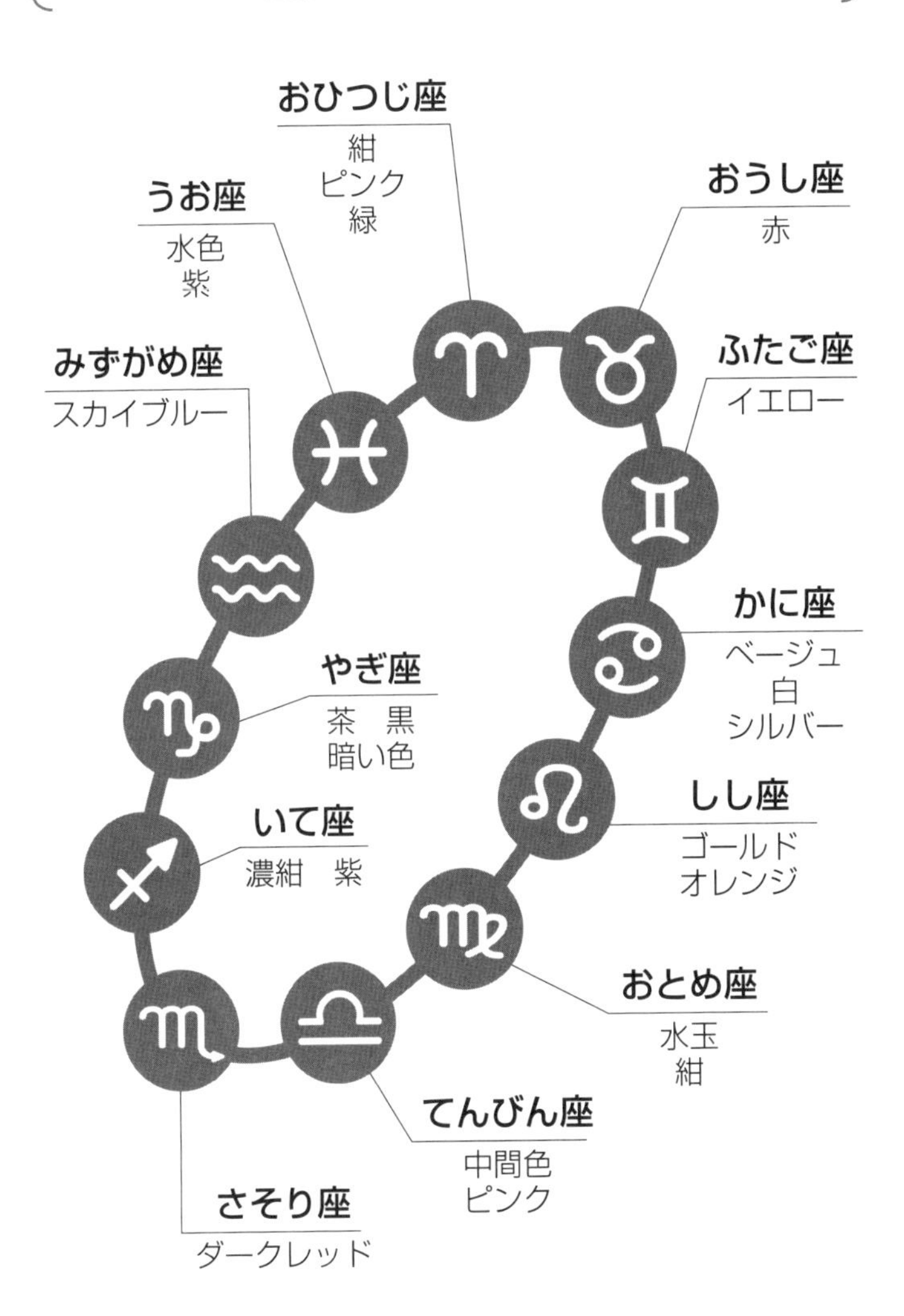

です。

星座にはそれぞれラッキーカラーがあるので、自分の星座のラッキーカラーを選ぶことで、よい気を吸収するのです。

カラーバス効果でひらめきをサポート！

カラーバス効果という心理的な現象があります。英語で書くとcolor bath、「色を浴びる」という意味です。風水ダイエット・ウォーキングで、このカラーバス効果を上手に活用しましょう。

人はある特定の色を意識してしまうと、その色ばかりが目に入ってしまい、その色だけに見えてしまうという心理的効果があります。あなたが意識したその瞬間から、無意識にその色を見つけはじめます。そして、実際に見つけてしまうわけです。

これは色に限らず、意識すると今まで見えていなかったものが見えてくる、気がつくようになるものです。

マッサージ・ウォーキングで色を探しながら、さまざまな素材を集めましょう。あらゆるものは、ほかのあらゆるものに関連しています。1つひとつを見ると無関係に見えてもそこに何か関連するものが存在するケースがあるのです。ある瞬間、その関連性に気がついたり、**あとになってその関連性に驚いたりする**こともあるでしょう。

それが習慣になっていくと、脳のなかでも関連づけの作業がつねに行われるようになるので、気づきやひらめきといったものが生まれてきます。これも脳の活性化、可能性を広げてくれるはずです。

マッサージ・ウォーキングの色探しは、しなやかな体とともに、しなやかな脳も手に入れる効果もあるのです。それまでより、アイデアやひらめく確率は断然アップします。ぜひ、その効果をあなたも実感してみてください。

肩甲骨を緩めてイライラ、酸欠状態をなくす

しなやかな体づくりのためには、特に体の3カ所のケアを習慣とする必要があります。それが「足」と「お腹」と「肩甲骨」です。

これまでボディ編で紹介した呼吸法で腹圧をコントロールし（お腹）、ウォーキングで足裏やふくらはぎに適度な負荷をかけました（足）。そして、これから紹介するストレッチで肩甲骨を緩めていきます。

肩甲骨は呼吸をしているときに動いていますので、肩甲骨が硬くなると呼吸が浅くなるなど酸欠状態に陥ってしまい、疲れやすくなったりスタミナ不足になったりしやすいのです。またイライラの原因にもなります。

さらに、美容面でも、バストが下がり、二の腕、ヒップは垂れ、下腹部もぽっこりしてしまいます。さらに顔のたるみも助長することになります。

ほかにも肩甲骨が硬くなることで、その周辺の肩や首などの筋肉も硬くなるため、肩こり、首こりといった不調も出てきます。逆に、肩甲骨を緩めることができれば、呼吸がラクになり、背すじが伸びて見た目も若々しくなります。もちろん姿勢がよくなれば、内臓をはじめとした体の機能も正常に戻っていきます。バストやヒップはアップし、二の腕、下腹部もスッキリするので、いいことばかりです。

マッサージ・ウォーキングの歩き方のポイントとして、「腕をうしろに大きく振る」とお話ししました。実はこれも、肩甲骨を緩める効果があるのです。

肩こりにかかわる筋肉は、肩甲骨まわりに集中

肩甲骨とは、背中側の左右両肩の下にある大きな三角形の骨のことです。多くの人を悩ませる肩こり、首こりにかかわる3種類の筋肉も肩甲骨の周辺に集まっています。このため、肩甲骨の周りの筋肉をストレッチで緩めることで、血液の流れをアップさせ、肩こり、首こりを改善できるわけです。

また、肩甲骨と骨盤は密接にかかわっているともいわれています。肩甲骨が硬くなると

骨盤の可動域が狭くなります。それが骨盤のゆがみの原因になり、骨盤がゆがむとさらに肩甲骨も硬くなるという悪循環になるのです。バランスのとれたしなやかな体をつくるには、硬くなった肩甲骨周りを緩めることが重要なのです。

とくにデスクワークの多い人、長時間パソコンに向かって作業をする人は、肩甲骨周りが硬くなっている可能性大！　首こり、肩こりが改善するだけで、こりからくるストレスも軽くなるのは間違いありません。女性の場合、下着による締めつけによる肩周りの血行不良になりやすいため、肩甲骨のストレッチは効果的でしょう。

肩甲骨周りが硬くなっている人は、このストレッチをするだけで、「気持ちいい！」と体が喜んでいるのを実感できるはずです。

基本のストレッチ

基本のストレッチは3つ。いずれもシンプルで簡単なものばかりです。朝のゴールデンタイムはもちろん、仕事や勉強、家事の合間のちょっとした時間を使って、こまめに続けるのがおすすめです。

肩甲骨ストレッチ

1 両脚をそろえ、つま先と足の甲を床と平行にするように伸ばして、あおむけに寝ます。両手は頭上に伸ばし手のひらを合わせます。

2 息を吸いながらこれ以上伸びないというところまで、両手、両足を上下に伸ばします。

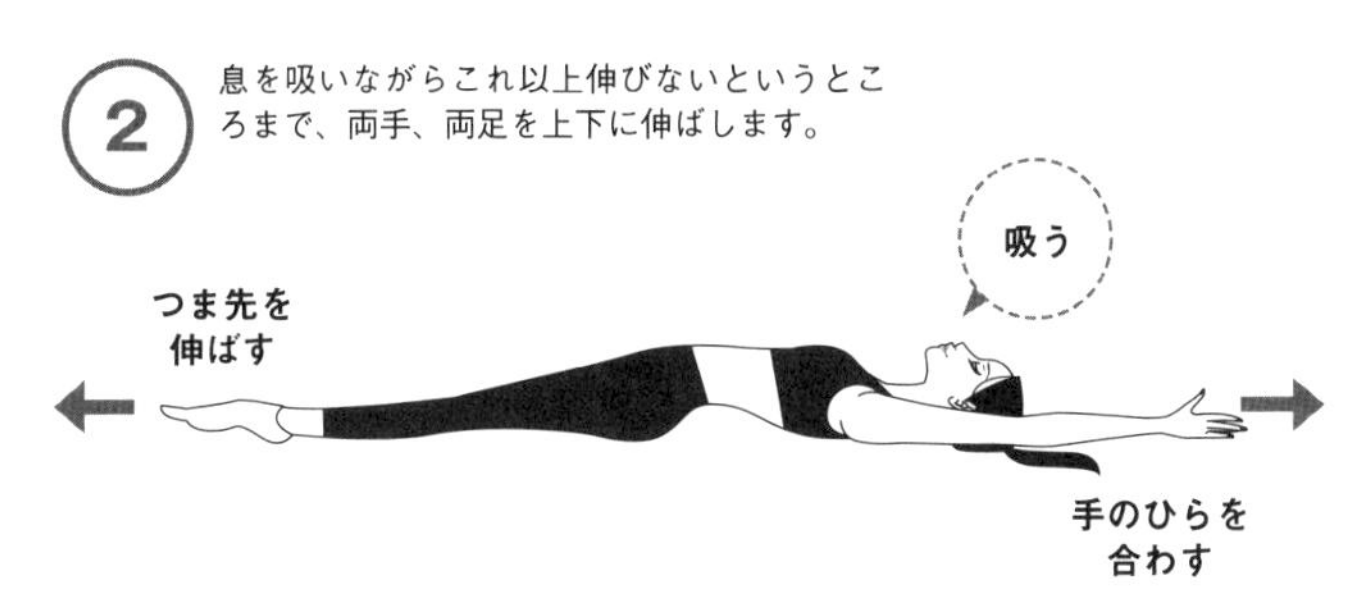

3 伸ばしきったら、息を吐きながら体の力を抜きましょう。

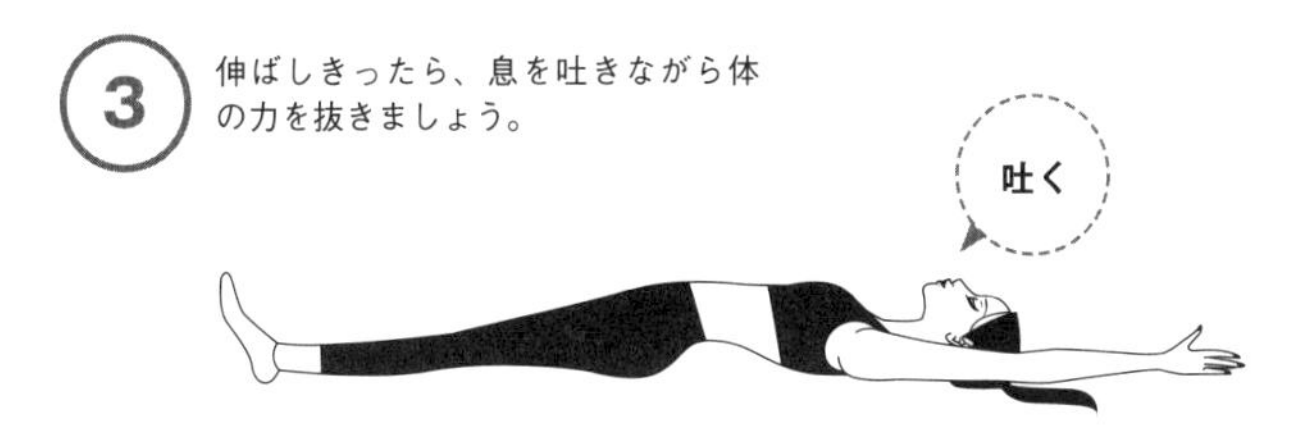

★起きてすぐに1回、寝る前に1回の計2回を目安に

POINT

上下に真直ぐ目いっぱい体を伸ばす

上から両手を、下から両足を引っ張られているようなイメージで行います。

座ったまま肩甲骨ストレッチ

1 イスに座り、両手を頭上に伸ばし手のひらを合わせます。息を吸いながらこれ以上伸びないというところまで両手を上に伸ばしましょう。このとき、腕と手は左右対称になるように。

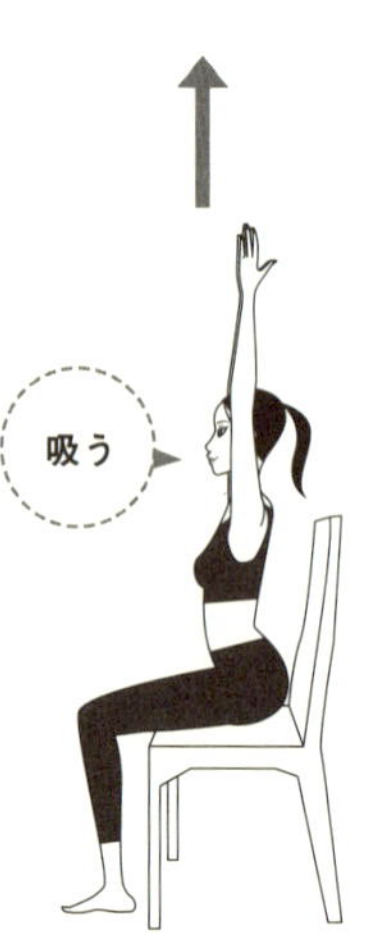

★ 1時間に1回を目安に、気づいたときにこまめに

POINT
デスクワークの合間など隙間時間にこまめに！

肩こり、首こりなどがある人は、仕事や勉強、家事の合間にこまめに行いましょう。

骨盤ストレッチ

1 あおむけに寝て、両手を頭の上に伸ばし、両脚は自然に伸ばします。

2 ゆっくりとリズミカルに骨盤を上下に揺らして緩ませます。

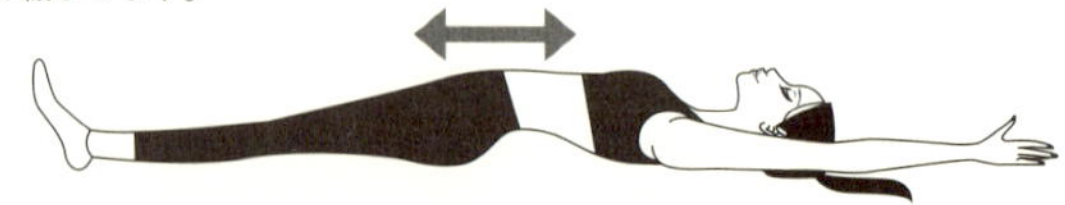

★起きてすぐに1回、寝る前に1回の計1日に2回を目安に

POINT
全身の力は抜いたまま揺らす

骨盤を揺らすときに力を入れるのは×。全身を緩めるイメージで揺らしましょう。

第5章

毎日の〝ワクワク&ドキドキ〟が幸せの原動力

幸せを引き寄せるヒント

引っ越しを40回繰り返した不遇な子ども時代

今でこそ風水鑑定やセミナー、講座で全国各地を飛び回り、充実した毎日を過ごしている私ですが、ほんの数年前までは多くの不安にさいなまれ、悩むこと自体に疲れているような状態でした。なぜなら、それまでの私の人生は、いわゆる不遇なものだったからです。

私が風水の道を選ぶことになったのは、この生い立ちが大きく影響しています。

私は、大阪の比較的裕福な家庭に生まれました。祖母が大きな敷地を遺してくれたこともあり、資産家と呼ばれるほどの家でした。しかし、そんな幸せな生活はすぐに終わりを告げます。

父が失踪したのです。

よくある話ですが、お人好しだった父は人に騙され、そのたびに資産を食いつぶすような人だったのです。それは突然のことでした。ある日、家財道具の一切を勝手に売り払い、母と小学生だった私を残して忽然と姿を消してしまったのです。

その後の母との生活は悲惨なものでした。当時、『失踪者を探す』という内容のテレビ番組に出演し、公開捜査もしてもらいました。失踪しただけでも大変なことですが、父はさらに多額の借金を残していたのです。そのため、祖母が遺してくれた家から追い出され、母と2人、お風呂もない小さなアパート暮らしを余儀なくされました。ここから生活が本当に一変したのです。

母は借金を返すために昼も夜も働き、家にいるときは内職までしていました。小学生の私も遊びにも行けず、こたつのなかで内職を手伝う日々。その後、母の実家に引っ越しましたが、そこもバラック小屋のような家でした。

そして、私にとって何より最悪だったのが、私が通う中学校はその家の隣りの敷地に建っていたのです。

自分の貧しい家を隠すために、誰よりも早く登校し、誰よりも遅くに下校しました。これを3年間続けたのです。今から思えば、思春期の中学生の私にとって、そのバラック小屋に住んでいることは、友人たちに決して知られてはならない、何としても隠し通さなければならない秘密だったのでしょう。このことが、私の学生時代に大きな影を落としていたのはまぎれもない事実です。

結局、その後、私は40回以上も引っ越したものの、どの家も貧しい佇まいで、シャワーのある家にはじめて住んだのは18歳になってからのことです。

母と2人の生活となってから、「いい家に住みたい！」という思いは強くなりましたが、その思いとは裏腹に立派な家どころか、普通の家に住むことさえできない生活が続いたのです。

不幸の理由を追い求め、たどりついた風水

苦しい生活が続くなか、ある日突然、父が帰ってきました。子供だった私の知らないところで、父と母の間でどんなやりとりがあったのかはわかりません。しかし、とにかく再び親子3人で暮らすために新しい家に引っ越すことになったのです。今度の家は、病院の向かいに建つ賃貸住宅でした。

母はPTAの会長などを務め、明るい我が家が戻ってきたような幸せな日々だったのを覚えています。

しかし、やっと訪れた幸せな日々は長くは続きませんでした。

それから数ヵ月後、母が少しずつ精神を病みはじめ、最終的にはうつ病と診断されました。何が原因だったのか……。

思い当たるのが、母の異変と同じころ、家の前にあった病院が取り壊され、その向こうにあった墓地が丸見えになったこと。墓地が自宅から見えるようになってから、毎晩夜中に母がふらふらと墓地まで歩いて行くようになったのです。その母を迎えに行かなければならない毎日は、まさに地獄でした。

さらに、父が自宅の台所で調理をしていたときに出火し、家が半焼する火事を起こします。命こそ助かりましたが、半焼のため火災保険も降りず、まさに最悪の事態に陥ったのです。

結局、私の家族はふたたび一家離散の状態になってしまいます。

私自身も大きなショックを受け、「家」という存在が嫌になり、とうとう車で暮らしはじめました。いわゆるホームレス状態です。でも、皮肉なことに、

「この家は大丈夫だろうか⁉」

という不安がない分、心は平穏だったのを覚えています。

もちろんホームレス生活が快適なわけもなく、次々と自分にふりかかる不幸を恨み続け

ていました。そんな生活が2年続いたのです。

そこでたどり着いたのが、

「こんな不幸が続くのは、何か理由があるに違いない！」

ということ。私はそれが知りたくて、風水の勉強をはじめたのです。

今、思えば自分ばかりに降りかかる不幸に何か理由がほしかったのかもしれません。

「不幸の理由を知れば、不幸から解放される……」

そこにわずかな希望を託していたのでしょう。

技術ではなくメンタルが鍵を握る

風水の勉強を続けながらも、不安や迷いのなかにあった私は、精神世界や宗教、姓名判断、四柱推命など、あらゆるジャンルの占術の研究も続けていきました。

占術の世界は本当に複雑です。長い歴史のなかで先人たちが研究し、検証し、データが蓄積されています。占術を扱う人間は、それらを理解しなければならないのです。難解な理論も多く、深く理解することは、私にとって相当に難しいことでした。その後も毎日のように「完璧なロジックが必ずどこかにあるはずだ」と心理学から哲学、自己啓発も含め勉強し続けたのです。

あるとき為替を勉強したこともありました。私には占術の世界以上にそれは難解なものでした。しかし成功した人、失敗した人の本を読んだり、話を聞いたりするうちに、1つの法則が見えてきました。それは、

「技術ではなく、メンタルだ」

ということです。為替はメンタルが強い人が成功しています。信じる力があるかどうかが鍵を握っているのではないか――。

成功者は総じて思考がシンプルです。わざわざ複雑な密林に入って、事態をややこしくすることなく、迷いのないシンプルさで明確なビジョンを持っています。つまり、

「シンプルこそが完璧なもの」

それこそが私が探し求めていたものであるということに気づいたのです。

占術の密林のなかに迷い込み、もがき苦しんでいた私にとって、それに気づけたことは、目の前が大きく開かれ、その後の人生をも大きく変える出来事となりました。

ただし、当時はまだ、そのことに気づくはずもなく、その後も引き続き、スピリチュア

ルや心理学の勉強をしながら、風水師として真面目にコツコツと仕事をする毎日は続いたのです。

人生を変えたハワイの旅

悲惨な幼少期を経て、迷いのなかから風水師になり、密林のなかに迷い込んだまま出口を見つけられずにいた自分がいました。そこから導かれるようにこの場所までたどり着いたのは、シンプルに感動を追い求めた、それだけだったような気がします。

本当の自分に出会い、意識が覚醒し、受け取るべきメッセージを素直に信じることができたからこそ、ここまでたどり着くことができたのだと思うのです。

そう確信できるようになったのは、ハワイへの旅――。この旅行は最初から最後まで、私にとって特別なものとなりました。

それはある日、突然の出来事でした。

「ハワイに行ったほうがいい」

という声が聞こえたのです。ダイニングで妻といつもと変わらぬ日常を過ごしているときでした。その声に導かれるように、その場ですぐにインターネットでチケットを予約し、自分自身でも説明がつかないまま、とにかく「行かなければ！」という思いだけで、旅に出たのです。

当時の私は経済的にも余裕はなく、ハワイ旅行など単なる遊び、娯楽としか考えていませんでした。それよりも、風水師としての勉強や研究の時間が必要でしたし、何より重要だと考える人間だったのです。

このときの私のブログにはこう書いてあります。

『今回の旅行は、これからはじまる私の大冒険の旅の準備を整えに東の方角に向かいます。方位の開運術のなかに青龍木の法という開運術があります。これは新規事業や新規企画をはじめる際にする開運術。

青龍は風水では東を守護する神。ハワイまで行って大きな青龍さんの力をいただきに行きます。これが今回の最大の目的のため、あとはノープラン。導かれるまま素直に、自然のなかで身をゆだねてきますね。

新しい企画はこれです。

「岡西導明の風水道場」
間違いなく近い未来に本屋にならびますよ。勝手に予想（笑）』
もちろん、ブログを書いた時点では出版の話すらなく、ただの夢物語です。しかし、その後、出版社との話があっという間に決まり、私の最初の本である『千年ノート』が発売されることになったのです。
そう、夢物語が現実になって私の目の前に現れた瞬間でした。

人生の新しいスタートを実感

私は昔から写真を撮るのが好きでした。写真は正直です。自分が鏡で見ている顔と、誰かに撮影してもらった自分の顔が「違う！」と思ったことはありませんか。

それは、自分の眼よりも、カメラのレンズのほうが、目の前にある現実をリアルに映し出すからです。

このときのハワイ旅行でも、たくさんの写真を撮りました。ところが、今まで自分が撮ってきた写真と何か違うことに気がついたのです。

それは、メッセージ性があったり、不思議なものが写っていたり……。

ということは、私の目の前にあるリアルに変化が起きたのかもしれません。

そして私自身も――。


ハワイ到着2日目の朝。ダイヤモンドヘッドに登ったときのことです。突然、目の前に、ダブルレインボーが架かったのです。

そのとき、私の眼からは涙があふれ出していました。それは虹が美しいことに感動してあふれた涙では決してありませんでした。本当の自分の気持ちにやっと出会えた、という瞬間の喜びの涙だったのです。

当時の私は、こうあるべきという世間一般の「難しい顔をした知的な風水師」イメージ像に少しでも近づくべく、人の目を気にして、自分をつくりあげていた気がします。中学生のとき、友人に絶対に家を知られたくない、と思っていたあのまま人の目ばかりを気にする大人になっていたのです。

でも、本当はもっと自由で、アウトローな風水師でいたかったはず。ダブルレインボーを見た瞬間、「自分らしく生きよう！」と心が動いたとき、知らないうちに私は涙を流しながら笑っていたのです。自分の笑顔に気づいたとき、ハッとしました。

心からの笑顔が無意識に出たとき、曇りのないレンズとなり、真実を映し出したのです。

占術という名の密林にどんどん深く入り込み、複雑さを極めたところに、答えはないこともわかりました。

本当の答えは、自分の意識のなかにあるのです。

それまで私は、「自分らしく生きる」ことの意味を真に理解できていなかったのでしょう。知識として頭では理解しているつもりでも、心がついていかなかった。でも、あのダブルレインボーを見た瞬間、感動とともにその意味がようやく体で理解できたのです。そして、この一瞬のために、私はここハワイに来たのだ、導かれたのだと悟りました。あの虹は、

「新しい人生をスタートすることへの神さまから送られた聖盃だ」

と信じて余りある自信がついたのです。

メッセージを受け取る〝しなやかな体〟と〝しなやかな心〟

こうしてハワイで貴重なメッセージを受け取り、意識にも変化が起こり、私は新しい自分と再スタートを切りました。そして、ハワイの旅をきっかけにして私をとりまく環境も、実際に、大きく変化しはじめたのです。

その後もハワイへ何度か足を運んでいましたが、なぜかセミナーの参加者が急激に増えはじめたのです。1回の参加者が30名程度だったのが200人近くにまで増え、連日、全国を飛び回る多忙な日々がはじまりました。

セミナーの内容も変わりました。それまで真面目な風水の話ばかりをしていたのですが、ハワイから戻ってからは、私がハワイで感じたことを素直に伝えるようにしていったのです。本当に伝えたいことを、本気で伝えることができるようになったということなのかもしれません。

私自身も『千年ノート』を持っています。そこには、何となく心に響いた言葉や映像、感動した出来事、それをノートに貼ったり書いたりしています。もちろんハワイで出会ったダブルレインボー、ホテルで撮影した鳳凰の形をしたサンセット、美しいビーチ、パワースポット、そして自分の笑顔……。そのページを開くとその瞬間のことが思い出され、自分の意識が、心がキラキラ輝くのがわかります。そして、そのページにメッセージを見つけることがあるのです。偶然の一致、シンクロニシティも起こりはじめたわけです。

とくに私にとって印象深いシンクロニシティを1つ紹介しましょう。

ハワイから帰国して1週間もたたないうちに、ある出会いがありました。東京・四谷にある「エイトスターダイヤモンド」という会社です。社長である田村熾鴻さんは、完璧なダイヤモンドのカッティングである「エイトスター」を完成させた人で、精神世界にも造詣が深いことで知られています。

ここでは毎週木曜日に精神世界を学ぶ「木曜会」というセミナーを実施しています。その講師陣は錚々たるメンバーで、みなさんご存知の美輪明宏さん、江原啓之さんをはじめ、スピリチュアルの世界に深いかかわりのある方々ばかりです。

私は知人に紹介され、その店を何気なく訪れ、気になるペンダントを見つけました。高額のため、購入するつもりはなく、例のごとく写真を撮らせてもらい、その日は帰ったのです。

ところが、その写真を見て驚きました。そこにはハワイでのサンセットと同じ鳳凰が写っていたのです。ここに意味がないはずがありません。私は翌日すぐに迷うことなくそのペンダントを購入しました。

ここまでであれば、シンクロニシティのよくある話でしょう。しかし、話はそれだけでは終わらなかったのです。

「木曜会の講師になりませんか」

と声をかけていただいたのです。「木曜会」の講師といえば、理論武装して占術の密林深くに迷い込んでいたころの私からすれば、夢のような大舞台です。当時何の実績もなかった無名の私が、いきなり野球であればプロ野球、サッカーでいえばJリーグの舞台に上がるようなものとでも言えば、理解していただけるでしょうか。

そして、今でもその夢舞台である木曜会の講師を務めさせていただいています。

また1つ私の夢が現実となったのです。

このエピソード以降にもシンクロニシティをはじめ、さまざまなメッセージを受け取る機会が増えました。これは、そのシンクロニシティやメッセージを受け取ることができる"しなやかな体"と"しなやかな心"が私に備わってきたことにほかなりません。あとは、流れに任せ、夢や希望を目指し、心の赴くままに素直に行動するだけです。

〝しなやかな体〟と〝しなやかな心〟さえ持っていれば、誰にでも私と同じような体験はできるのです。本当の自分の心に正直になり、夢や希望がかなうと信じる力を持って、素直に行動する、それだけでいいのです。すべての出来事、出会い、周囲の人々に感謝の気持ちを持ちながら――。

幸せな人は遊び心を持っている！

それでは、人生を大きく成功させて幸せを手に入れている人、願ってもかなわない人、両者のどこに違いがあるのでしょう。これまで私が風水鑑定などでお会いした成功者のポイントをまとめてみました。

【成功者のポイント10】

ポイント１　遊び心がある

ポイント２　夢を持っているだけでなく、有言実行である

ポイント3　今を大切に生きている
ポイント4　自分の価値を理解している
ポイント5　創造した考え方を現実にする行動力がある
ポイント6　あらゆる物事に好奇心を持つ
ポイント7　周囲の考えに振りまわされない
ポイント8　感動を与えている
ポイント9　改善をおこたらない
ポイント10　五感をフルに使い、洞察力がある

どれを見ても「さすがだなぁ」と思うものばかりです。真似できるもの、真似するにはまだまだ勉強が足りないハードルが高いものまで、多岐にわたっているのも特徴です。このなかで、私の経験上、もっとも大切だと思うものがあります。それが、

「遊び心がある」

ということ。ハワイの旅で人生が変わるまでの私には、持ち合わせていないものでした。自他ともに認める真面目人間でしたし、夢や希望をかなえるためには、真面目に努力する

ことこそ、一番の近道だと信じて疑いませんでした。当時の私には、ワクワク、ドキドキといった高揚感を感じたことさえなかったのかもしれません。

遊び心は余裕のない心では持つことができません。以前の私は、「風水師として生きていきたい」と思っていましたが、顧客もつかず、貯金を切り崩しての生活が続き、最初の志よりも、生活への不安が上回っていました。成功が確約されているわけではない仕事です。このまま、またあの幼いころのような貧しい生活に戻ってしまうのではないか……。少ない給料でもいいから安定がほしい……。悩むのに疲れた……とさまざまな負の思いを抱えて生きていたのです。心の余裕など一切ありません。そこに遊び心などが入り込む余地はなかったでしょう。

また振り返ると、私の成功をはばんでいた最大の原因は、自分を信じていない自分自身だったのではないかとも感じています。心の底から一点集中し、その道を進めば、力が増し、余分な思考も入ってきません。不安と戦う暇すらない状態になるものです。

潜在意識からのメッセージは、自分が感動し、自発的に行動するときにやって来ます。創造という力は、自分が無我夢中になって輝いているときに訪れます。そして、私たちがベストを尽くしたときに、必ず光を送ってくれるものなのです。

導明流　幸せを引き寄せるヒントは
“ワクワク&ドキドキ”を持ち続けること

私の人生を大きく変えたのは、このハワイへの旅でした。そこで私の幸せスイッチがONに切り替わったのです。

旅行に行く前のワクワク感、空港で出国するときの幸福感や期待感をみなさんも体験したことがあると思います。日常生活では得難い高揚感ではないでしょうか。

たとえば、今日、この仕事、この家事、この授業を終えたら、明日から1週間のバカンスだとイメージしてみてください。ワクワク、ドキドキしてきませんか。

この**「高揚感」**こそが、あなたの意識に変革をもたらす秘薬、幸せスイッチをONにするものなのです。

セミナーでも旅の素晴らしさを参加者に毎回伝えています。非日常の時間と空間で自分と向き合ったり、心からリラックスしたりすることで、潜在意識からのメッセージを受け取りやすくなるのです。

そして、もう1つ大切なのが自然に触れることです。ニューヨークやロンドン、パリなどの都市への旅ももちろんいいのですが、大自然に触れる旅は、さらに自分の意識を開放してくれます。自然は完璧で絶対的な存在です。人間の意志ではどうにもできない完璧なパワーを持っているのです。

もちろん旅以外でも、非日常的な時間と空間で心がリラックスできて、ワクワク、ドキドキの高揚感が得られるものがあればそれでも構いません。とはいえ、それだけ高揚感を持つことができるものがある人はそれほど多くはないと思います。

「私がワクワク、ドキドキするものって何？」

一度、自分自身で考えてみてください。何か思い浮かび、実際に高揚感が得られるのであればそれでOKです。逆に「うーん」と思い悩む場合は、旅に出ることです。

そしてワクワク、ドキドキする気持ちをつねに持ち続け、その感覚を忘れてしまわないように写真や言葉、イラストなどでその高揚感を記録しておきましょう。もちろん『千年ノート』をおおいに活用してください！　ページを見直すだけで、当時の楽しかった、うれしかった気持ちが思い出されるようにしておけば、当時のエネルギーをいつでもよみがえらせることができるのです。

そして、夢や願いを必ずかなうと信じ続けること。信じ続けていれば、いつの間にかそれが日常になります。するとそれは特別に意識することもなくなるでしょう。

そんなときです。それが、あなたの幸せのスイッチがＯＮに切り替わるタイミングなのです。

【著者プロフィール】

岡西導明（おかにし・どうみょう）

1975年生まれ。風水冒険家。

20代で占術と出会う。以来、姓名判断を中心に奇門遁甲、四柱推命、占星術、八宅派風水、金鎖玉関風水、気学、五行易、玄空飛星風水などを研究する。時代は変化し人の精神も変化したように風水の使い方も変化した事を実践風水鑑定で体感。以来、変化の激しい現代にあった風水を全国各地に出向いて鑑定を行い、その件数は3000件を超える。また鑑定だけではなく、セミナー講師や雑誌など、活躍の幅を広げている。

著書に『千年ノート』がある。

編集協力／岡留理恵
イラスト／森海里

開運風水ダイエット

2016年8月1日　第1刷発行

著　者　岡西導明
発行者　唐津　隆
発行所　株式会社ビジネス社
〒162-0805　東京都新宿区矢来町114番地
神楽坂高橋ビル5F
電話　03-5227-1602　FAX　03-5227-1603
URL　http://www.business-sha.co.jp

〈装丁〉尾形忍（スパローデザイン）
〈組版〉茂呂田剛（エムアンドケイ）
〈印刷・製本〉半七写真印刷工業株式会社
〈編集担当〉本田朋子　〈営業担当〉山口健志

ISBN978-4-8284-1898-8

今日も十銭単位の商談をまとめて
強い酒を飲んだおれは
そろそろ頭がいかれてきたのだろう
タクシーでまた来てしまい
缶ビールなど飲んでいたが
夕方からの雨は霙まじりになり
いまはどこにも通じていない
吹き曝しの階段の下の
挨臭い三角の透き間に
ホームレスのように
身をすくめていると
いつしか
なつかしいかれらの声が
雨の言葉で
二階四畳半のあたりから降ってきて

現代詩文庫　227

思潮社

暮尾淳詩集・目次

詩句文集〈ぼつぼつぼちら〉から

詩集〈地球(jidama)の上で〉全篇

作品論・詩人論

装幀・菊地信義

詩篇

詩集〈めし屋のみ屋のある風景〉から

恋唄抄1

廃坑の町を出て
朝の光にくるぶしを揃え
なまぬるい沼で
屍になったおまえ。
わたしは唖となり
アルミニウムの皿の上
刃物で
梨を剝く。
霖雨は止まず
舌にやさしい青臭いエキス。
柩のなかのくぐもった
その声。

いま
佇む屋上。
風強い空の亀裂と
みえない整備の突起を泳がせる
喧噪の上はるかに
墜ちてゆくおまえの幻。
O脚をVにひらき
きりもみしながら
海のほうに
消えてしまう。

恋唄抄2

生きものの形をして
反りかえる魚。
海は干き
炭火に樹木のはなやぎ。
止り木で酒を飲む
わたしは耳廃（みみしい）。

おまえはいない。
街なかの
ガソリン臭い溜池の
錆びたトタンの囲いに
３　４　７
とチョークの痕。
螺鈿のように油を浮かべた水面に
夕闇の空
クレーンの影。
そこで見失ったのだ。
記憶のなかでゆれている葦。
棄てられてた地下足袋。
生きざまを晒すのみ。
魚肉をほぐし
一杯。
目を閉じると
冷やかなおまえの唇。
それとも赤く小さな焔。

雨

だむ。
た。
た。
た。だ。
いくたびに聞く
プラスチックの庇を打つ雨。
給油所の下を迂回するガス。
青い焔。
アルミサッシの
窓を閉ざし
横になって人は眠る。
にぶい客席灯。
いまごろ過ぎるからっぽのバス。
死んだ人の思い出が濡れる。
暗い庭の針葉樹。
その葉先に
四月の夜が光る。

備後落合

暗い山の緑。
針のように雨は降り
トタン葺きの屋根の庭に
咲いている彼岸花。
列車は人影のない駅に止まる。
備後落合（びんごおちあい）。
駅舎の窓の曇りガラス。
濡れる赤いシグナル。
乗降の人はなく
そこからレールは二つに別れ
ぼくらはさらに山脈をふかめる。
葛の葉がゆれ
山裾は再び両側に迫り
二人しかいない車輛の
誰もいないその気楽さ。
コンクリートの街を離れて
日は過ぎ
県境を走り
暮れてゆく灰色の空低く
地を搏つように
飛ぶ鳥があり
小止みなく雨。

冬の日

アブサンを飲むと
笑ってる顔が現れ
しだいにそれが崩れ
オリーブ色の背景に圧されて
消えてしまう。
ぼくは平静を装い
サラミなどつまみ
時を過ごす。
そんな冬の日に
死んでいったあいつの

石油ストーブが
炎を上げながら燃えている。
つまりそれだけのことなのだが
明るい通りを
風は刑罰のように音たてて吹きぬけ
どこかで猫が泣く。
電話が鳴る。
鉛のようなものを胸に植えて
痛みを飼いならしてゆく
このごろというわけです。

港にて

眠たそうな
対岸の石油タンク。
巨大な円筒形の
整列の上で
背をそびやかすクレーン。
蟷螂の斧のように
暮れてゆく空に差しのべる腕。
その先はけぶり
風のない港内に
横っ腹を向けて貨物船。
マストに明かりが点り
それがうすやみに連なり
埠頭に寄せる
波の油臭さ。

欝々と
連なる倉庫。
こころは沈み
ここは行き止りというなげやりな
波の姿態。
シャクナゲの花を散らしたように
夥しいニワトリの
死骸が浮いていた
洪水の日のことも

うそのようだ。

エンジンをかけっぱなしの消防艇。
ガソリン臭いぼくらの文明。
この静けさのうちにも
収益をあげていく港。
わずかな風に吹かれるぼくの
いがらっぽいニヒル。
水平線から
行旅変死人の顔をして
月がのぼる。

ポスター

節だらけの
板の囲いに
ストリップ劇場のヌードとならんで
赤いポスターが貼ってある。

躍る黒抜きは
「北方領土奪還」
その端から前のポスターがはみ出ている。
よくみると
その下からもまた下からも。
西日を浴びてる
わずかな空地の
ひとつかみの枯れた雑草。
「空室有リマス」の
となりでは
オフセットの黄色を洗われ
赤がさめ
落選候補が
最後の青も褪せて
この世ならぬ顔で笑っている。
そんな顔と出会った夕刻の
空に
建築中のビルのクレーンが
にごった街の上で竦んでいる。

紙袋を抱え
少女が通り過ぎる。
葱の匂いが残る。

月見草

天心に
月はあり
発電所の原子は燃え
廃棄物を
積載し
ロケットが
月に降りるその宵にも
月見草は咲いているだろうし
渚はくずれて暗い
松林を走り
波にもまれた果ての
漂白の物質が
静かにひかり
陰暦をかぞえ
潮を読み
村人はねむり
海の底の不吉な夢に
魚族の背骨も
歪んでゆく。

（『めし屋のみ屋のある風景』一九七八年青娥書房刊）

詩集〈ほねくだきうた〉から

家族ふらの旅

バガラーンと
そんなに遠くはない天が
からっぽのドラム缶をころがす。
くもり日の中空を
気のなさそうに煙がひろがる。
そこがどこかははっきりしないが
そこには火山灰の斜面を下り
ブナやミズナラの林相を抜け
沢を幾つか渡っていかねばならぬ。
家族は列になり
耳をそばだてる。
鳥は飛ばず
四人が見おろすはるかな盆地の
草いきれのなか

迷彩服で彼ら匍匐(ほふく)前進
小走りに駆けこんだり
水筒のみずを飲んだりしているのだろう
ぼくらのデフェンス・アーミイ。
演習地の
野砲の
バガラーンバガランという音である。
夏のみどりとまひるの遠景。
それは玩具の兵隊の
汗のひとかき。
だが何ごともたしかには見えず
姉と弟と
ちちとははと
新しいそれぞれの出発の
北の旅に
バガランバガラン
と不粋なリズムなのである。

N氏へのいたみ歌

夜の路面電車を降り
わん曲した道をその家にいそぐと
二階の奥の畳の上
眉をしかめ
よそゆきの凛とした顔して
口に綿をふくみ
ひたすらしんしん
引きこまれるようなつめたい眠りを
ねむる
棺のなかの男は、

五十九度目の秋の
ひるさがりの青い空を
もうだめだ
と、ぐらりとながめ
芝草に倒れての急死。
町医者一筋。
Oさんが喚(よ)んだのよ
などと、いつまでも呟きながら
巫女のように遠退く声——

おれはふと二十年も昔
ある名代の天ぷら屋の
カウンターの上
ちいさな円い肉塊が
海のにおいで
しゃっくりするみたいに
しゃわっしゃわら
いろあざやかに
収縮拡大してたのを思い出したのだが、

ついでに言うと
連れのポニーテールが
目尻つりあげ、抗議したので
板前の

せっかくの腕前披露は
ポリバケツのなかへ。

その時だけしか
生きている心臓をみたことはないが――
しゃわっしゃわら、であろうと
どどっどどっ、であろうと
それらけなげな鼓動がこの世を搏つ限り
一寸先は闇のまた闇。
フェード・アウトの物語。

骨砕き唄

1

ちょっぴり狐の色に焦げ
仰向けの寝姿でばらけた骨を
箸で拾うのが慣いの国に生きるしかないから
墓をつくった。

その出来たての唐櫃（からうと）に
後家になって二十一年遠慮していた小竹さんのと
江戸幕末に生まれた治三郎さんの
骨壺を二つ納めるのだが、

男のものは大きすぎて始末がわるく
地上げ屋とか
ＳＤＩなどで埋まる新聞紙をひろげ
うす汚れた白い瀬戸の壺を逆さにふると、

ざらざらの乾いた牡蠣殻のような
ぼろぼろのケン玉の柄みたいな
四十六年ぶりの
日の光に晒される残骸の恥じらいよ。

2

だだっ広い丘の上に展開する一万二千区画。
秋枯れの墓地。
逆光に影となる削り採られる石灰岩の荒れた山肌。
午後の日射のなかを
羽をひろげて鳶が舞う空の半球に包まれ
石を片手に
おれは骨を砕く。
山師であったと聞く人の
灰は地の下の闇に消え
いまはたわいなく砕け散るこれがどこなのか見当もつか
　ず
崩れるためのかけらにすぎない片々を、小砂利のように
　なって湿るその屑を
両手で掬い
おれは新しい骨壺に入れる。
——こんなことでしかないんだよ。
かがみこんでいるおいらの
胃の腑を
得体の知れない臭気が襲い
グエッと突き上げる吐き気がある。

3

そういえばその昔
親父の骨を砕いたことがある。
雪の降りしきる火葬場には
細いすりこぎに似た棒が用意してあり、

そいつをふり上げ
まだあたたかい脛の骨や
あばらの骨や上膊（はく）骨を
てふてふのような腰の骨を、

頭蓋骨までも
歯を食いしばり
ひとつ叩きふた叩き
しかし骨の砕ける音を覚えていないのだが、

いつの間にか、三つ揃いの

紺の背広は骨紛にまみれ
チョッキをはらいながら腰をのばすと
カラスが一斉に鳴いたのだった。

4

納骨が終わった
ひとけのない聖地公園。
もちろん戒名などなし。　宗教もなし。
洗いたての玉砂利と黒い墓石。
常緑の小灌木。
赤い実の群がる真弓の葉が風にゆれ
成リ成リテ成リ余リタルと
成リ成リテ成リ足ラザルの両神を頂に祭るという山の方
　角に
日はかたむき
枯草の上
黄色い服を着た女と
おれと
頸にスカーフをした細い女と
そのつれあいと。
それぞれに骨の形を撓(たわ)ませて
あっけらかんと
世紀末へ向かう夕空をながめていた。

秘密について

風が吹く日
ダイレクトメールが送られてきた。
宛名は「代表取締役殿」
代表は病気だったので
封を切ると
「自分がいないとき
人は何を話しているのだろうか？
日本では
のぞきと差別されているが
アメリカビジネス界ではいまや常識
後ろめたさを捨てましょう」

とワープロの文字。
コピー印刷のカタログには
マッチ箱大や電卓型など盗聴器のＰＲなのである。
年産一万台。
三年間全製品保証で
「当社はお申込みの秘密を守ります」とあるが
悪ふざけとも思えない。

その日の夕方
新宿高層ビル群がのしかかるように近い
古寺の墓地の
北の隅
二本のケヤキの大木から
夕方になっても色づいた葉は降りつづけ
梢の間に
ミイラ化した
中年男の首吊り死体があらわれたという。
しかしついに姓名不明
無縁の仏であったというのは

後日飲屋で聞いた噂。

食えばいい

ネズミ算というじゃないか。
まるまる肥えたのを飼育して
食えばいい。
太古からのゴキブリも
黒飴色したのを養殖し
フライ
天ぷら、その他
黄や緑の野菜を添えて。
高層ビルの展望レストランで
手首に傷のあるその人は
ワインを嘗めながらいう。

世界の食糧危機とは

牛や豚をモチーフにした美学の演出である。
詩人こそがそのドラマツルギイを破壊するのである。

エコロジイと人類繁茂について
しかし話はそこまで。
ホロホロ鳥の最後の一切れを
口に運ぶと
その人はぐらりとゆれる。
見おろす薄暮の街には
ネオンが瞬き
風がざわざわ鳴っていた。

雪の夕ぐれ

鉛色の空から舞い落ちる
雪の日の夕ぐれ
低い山々に囲まれた新設の
老人病院。

その病棟のロビーでは
みんな黙ってテレビをみている。
つきなみな
ホームドラマの団欒を
喰い入るようにみつめている。
夕食には
スープを二匙。
二階の病室で
母はいっそうにその終焉を眠る。
ぼくはさよならを言い
音もなく降る雪の
道を
ひとりバス停に向かう。
綿帽子をへんに被り
樹木も渓も沈黙している。
休暇を使い果たし
生活というドラマの幕間を
ぼくは帰っていく。

春の雨

ワイシャツの腕をまくりながら
日光の匂いがする
学生ズボンのその男は
今でも白い卓子と木椅子がそのままの珈琲店に現れ
その日のうちにおれは三度会い
それっきり。
新聞で死を知る。
食いつめては生活の転変。
酒びたり。
今日雪ぱらついて三月は葬儀の日。
おれは鮨屋で酒を飲み
一人トロ刺を食う。
饒舌の疎ましく
いつか寒い春の雨。

（『ほねくだきうた』一九八八年青娥書房刊）

詩集〈紅茶キノコによせる恋唄〉から

異国の町で

散弾を撃ったことがある。
ザクロの実のように裂けて
首のない鳥が落ちてきて
羽毛が飛び散り
赤い実をつけた梢の下で
少年は震えがとまらず
その後一度も銃をもつことなく不惑を過ぎたのは
幸運でしかないのだが
そのおれがカメラを肩に
砲身に精気を漲らせ
戦車がバスとすれちがう
焔の色した花の咲く町を訪ね
覗き窓のあるドアを入ると
バラ模様のワンピースの裾たくしあげ

化粧室から出てきたまだあどけない顔が
ハミングするように
ちょっぴり上気していう。

女の部屋の鍵をもってると弾に当たらないっていうから
彼が国境から戻ってきたら
けちな今の気障野郎とは別れて
みんな水に流すんだ。

兵隊さんで急に膨れあがった土埃舞う町。
酒場のカウンター。
かたぎの娘まで
日焼けした迷彩服の男の
明日は知れない命に刹那の夢をかける。

おれはといえばバーボンを飲みながら
Ｍｏｎ　Ｄｉｅｕ！　神さま仏さま。
死と隣合わせの男の魅力など欲しくはありませんから
皮膚一枚でくるまれた
すぐに血の出る人間のからだを危める羽目に陥りません
　よう
寝たきりの
老妻の首を絞めたり
歴史の生贄に選ばれて
倅が銃をとったりしませんようにと
ぐらつく姿で
アーメンテンノ火ナミアミダブツ。

過ぎた日々への四行詩

体温血圧脈拍呼吸数
下血の量までも国民に告げるアナウンサーの
唾の渇きをみた時に
差し歯が抜けた。

右上門歯。鑿（のみ）の刃。
串からぐいと

焼きとんナンコツを齧りとり
人体ならばどのあたりかと思案したのが不覚。

またもやキツネ目の歯医者に
健康保険のきかない
出費数万円となるわけだが
酎ハイをもう一杯。

師走のことなので仮歯を入れた。
活字や映像の
戦後終焉馬鹿囃子がうるさいから
低い山間の枯草道を歩いた。

動物の音たてて踏みしだく
鋸歯状の縁をした朽葉の堆積と季節の輪廻。
晴天の冬日を返す裸の雑木林。
行き当たりばったり。

青い岩肌に残る方形の穴は
信玄徳川明治と掘りつづけた
和同開宝の坑口跡。
そこでぽろりと仮歯が落ちた。

それから数日空飛ぶ夢をみた。
天皇死すの臨時ニュースは一月七日早朝。
古めかしい言葉が自粛の国を流れ
珍奇な儀式がテレビに写り。

夕暮れの街には半旗の日の丸。
犬猫病院も休業。
ホームレスも姿をみせず
土曜日のパチンコ店に軍艦マーチが鳴らない。

音とネオンが一斉に消えた宵のしじまの淫猥。
一族の神話なしには
成り立たない商売と祝祭の風土のなかを
欠けた前歯でおれはぶらりぶらり。

雨もよい新名所

行く道のところどころ
携帯電話を手にして警官が立っていた。
怪しい人物をみたらすぐに連絡をという張紙も数枚。
畑はそろそろ枯れかけていて
コスモスが咲いていた。

夜になると一斉に放すのだろう
入口横の林では
犬がやたらに吠えていたが
手入れの行き届いた杉並木に沿い玉砂利を踏んだ。
鳥居をくぐると
玉垣のなか正面には小さなテント。
石積み三段の上に
頭の鉢を大きくしたようなざらざらの石饅頭。
観光バスがやってくると
老若男女は手を合わせてから記念写真。
フラッシュが光る曇天夕暮れどき
ひとは行けない聖域の奥で烏が鳴き
気の毒にも直立不動の若い警官。

あのなかであのひとは
どんな夢をみているのだろうか。
南の島々や寒い大陸で
餓鬼と化した赤子たちとうまくやっているだろうか。
戦争に負けた後で
　うれしくも国の掟のさだまりて
　　あけゆく空のごとくもあるかな
と、あのひとは歌を詠み
おかげでおれは手足も無事で目も潰れずに五十路を越え
　たわけだが。

八王子の外れの
出来て間もない新名所
昭和天皇武蔵野陵とある石柱の傍で
おれはセルフタイマーを押し腕組みして立ち

雨もよい秋の日ぶらぶら。
帰りに寄った飲み屋で
ミャンマーあたりからのお嬢さんに
焼酎一杯分をお湯割り二杯にしてほしい
代金は二杯分払うのでと伝えるのに
身を揉むほどの苦労をした。

ハイパーク

先へと尖る塔のような
白い花をいくつもつけた
樹々のあいだを歩いたときに
ホースチェスナットだよと教えてくれた
しわがれ声の老人は
元プロフェッサーだと名乗ったが
近いうちに入院するんだ、と
口にしたようにも思うのだけれど
おれのブロークンではっきりしない。
ホワイトオークやメープルトリーの若葉が繁り
タンポポの花が咲いていて
公園の高みからは
なだらかな低い丘がつづき
はるか向こうを
模型のように貨車の列が過ぎた
カナダの旅。

ずいぶん遠くまで行っていたんだ、あのときは。
夜にはホテルのうす暗い部屋で
若者たちが殺された
天安門のニュースをみたが
あれから
ベルリンの壁崩壊
ルーマニアのチャウシェスク夫妻処刑
いまも炎をあげる砂漠の油井、とか
ソ連共産党解体とか
とかとか……

ほとばしるエネルギーは地球を走り
二十世紀の実験は
バベルの塔だ
ブラックホールだ。

だが、おれは
とっくの昔に遠心力の圏外に落ちていて
空樽のようなものを足で回しながら
むずかる女とそのなかに住み
へんに透けてみえる風景の一点に
卓袱台（ちゃぶだい）を置き
徳利を立てては思い出すばかり。
レッドウイングドブラックバードは羽に赤い輪染めた黒
　い鳥。
酸性雨に濡れていたのがカナディアングース。
死んだひとたちの声がした六月の葉擦れ。
公園はハイパーク
老プロフェッサーはどうしたろうか。

紅葉おろし

でかい唐辛子が目の前にぶら下がっている。
ルナールの赤毛の少年みたいに無邪気な顔をして
おいでおいでをする
あかんべをする。
モミジオロシにするぞ
と怒鳴る場面で目は覚めたが
大根と赤唐辛子をすりくずした
紅葉おろしを初めて口にしたのは
Rのない五月。
若葉に囲まれた人工湖のボートを降り
客のまばらな青いペンキのレストランで
牡蠣でワインを飲みながら
おそるおそる彼女の膝に触った時だ。
もちろんしなやかなその細い手は
おれの腕首をきつくつかんだけれど
瓜実顔には紅葉が散り
東にその夜の白鳥座が現れるころ

あれはもみじおろしというものよと教えてくれた。
芥子(からし)すみそ木の芽和えタルタルソースにドミグラス。
それから彼女はぼくの先生。
食事なんてガソリンの代わりさと嘯(うそぶ)いていた人生に
文化の小さな花が咲き
馬のようにはもう走れない。
人はパンのみにて生くるものにあらず。
だが正義づらした
戦争だけはごめんだぜ。
怨みを残した魂魄に気兼ねせず
おれは昼酒しずかに飲んでいたいから。

（『紅茶キノコによせる恋唄』一九九四年青娥書房刊）

未刊詩集〈いまはむかし〉から

浅草いたみうた

金も門閥もないのだから
いいか知識か技術を身につけるのだぞ
発車の汽笛が響くまで
明治生まれの父親は何度もホームで繰り返したが
おれはもちろん上の空
荒れる海峡を渡り上野に着くと
さっそく出かけた神谷バー。
電気ブラン。
話のようにはビリビリ来なかったけれど
褐色の液体を透かして
太く短く人生を画き
夕暮れの雑踏を縫う傷痍軍人の
アコーディオンの調べに耳をかたむけたのだが
あれから三倍の歳を生きて

知識も技術もとうとう無縁
その日を暮らして詐欺まがい。
きのうは疲れた心で
山間のさくらの淡い花びらが
雨にしおれている姿をぼんやりながめ
今日は吾妻橋でひとを待つ。
何年前になるだろうか、
あれは雲古だと
ビアホールの屋上の
巨大な炎らしい金色のオブジェを指差しながら
詩を書く一人が叫んだのは。
誰のうんこか?
しかし答えは返らず逢魔が時を四人はぶらぶら。
見番で手頃な店を探していたら
通りがかった玉介師匠が
ご案内しましょうと先に立ち
ところでご予算は?
一人分と勘違いしたのか
高くつきそうな料亭の敷石を踏み
ご縁でしょうからと幇間芸をひとくさり
いまでも耳に艶やかな婆さんのよがり声。
あわてて包んだおれたちの祝儀を
ひょいと帳場に手渡して
また浅草にいらっしゃいとスタスタスタ。
芸者が入れ替わりお酌に来たが
勘定の心配は無用に終わったあの宵。
朝風呂に入り髭剃りに時間をかけると語ってくれた
悠玄亭玉介も
学校をさぼるおれをぶん殴ってくれた親父も
いまは雲古にさよならして
澄んだからだであの世とやらだ。

Keen

眼鏡をかけたおまえが
押入れの奥から出てきて
おれをみている。

香港の裏町に住んでいた頃の
パスポートから
急いで引伸ばした写真だ。
暗い目をして
ネクタイを締め
薄い唇を結び。

その唇が
いきなり彼女の唇を覆ったというのだが
作り話ではないだろう。
アドバルーンの見張りなどして日銭を稼ぎ
行き暮れて
ホテルの窓から飛降りる何日か前
真夜中のガード下
おまえは足早に去ったという。

あの酒場はいまでもあのままで
二十年前と同じように
彼女はジンを飲んでいるが

おとうとよ
柩を積んで裏門を出るおれたちの車に
挙手の礼をした警官や
焼場の壺から溢れるほどだった骨の数々を
おまえは知らない。

あれから世界は加速をつよめ
スペースシャトルから
地球の夜はいっそう明るく見えるだろうが
……あにき。公安に張られている詩人なんかとつき合うなよ。
……もう来るな。
Ｋｅｅｎ　Ｋｅｅｎ
突き上げるこの痛さはおまえには届かず
今夜は
窓を開けると雨だぜ。

Ｋｅｅｎ　つづき

机が一つあるだけの窓のない部屋で
縮れっ毛の刑事はしきりに過激派とのかかわりを尋ねて
　きました。
わたしは何も知らないのでした。
兄貴！　という声に急いで二階の窓を開け
深夜の街路に目を凝らしたこともありましたが
そらみみでした、
春何番かが吹いていました。

いま海には白波が立ち
黄色いセーターの女がポップコーンを口に抛り込んでい
　ます。
わたしは甲板でウイスキーを飲み
遠ざかる雨の岬を眺めながら
鳥になりたいために
身投げしたひともいるに違いないと思うのです。

あの日はあれから
刑事に促されてうす暗い安置室に降り
ビニールシートをめくると
氷よりも冷たく
おまえはただひたすらに眠っていました。
そんなにも激しく疲れていた、
眼鏡をはずした寝顔のひたむきさ。

おまえは知っていたろうか、
アイルランドには泣き男キィーナーが現れて
きょうのおれのように
弔い歌Ｋｅｅｎ（キィーン）をうたい
その声は雨土の嗚咽のように家々を走り
草の騒ぐ丘を越えてはるかな天に消えていくのを。

もう過ぎたことなんだから、
ポップコーンの女は呟きましたが
流人の島から帰る船は
湿った空の重さと

鉛色の海とのどんよりしたはざまで
おまえの脳漿のように揺れているのでした。
うねりのままにプランクトンは漂っているのでした。

（『暮尾淳詩集』一九九六年土曜美術社出版販売刊）

詩集〈雨言葉〉から

I

ビアレストランで

顎のかさぶたに手をやりながら
しばし迷ったが
彼女に電話を掛けた。

このかさぶたは
犯罪と詩人について仲間と話し
へべれけに酔ってしまい
雑居ビルの階段をどうにか降りて
歩道に出たとたん
左足の力が抜け
ざらざらのアスファルトに
顔面をもろに打ったからだが

それは一昨夜のこと。

今日は昼間からビアカクテルを飲み
ジン割りドックノーズ
ウオッカ割りブラックコザック
やっと気分は上向いてくるが
彼女はまだ現れない
恋情というほどではないが
一人酒の好きなおれが
無口でいても
退屈しているふうでもなく
黙って彼女は側にいてくれる。

客はちらほら
テーブルの上には
ミニチュアのドイツ国旗
こんな泡だらけの注ぎ方をすると
アイルランドでは殺されるぜ
とボーイに凄んだ男も

死んではや十六年
ギネススタウトを追加し
ゴブレットの白茶色の泡が
崩れるように消えて行くのを
頬杖をつきぼんやりながめ
ハイジャックされた旅客機に乗っていて
四百米もあるビルにぶつけられ
死んだとしても
国税を使って軍を進め
報復してもらうほどの資格ある男では
おれは断じてないとひとりごち
顔を上げると。

いつのまにか
月見草のように匂う彼女は
おれの隣りに。

サリンの日のこと

明け方にまどろみ
昼前に出かけると
大事件が起きましたので
原稿掲載は遅れますと記者が言う。

奥にあるテレビを見ると
担架で次々と運ばれていく背広姿
神戸で余震？
けれども街が壊れていない。

無差別テロ地下鉄サリン殺人事件！
そのあらましを知ったのは
銀座の寿司屋で
四本目を注文したところだが。

おれはほろ酔い気分で
復旧した地下鉄に乗り

人のいない明かるいカタコンベのような
霞ヶ関駅を電車は飛ばして。

一九九五年三月二十日午後の乗客は
本を読んでいたり
目をつむっていたり
いつもと変わらぬ様子で何事もなく。

四谷三丁目に着くと
不審物検査のために
前の電車が停車していますので
しばらくお待ち下さいというアナウンス。

と、とつぜん崖道が崩れるように
どどっと乗客がドアに向かい
一斉にホームを走り
先を争って階段を駆け上がり。

気がつくと、

十人は追い抜いたおれなのだが
群れから脱け出て独り言
覚悟はできてる東京暮らしなのに。

昼の月

白猫ニーニを抱いて屋上に立つと
休日の街区の上を
白い鳩の群れが
何事かの祝福のように
旋回する秋の空だが。

こんなにも心静かな一刻（いっとき）を
疑うのではなく
目眩のようなものが西に走り
ぼんやりな
死人の顔みたいな白い月。

初めて見た日を
憶えているはずはないのに
幼い日の水溜りの
逆転した天に沈む球形の不安
そうだったよと心は騒ぎ。

しかし昼の月は何も語らず
無音の表情を青い空に印し
血を流し合ったものたちを忘れる
おれの非情を
見下ろすばかりで。

ここではないどこかで
火の酒を呷り
酔い痴れたくなる生の暗渠を
見透かしていやがる
しらけっ面。

雨言葉

すたすたすた
だったよなあSよ
たんたんたん
だったよなあAよ
Hはぺったぺったで
Jはどんどんどんだったろうか。

その順番でこの世を去って行ったのだが
生きている足音を刻みながら
上り下りしたあの急な階段が
暗いキリンの首のように
ぽつんと残っているだけの
青いビニールシートで囲まれた
家の跡地に
今日も十銭単位の商談をまとめて
強い酒を飲んだおれは
そろそろ頭がいかれてきたのだろう

タクシーでまた来てしまい
缶ビールなど飲んでいたが
夕方からの雨は霙まじりになり
いまはどこにも通じていない
吹き曝しの階段の下の
挨臭い三角の透き間に
ホームレスのように
身をすくめていると
いつしか
なつかしいかれらの声が
雨の言葉で
二階四畳半のあたりから降ってきて
過ぎた時間のなかを
てにをはは移動し
しかしおれの居場所はここにしかなく
雨脚はいっそう激しくなり
寒い夜空から街はいちめん
シルバーダークのみずの針。

その天からの針先が
何度おれを刺そうとも
末期のみずを含まなかった
すたすたのＳよ
死に急いだ
たんたんのＡよ
猫好きだった
ぺったぺったのＨよ
どんどんのＪよ
今夜は
みんなの雨言葉に耳を澄まし
おれはいつまでもここで震えているよ。

「秘湯」の女

誰もいない夜の露天風呂にはいると
真白な杭が
すうっと抜けるように
岩陰から裸の女が立ち上がり
胸元から長いタオルを垂らして
後ろ向きの姿はそのまま
水芭蕉の花のように
闇に消えた。

それだけのことなのだが
幸運に巡り合ったような気がするのは
おれが男であるからだろうか。

辺りはしんとしていて
暗いナナカマドの萎びた赤い実と
禽獣たちが
何かを窺っているような
蒼黒い山の気配
ミズナラやブナの
葉のまばらな梢の間から
たしかに天の穴を塞いでいる
星はきらめき

そのはるかな手前
地上二万メートル
海面下一万メートル
車なら至近の距離が
それが生命圏の範囲だという
危うさを
ふと思い出させる霜枯れの
小型バスが通う
「秘湯」の夜空の
怜悧な星たちの影。

だがもういいのだよ
湯けむりよりもはかなく消える
その日の些細な幸せに救い上げられながら
滅びるつもりのおれなのだから
そんなにさかしらに瞬くなよ
天の星よ。

翌朝早く

季節の狭霧は流れ
一心にうたせに身を打たせている
昨夜の女の
ぼんやりな
仄白い裸の後ろ姿を
おれはまた見た。

きくやホテルの相部屋で

保という名前を分解して
呆人と号していたのは
書や篆刻に凝っていたおれの父親だが
北への旅のみちすがら
見舞いに訪ねたそのときは
老人病院のベッドに身を起こし
赤い洗濯ばさみで
胸に白いナプキンを止め
握ったスプーンで重湯を掬い

飲み込むその音だけが
冬の薄日こぼれる病室に
長らえている黄落の身からの
苛立ちのように聞こえていたが
付添婦が姿を消すと
十分ほど眠ったろうか
すっと目を開き
どことなく怯えているおれの顔を
たしかに一瞬しっかりとらえ
シ・ヌ・ノ・ワァ・ハ・ジ・メ・テ
と口を動かし
照れたように笑い
しかし視線はすぐに張りを失い
スローテンポで
どこかへとさ迷って行った。

その父親が死んで二十五年
顔クリームを歯ブラシに付けて
歯を磨こうとしたのだから

朝から頭の具合はおかしかったのだろうが
乗り過ごして
終着駅にやって来て
泊ったきくやホテルの相部屋で
ふと目を覚ましたおれは
そろそろ呆けが始まったのか
最後はどこで飲んだのか思い出せないのに
あの日については
親父の浴衣の縞柄や
廊下のスリッパの音までよみがえってきて
見知らぬ相客のいびきに眠られず
呆人さん一人呆人さん二人呆人さん三人……
と何回も数え直して
夜が白むまで
親子二人で過ごしたのである。

II

0さんの唄

そこを越えなければ1にならないから
つまり0であるしかなく
だから無闇に0を重ねてきたのが
おれの人生のようで
あそこの街角にも
そこの道にも
どこかの国のダウンタウンの酒場にも
斜めの上にも靴跡にも
000……

ほら今夜も
寒月の照らしている
誰もいない美術館の庭の
樹齢五十六年の桜の老大木の
裸の梢の先っぽに
三つ四つと重なってぶら下がり
いつもの無表情で
風もないのに
しあーん
むよーん
幸せへのパスポートなど
いまさら捜す気はないので
0さんよ
いつまでもそこに居ておくれ
しかしおまえのその輪郭は
この世のおれには形がよすぎるから
どこかが切れて
だらりの線状になり
風化して
粉末みたいなものになり
見えなくなり
ほんとうの0になってはくれないかと
こうして手を合わせても
生きている限り

それは無理だぜと
0のどれかが脳天で口を開き
そうかも知れないのでありました。

こんばんは

こんばんはと男の声がしたので
三階のドアを開けたが
空耳だったらしく
病気の顔して月が浮かんでいて
風が吹いているのか
かすかに枯葉が音を立てているのは
おれが倒れていた
側溝のあの辺りらしい。

そこで足がもつれ
したたか後頭部を打ち
しびれる脳内を一筋の快感が走り

おれはしばらく
屋敷林の上の黄色い月を
仰向けになったまま眺めていたのだが
背の高い男が寄って来て
大丈夫ですかと声を掛けるので
頭を流れる生ぬるい血を
ハンカチで押さえて立ち上がり
記憶はそこでふっと途切れる。

おれたちの
秘密盗聴意のままだ通信傍受法
周辺事態意味不明日米ガイドライン関連法
反対だ投石だと気焔を上げながら
女房子供に見捨てられた
年金暮らしの友だちと
居酒屋で焼酎を飲み過ぎてしまい
なあにこれほどの出血なんて
あの宇宙からの芥子粒みたいな借物で
止まらなくてもいいのです

などとおれは喋ったのだろうか。

そうでないような気もするが
誰も居ない夜の街区の
どこかでギギーと何かが啼いて
ずきんずきんと
おれのたん瘤は疼き
手もなく足もない
顔だけの月が
歪めた口をだんだん開き
こんばんは。

居酒屋の八月

何かが
へらへらと招くので
羽目板がずれて壁土が覗いている
いまにも崩れそうな居酒屋の
ベニヤを打ち付けたガラス戸を引くと
いきなり女に腕をつかまれ
食卓に連れて行かれた。

闇市の
民衆食堂にあったような
ニスの剝げかけたその食卓には
筆ペンで
黒い線が引かれていて
四つに分割されたそれぞれの面を
一人の女が
つまりテーブル一つを
女四人で取り仕切っているのだが
そういう席が幾つかある
天井の高い
涼しい店のなかは隠れ家のようで
裸電球が明るく
十人ほどの女たちと
大きな飯炊き釜のある調理場ではたらく

いわくありげな男たち
どこにも行き所なさそうな
昼間から飲んだくれてる人たち。

おれは場違いの客ではあったが
それでもテーブルの片言の女は
一個五〇〇円のイチジクを
旨そうに食べてくれ
おれは飲みつづけてうとうとし
ふと目をあけると
「交替」の時間がきたのか
日本に着いたばかりだというその女が
シオ・コショウ・シチミ・ショウユ・ソース
ワリバシ・ツマヨウジなどを
自弁なのだ
プラスチックの洗面器にまとめ
席を離れるところで
そのしなやかな後ろ姿に
これからの生活をモンタージュし
みとれていたら
女は振り返ってバイバイをした。

店を出ても日はまだ高く
誰にも会いたくなく
隣りの処刑場跡の
赤い前掛けをした首無地蔵に
そっと手を合わせると
土手の向こうから
八月の川流れの
酸っかいあのバクテリアのにおい。

草いろの物陰で
ヒメシャラの花を見おろす
旅館の窓を開けると
細い糸を風に靡かせ
芥子粒みたいな飴いろの蜘蛛が

何匹も宙に浮かんでいて
その一匹に
煙草の火を近づけると
シュウと泣いたようだが
溶けてしまった
せわしなく雲雀がさえずっていた。

その夜
あなたには魂が宿っていないと言い
去って行った女の白い顔を
夢に見た。

その魂のことが
旅の間じゅう気になり
二駅前で降りて
女が住んでいた街を歩いてみたが
どこにも昔はなく
会いたいわけではないので
挨っぽい坂道の

縄暖簾をくぐり
こぶくろと
ホーデンで飲んでいたら
魂はこの二つから始まることを
卒然として悟った。

その夜の明け方
銀いろに光る糸を引きながら
飴いろのからだを青に染めて
たくさんの蜘蛛が
飲み過ぎたおれの視界を
静かに流れていたが
どうやらそこは地表から
吹き上げられて二十キロメートル
先は暗黒の
生命圏の際のようだったが
どこからともなく
救急車のサイレンが漂ってきた。

それ以来
なるべくかかわりたくないのだが
夢のなかの草いろの物陰で
ときおり魂のようなものが
シュウシュウ泣いているのだ。

ビリケン

雑音まじりの
テープの三味の音に合わせて
はっぴを着た中年の女が
それでも白い内腿をこぼしながら
大儀そうに踊っているのを
岬のうらぶれた観光タワーの
畳にあぐらをかき
カップ酒片手にみていると
黄ばんだ壁のポスターの
ビリケンに気がついた。

とんがり頭で吊り目で笑い
太鼓腹して両足投げ出し
素っ裸で座っている
アメリカ生れでキューピーは弟だというが
明治の終りに
大阪の新世界にやって来て
「われは世界の民にハッピーをもたらす
神さんである」
と宣ったビリケンさんよ
お賽銭をはずむから
願いを一つ聞いておくれ。

誰に頼まれもしないのに
詩のようなものを書いて夜を過ごし
酒が好きで定職につかず
さっさと死んでしまったあの男が
机の引出し一杯に残した
宝くじから

どうか一枚
貧乏くじを引いたままの
けなげなカミさんのために
当たりを出してくださいよ。

しかしカモメなど眺めながら
ビリケンは素知らぬ顔
まばらな客も
いつの間にかいなくなった岬のタワー
その沖には
巨大戦艦が沈んでいるという
海は穏やかに波打っていて
貝殻細工の売子に戻った
はっぴ姿の中年女は
家出をして三日目になるおれを
うさん臭そうにときどき窺う。

生造り

口をぱふぱふさせながら
生造りの黒鯛が
何かを言おうとするが
耳を近付けても聞き取れないので
熱燗を飲ませてやると
切身の背中をばたばたさせた
末期の水のつもりだった。

生命とはどこから来てどこへ行くのか
黒鯛の場合は
おれの胃のなかに消えたが
そのことを考えると
眠られぬものもいるらしい。

そのむかし
戦争があり
海面に顔を出した

岩礁みたいな小さな島で
一族は暮らしていた
水は雨水を溜めるしかないので
子どもが生まれると
老人がひとり海に漕ぎ出し
帰ってくることはなかった。

ある雨の日
翼に赤い目玉の飛行機が
編隊でやって来て
爆弾を落として去って行った
何かと間違えたらしい。

三家族が全滅し
みんなは嘆き悲しみ
何日も弔いをしたが
堅い岩盤には大きな穴が聞き
天与の貯水池ができた
老人は海の彼方に消えることもなくなった。

潮に乗り
その島の辺りから
一族は流れて漂い
わたしおいしかったかしら、と
明け方の夢で声がした
入歯を外したおれは
ぱふぱふ息をしていたらしい。

III

さくらの時節に

満開の日に電話が鳴った
あなたの子どもに会ってほしいという
口調のどこかに覚えはあったが
その面差しはぼんやりで
しばらくはっきりしないでいると

ほらあのとき
と、少し声がかすれ
夜桜をみて屋台で飲んで
残りのラーメンの汁に浮かんだ
ゴキブリの子のから揚げふうを
これも九龍では栄養だったと言い
食べようとする酔ったあなたと
どこまでもくらい川に沿って歩き
それから——

そこでピッと電話は切れた
身に覚えのないことではないので
その夜はまんじりともせず続きを待ったが
おぼろな記憶を辿るうちに
ジンを飲みすぎて眠ってしまい
翌朝は早くから
まあいろいろ起こるだろうが
桜が枝いっぱいに咲いても
浮かれることなどなくなったおれの人生に

知らないどこかで育った子どもが
不意に現れるのもブラボーだと
なにか花開いた気分になり
終日電話を待って時を過ごした。

しかし桜が
雨に打たれ
風に吹かれ
散っていっても
電話は一向にかかってはこず
行きずりの恋は
川面を流れた花びらよりも手がかりなく。

今日もまた
なにごともなく一日が暮れ
葉桜の
並木道を歩くと
鯉料理「豚浦」という
「勝」が誤字のままの

紅い提灯がまだ揺れていて
黄昏の空に
ぼんやりと胎児みたいな月。

花火

カウンターの奥で
顎をしゃくりあげ
詩とは花火のようなものだ、と
ぽつんとSが言ったのは
新宿南口の
U子の店でのことだったが。

再出発という電話をもらい
バブルで尾羽うち枯らして
郊外に移った
そのU子の店を
ようやく探し当て
Sの自殺未遂を噂したのは
あれから四年は経っていたろうか。

あの南口のころは
Sは毎晩やって来て
朝になるまで屋根裏で寝ていたのよ、と
遠くを見る目つきで
いくらか投げ遣りに
しかし変わらない笑顔で
元女優だったというU子は
おれと同じ故郷の
北の街でのことなども話していたが
開けっ放しの引き戸から
ふと店を出て行ったのは
ビール五本目くらいだったろうか。

目で追うと
早々とシャッターを下ろした商店が並ぶ
人影のない反対側歩道三十米ほど先の

自動販売機から
ビールを取り出している
小肥りのU子は
中年のからだを
老母のように屈めていて。

それから再びU子は消息不明になり
Sも六年前に死に
二〇〇〇年四月桜も散って
しめった夕空に花火があがり
おれのこころとやらに
ななめになって
二人は浮かんで消えて。

骨町

そこがどこであるかはわからないが
皮膚病のように
ぺんきのささくれた屋根の続く骨町の
庭木はみんな折れていて
窓を鎖した家々が
キィキキキィと鳴る道を
囚人服で
髪ぼうぼうの
おれに似た男がひとり
よろけながら歩いている後ろを
その影のように
おれがふらふら尾行(つけ)ていて
おまけに連山の残雪までが
酷薄そうに歯を剝いている
そんな光景ばかり浮かぶ夜は
脳病祓いの酒精(スピリッツ)を
さあ飲みましょう。

しめ鯖に中たった夜

とつぜん皮膚が裏返しになり
つぶつぶな痛みが走り
顔は腫れて強張り
吐き気がやってきて。

中たったのだと思ったときには
トイレにへたりこんでいて
便器の冷たさだけが心地よく
足に力が入らず。

水を流せば
雑居ビルの暗い管のなかを
夜の時間が落ちて
蘇る日々。

まっすぐに向かって歩いてきて
不意に右手を伸ばし
手紙をポストに入れた少女の夏の
白い雲。

トロイカ・カクテルを飲みながら
駱駝のように顔をみあわせ
ときどき笑い合った
性のときめき。

いまは落とし紙のように消えて
白毛まじりのおれを
おーいと呼んでいる誰かが
どこか遠くにいるが。

死んだ人の声のようでもあり
ふらふらと席に戻ると
日付の替わった夜の刻が
しだいに確かな脈を打ち。

そうして一日はまた始まり

全てを排出したからっぽの胃袋が
やがて冷たい麦酒を欲しがる
生というこの仕掛け。

秋の日の午後

青い空の秋の日に
横町から路地に折れたりしながら
病後の散歩をしていると
蟹が何匹も板塀の上にいたが
それはピラカンサスの赤い実が
日差しを一杯に返しているのだったし
あのデザインの罎のボディーの
コカコーラの色褪せた看板も
今日で閉店しますという
たぶんだいぶん前からの
汚れたガラス戸の張紙も
いまここを通って過ぎる自分を
大きな哲理で包んでくれているようなのだ。

こんな気分になったのは何年ぶりだろう
病後と言ったところで
原因はわかっているのだから
これからはビールだけにしようと
ひそかに誓いを立てたのは
自転車とすれ違い
煙草の匂いを嗅いだときだ。

足は疲れを覚えず
四つ辻の
黄葉の屋敷林の奥からは
エリーゼのためにが流れて来て
金木犀の大木から
歩道に散り重なった金色の
魚の目のような花々を見ていると
葉っぱだろうか
ばさっと頬に落ちてきたので

手をやれば
なまぬるい水白粉のような
緑の臭いどろどろを包んだ
鴉の糞ではないか。

そのあたりから
しだいに気分は変調を来し
四時開店の居酒屋に入ると
ゴーギャンのポスターが油まみれで
人はどこから来てどこへ行こうとも
そんなことどうでもよくなり
ビールの次は焼酎だぞ。

変な朝

朝まだ暗い山麓の
村のお寺の鐘が鳴り
うおーんいーんと木霊して
ぼさぼさ頭が目を覚まし
ぶらり散歩に出てみれば
小糠雨など降っていて
木末に木守の柿ひとつ
かっぱ池でもぞもぞと
かっぱ喰ってる
かっぱの
かっぱが
挨拶代わりにへをしたが
おかしくもなし
へのかっぱ
それでも変だな
この季節
もうだめだかな
かなかなと
どこかで蝉が泣いていて
もやもや頭は霧のなか
氏名不詳の朝でした。

一九五九年の女に

いまはない雑誌の
遠い夏の表紙の
お尻をこちらに向けている
ヌードの女に
スコッチを飲みながら
おれが呟く
お尻の行方は幸せだったろうか
しかし裸になった女は
何もしゃべらなくてよいから
水蜜のような割れ目を
ほんの少し傾げたままで
酒場の壁のパネルのなか
だが今夜は気になる
後ろすがたのヌードの女よ。

胸抉られる別れを
みんな琥珀の液体に溶かし
薄めて流して生きてはきたが
まだ血の色が
滲んでいるのもないではないので
そろそろ近くはないだろう
その日について
　俺ガ事切レテモ
誰ニモ知ラセズ
ダカラ薄目ヲアケ
口ヲ半開キニシテイル死顔ハ
人ニ見セズ
ソレデモ二十四時間ハ仕方ナイノデ
香水デモ振リカケ
粗末ナ柩ニ隠シテオキ
朝ガ来タラ早ク焼キ
骨ハワズカバカリヲ
秩父ノ山ノ
去来トイウ墓ニ埋メ
モチロン葬儀一切不要ダガ
生キテイル者ノ都合デ

音曲ナド必要ニナッタラ
裕次郎ノ「錆ビタナイフ」ナド
　嫌イナ花ハ菊ト薔薇
などと話してみたくなる裟婆気が
精巣のあたりからじんわり来るのは
くびれたその腰つきのせいだろうか。

けれども今夜は
なんだか幼馴染みたいな
おれと同時代の
青春の
X脚をやや開いて
背を向けて立つ写真のなかの
ヌードの女よ
一九五九年のホルモンを
いまを盛りと分泌している裸のからだは
どんなに好い匂いがしたろうか
ほんのりイエローの
お尻はどんなに気持ちよくひんやりとしたろうか

誰も憶えていないなんて
そんな寂しいことのありませんように。

運動会

万国旗に誘われて
幼稚園の運動会をのぞくと
子どもの手を引っ張り
若いお母さんが走っていたが
おれの運動会には
替え歌でしか唄えない
タンタンタヌキノキンタマワー
カーゼモナイノニブーラブラ
というレコードが流れ
いつも砂色の風が吹いていた。

出番がくると
おれはしぶしぶ腰を上げたが

二人三脚なんて
足を解いて早く自由になりたいだけだったし
網くぐりは
芋虫のように腹這うのがみじめったらしく
パン食い競争では
パンを銜えたとたんに自尊心が疼いた。

だがみんな懸命にゴールを目差し
見物の父母は上機嫌で
ピストルはつぎつぎと鳴り。

おれは本音を持て余しながら
それでも出番をこなす小学生だったはずだが
とにかくあんたは
グランドなんか見向きもせず
漫画や雑誌ばかり読んでいて
どうしてあの子はああなんだろうと
おふくろは嘆いていたと
上の姉から聞いたのは

十七回忌の八重桜のころ。

いまは毎日
スタート右廻りか左廻りか
迷いながら
フール・オン・ザ・ヒルを目差して
色の消えた風景のなかを
ぼそぼそ歩くおれだが
あっ！　子どもよ
転んでもそんなに泣くな。

運動会より
もっと抜き差しならぬ舞台が
死ぬまでつぎつぎとやってくるのだから。

（『雨言葉』二〇〇三年思潮社刊）

詩句文集〈ぼつぼつぼちら〉から

五月の夜のいたみうた

冷たい氷のうえで
静かに硬直し
黒目を鈍く連ねて晒す
店先の小鯵の皿をみていると
ニーニの声が聞こえてくる。

その前夜から
水も飲まなくなり
それでもよろりと立つと
ヒョロと泣いてひとを呼ぶ白猫の最期を
あなたは喰い入るようにみつめているから
死ねないのよと妻は言い
二十年二ヵ月も生きたのだから
それはしかたないことなのだが

痩せ細り
澄んだ尿をほんの少し出して
それから七時間も喘ぎ
ギャッと一声
ふりしぼるように叫び
茶色い血を吐いて息絶えたニーニは
閻魔蟋蟀をくわえてくるだけの
殺生だったのに
苦しかったろう虫の息
目は開けたままにして
足をそろえ
カンパネーラの白い香り
ジュウニヒトエの紫
小鯵も供えてやりたかった
通夜をしました。

夜更けに飛降りて
何時間か
ホテルの庭で息をしていたらしい

三十歳の弟の臨終は
誰も知らず
想像するしかないので
毎晩強い酒を飲み
あれこれ考えているうちに
入院させられ
その三階の病室の窓から
黄色い月をながめていた
桜の匂う風吹く宵に
おれの居ないぼろ家の二階の
狭い押入れで
白猫シロのお腹から
二番目に生まれてきたという
雌猫ニーニは
生涯
海も
猫の恋も
もちろん弟の笑顔も知らず
なまあたたかい五月の夜に
生きものゆえに
この世を去って行ったのでした。

水めし

四つん這いになり
九階の病室のベッドで
ひとり激痛をこらえていると
北のほうへと
暗いあおい水の澱んで流れる運河に
腹すり合わせるように並行する
レールの上を
夜の電車が音たてて過ぎ
小刻みに一日は遠退き
水めしを食べに行こうよ
と弟の声がした。

冷やめしに沢の水をぶっかけ

氷を砕き
刻んだ漬物をかき混ぜて喰うだけの
水めし……
そんな侘しいものを
セルロイドの赤い風ぐるまが回り
親子地蔵が並んでいた
あの峠の茶屋で
行き暮れて
初めて口にしたのは。

おまえはもう死んでいたはずの
六月は緑の繁る
酒も欲しくない旅だったが
いまは間断なく左の胸を抉る痛みに
舌を出して喘ぐだけの
おれの記憶は乱れて
この苦しみに耐えているつらさを
出番を窺っているらしい
崩れ伏すことへの快感に
からだごと投げ出してしまいたくて。

いつの間にか眠り
夜が白むと
背中の穴からドレインを滴り
プラスチックの箱（ゲージ）に溜った血膿の
表層は澄んだ水の色をしていて
先に水めしを食べに行くからね
と夢のなかで
弟の声は淋しそうだったが
なにゆえか生の側に
繋ぎとめられた気配のするおれの朝を
一番電車はカタカタと過ぎる。

背番号

死球を食らい
背番号は67

一番バッターとして出て行ったが
素振りをしながら
控える62、63、64、75の
だれが二番にカウント・ダウンされたのか
分かるはずもない今年の春
十日も早く花が咲き
いまはもう若葉が喃語を交わす
桜の老大木の下で
黒服の四人は所在なく
南無妙法蓮華経を聞いている。

会って飲むことはなくなっていたが
ガタンゴトンの都電が過ぎた
酒屋の店先でつまみに塩なめながら
売れない雑誌や安給料や
革命や女の話にも熱中した四十年前の
五人が久しぶりに集まったのに
一人は棺に釘打たれて
ゆらゆらと霊柩車へ運ばれて行く。

機嫌のよい四月の青い空
しゃくりあげている女もいる
白血病67歳のきみの出棺の時だが
この空の続きの下で
砲弾をぶち込まれ
難民キャンプで息絶える
子供のことをことさらに思ったりするのは
不意に涙ぐんだりしないためだ。

死は砂しぐれ
だから生きていたいと
病室からきみは電話を掛けたというが
たとえ不条理な死に見舞われ
この世から肉体を滅ぼそうとも
死者はだれもがそのように発信するのだと
思う年頃におれもなり
これから何年酒が飲めて
おれの背番号は？

打順は？
しかしそのときは
死んだのはおれではないと
こうして頑なにポーズを取っている
その必要はもうないのさ。

冬の朝

白い空から
薄日を浴びて
平和の森公園の片隅に
弥生時代後期住居復元という
コンクリート造りの低い小屋が
ひっそりと蹲っているのを
茶飲み友だちの女と眺めていたら
「きけんだからのぼらないでください」
横長のプレートが屋根に貼ってあり
弥生の当時も子供は登ったりしたのだろうか
などと思いながら入口に回れば
小さな板戸に
挨だらけのガラス窓
なかを覗いたが
暗くて何も見えないのに
団欒の声のようなものが
聞こえてきたのはどうしたわけか
おまけに長い黒髪の女が
乳房を子供に含ませている光景までが
浮かんでくるので
そうだ、あの空から
昨日はスペースシャトルが墜ちてきたが
おれがいまここに在るのは
その上(かみ)の女たちが
やさしく時にははげしく
まろやかなそのお尻を
振りつづけてくれたお陰であると気がつき
手を合わせ
頭を垂れると

隣りの女がくすりと笑い
おれはふとそのお尻を撫ぜたくなったが
いまさら遅いわよ
と言われたことを思い出し
止めにした。

白いビニール傘

三階から四階への
外階段の踊り場から
グラス片手に見ていると
霧のような雨降る夜の
鈍く光る電線と
暗い建物で分割された夜の空間が
かすかに艶めき
七月もやがて去る
たぶん午前三時
斜かいの

女子学生マンションの
三階二部屋と二階一部屋には
まだ明かりがついていて
そうしてぽっと
もう一部屋に明かりがつき
しばらくすると
人影が二つ
玄関を抜け出し
駐車場の隅の
路上からは死角の場所で
抱き合って
ながい口吸いの
そのさなか
ビニール傘が
女の手から放れ
白い大輪のように
地に咲き
それだけのことなのだが
「物みなは歳日と共に亡び行く」

なぜか朔太郎がおれの口から出て来て
地球はいまも回っていることに
感謝したくなり
また焼酎をビールで割り
グラスを差し上げ
夜の梅雨空に
独りだけの乾杯。

今年のさくら

並木のさくらが
いっせいに淡い色の花々を噴いた、
朝早い街を歩き
アップルパイを買いに入った店で
レジの横の
ファックス用紙に目が止まった。

「イタリアングレーハウンド
毛はうす茶色足首と尾の先は白
体長55cm8kg
年齢不詳
変質者の虐待に遭ったもよう
哲学堂公園の霊安室にいます。」

B4判用紙の真ん中には
いまは安らかに目を閉じた
細長い横顔の
眠っているだけのようなモノクロの
首から上の写真。

おれは不意に体が熱くなり
小泉八雲のことを思い出したが
犬だったか猫だったか
自信がなくなり
部屋にいそいだ。

西南戦争が終わった年の晩秋

テネシー州の
メンフィスあたりの道を
まだ小泉八雲になる前のアイルランド人
ラフカディオ・ハーンは歩いていたのである。

「ひどく癇癪を起こして気がふれているような人に遇った。

ちょうど一匹の子猫が途を横切りその人の足許にまつわりついた。

するとその男は子猫をつかまえ目をたたき潰してからこれで怒りがおさまったというように心地好げに笑いながら投げ捨てた。

私はそれを止めるほど近くにはいなかったがポケットにピストルを持っていたので（その頃はいつも持っていた）男を目がけて発射した。

ご存知のとおりの近眼だから弾は中たらなかった。

中たらなかったのはこれまで一生残念に思っていることの一つだ。」（田部隆次『小泉八雲』より翻案）

おれはしばらくその頁を聞いたまま
初めは人なつっこく尾を振っていたであろう
写真の犬のむごい殺され方を想像し
もしかしたら
飼主がやったのではないかとさえ考え込んだ。

そしてアップルパイは喰う気になれず
もし犯人に出遇ったら
ピストルは持っていないから
ポケットの重たいライターを投げつけようと握りしめ
ほとんど変質者の目付きで
再び満開のさくら並木の路を歩いた。

（『ぼつぼつぼちら』二〇〇五年右文書院刊）

＊

拍手パチパチ

風もないのに
鉄板を叩いているような
バンバンという音が聞こえてくる
路地裏
かわたれどき
たそがれ
狭い溝にまたがり
尿(いばり)をしていた幼女が
ズロースをたくしあげるのを
横目でみながら
どぶ板を舞台にして
白粉を顔に塗り
濡レテ泣イテルジャガタラオハル
唄って踊れば
角砂糖やキャラメルが
ポケットに一杯
拍手パチパチ
そんな夢をまたみたが。

その夢を忘れられず
といえば
こじつけになり
未来は画像の消えたテレビの
砂嵐
せめて過去というパレットに
明るい絵具を絞り出し
道化の所作で
そっと色を重ねてみたりもしたが
いまは怠けものの
おれは遊歩人
今夜も

それでもＦｌａｎｅｕｒ（フラヌール）気取りで
二十一世紀という異空間を
よろよろぶらり
もちろん拍手パチパチどこからもなし。

愚かなるアバンチュール

失礼ね
と彼女はテレビの
入国審査のさいに
人間の体温を計るという
サーモグラフィーの赤い画面を見て
呟くように言い
おれは豚インフルエンザの
パンデミックを防ぐためには
などと覚えたての単語を口にしたが
戦後しばらく女性が毎日体温を計る
荻野式という避妊法があったのをふと思い出し
それは戦争下では受胎するためだったが
そう言えば彼女の
死んだむかしの恋人は
たしか荻野と言ったなと思いながら
居酒屋の
イカ刺しタコぶつで飲み
ほろ酔いの彼女を
そこだけ暗い地下鉄駅の入口まで送り
さようならと後ろを向いたジーパンの
お尻を思わず撫でてしまったのだが
彼女は振り向きもせず階段を降りて行き
その夜は電話が掛かってこないので
気の小さいおれは
さぞかし怒っているのだろうと案じつつ
追酒をして眠ってしまったけれど
翌朝ＴＥＬあり
帰ってから電話をし
じゃあねと切ろうとすれば
冷たいなぁーと言うので

受話器を耳に当てていたのに
しだいに何語か分からなくなり
呂律の回らないおにょむにゃ
そしていびきなのよ。

おれは全く記憶にないのだが
笑いながらのその声に胸を撫で下ろし
そんな愚かなアバンチュールも
豚インフルエンザもテロも
素知らぬ顔して乗せて
いまも回っている地球に
飲み残し本醸造の
しぼりたて「ダダ」で乾杯。

「伝染るんです」——吉田戦車より

カサッコソッという気配は
ゴキブリではなく

壁の時計の秒針の音だと気づくのに
少し熱のあるらしい頭は
のろまだったけれど
眼はメモ帖のページを追っていて
いまはこの世にいない詩人が
喉に管を入れられたと知らされた六月の
風の夜のメモに
詩をなぜ書くのか
それは締切りがくるからですという
数えてみれば二十一年前の
鉛筆なぐり書きのおれの開き直りを判読し
おとといは
四十一年も一緒に働いていた
肥満短軀の男の告別式で
棺を開けると
太い短いズボンと背広が
胸の上にばさりと被せられていて
おれはふと胸がつまり
大声で泣く夫人は

それでも葬儀屋が何かささやくと
一瞬泣き止み指示を出してまた泣いたが
男の前妻とその息子は
ビビービビービビー
礼笛を鳴らして黒い車が出ても
とうとう現れず
きのうは寒い一日で
しかし夕方ギネスを飲み
風邪引き女と道元の映画を観たから
今夜のおれは風邪気味なのに
古いメモ帖を閉じると
放下や
セロトニン神経について考えるのは
現し世を見飽きず
おれはまだ生きていたいようなので
伝染(うつ)るんです。

おたんこなす

両側が金網の柵で
その向こうの芝生にはタンポポが咲いている
幅五メートルほどの
みちの真ん中を
ヘリコプターの音を耳にしながら
肘の裏側の静脈が
今日はいやにぴくぴくと打ち
昨夜飲んだのはたしか楊貴妃と言ったな
あれはアルコール何度だったか
そんなことを思いながら歩いていると
小学校二年生位だろうか
赤いヘルメットの女の子が
真剣な顔して眼を凝らし
ハンドルをしっかり握り
こちらに向かって来るのに気づいたが
この幅の間隔なら大丈夫と
判断したのに

自転車は不意に弧を描き
金網に激突
泣き声を立てるその子の
若い父親が走ってきて
一瞬立ち止まったおれを
ちらりと見るので
すみませんと頭を下げてしまったが
自転車練習中などと
もとよりおれは知るわけがなく
自分の意思や善意とはかかわりなく
ただたまたま存在していたというだけのことが
ひとに害をもたらしてしまう
その生の理不尽に
ひそかにおれはおたんこなすと呟き
だからその日は
山川草木
鳥獣蟲魚に詫びながら
蕎麦屋で安い昼酒を飲んだ。

利口棒の唄

箸くらいは使えよ
笑いながらいう男は
手織りのネクタイをした
大正生まれのダンディーで
差し向かいのおれは昭和二桁
染みだらけのジーパンで
盃片手におしんこを手づかみ。

週刊誌の埋草などを
おれは彼から回してもらい
酒代の足しにしていたのだが
もう二昔は前になるだろうか
桜の季節にこの世を去り。

いつだったか
利口棒どころか
怠けもののへなへなになってしまってね

と彼が嘆いたのは
魔羅のことで。

その棒は
おんなを賢くするなんていうのは
古い言い草で
何よりも愛の蜜液がなくてはとつづけたのは
彼の世代の反省だったのか。

おれのモットーは
箸にも棒にも掛からないことで
なまじ取り柄などあれば
彼のように南洋の戦場をさまよい
復員して新聞社に入らなければならない。

ゲリラ戦みたいに
突然あちこちで桜が咲く街なか
おれは今日も一人でぶらぶらし
彼と入った角店が残っていたので
烏賊一夜干しをいつしか手づかみの酒。

酔って部屋に帰り
送られてきた本をぱらぱらめくると
出口のない暗澹たるこの時代を撃つには
棍棒のような思想が必要だとあり
しかしおれにはそんな物騒な
棍棒なんて
もちろん利口棒ももう要らないよ。

コンドームの行方

あなたが教えてくれた病院に行くと
小さくなった寝たきりのからだで
ちらりと薄目をあけましたが
もう言葉は言えないのだから
わたしの顔を思い出したかどうか
それはいいのですが

あの絵を彼はどうしたのでしょうか。

若かったころ
油絵を描いていた彼女は
オリーブの小枝ではなく
コンドームを鳩がくわえた
煙草のピースの細密画を個展に出し
大はしゃぎして彼はそれを買い
仕事部屋の壁に掛け
大正の初めでも
まだまだ貴重品だったから
使うときれいに洗い
うどん粉をまぶして乾かし
破れるまで使い
この国でも早く作れるようになってほしい
そう貧乏人は願っていたと
大伯父が話していたのを覚えているが
世界人口がこんなに増えるなんて
争いの元だから
いまはたやすく手に入るのだし
紳士淑女は携帯必需品とすべし
コニャックを飲むと
彼はいつも上機嫌で話していたが。

そのコンドームを
エイズの蔓延で親を失い
ストリートチルドレンが夜に怯える
アフリカの国の
黒人神父が
教会の教義に反するから
国連の配付品でも信者には勧めないと語る
映画を見た帰り
おれは彼女が一人でやっている酒場に行き
宗教は阿片より害を流すと
息巻いたらしい。

それだけのことなのだが
鳩がくわえたコンドームの行方は

だれに訊いてももう分からない。

蝙蝠Ｂａｔ君

蝙蝠の訳語はＢａｔだけれど
アメリカの俗語には
ふしだら女や売春婦の意味もあったはずだと
英和辞典を開きながら
おれは右の太股をさすり…

それはＸｍａｓも間近な寒い風の日だったが
ＬＥＤの藤の花が咲く
フラワーパークで
笑窪のチャーミングなふしだらではない女と
青や緑や金銀紫のイルミネーションを
おれは震えながら見て回り
そのとき彼女が渡してくれたホカロンを
ジーパンのポケットに入れたまま
帰りの駅で降りてまた飲み
そのままベッドに倒れ込んでしまい。

その低温火傷の跡が
消えずに右太股つけねのあたり
一羽のＢａｔになって飛び立とうと
毎日夕闇を待っているのだと
一杯七百円の珈琲店で
彼女に告げたのは
菜の花も終りのころ
すると彼女は優しい声で
セキニンガアルカラワタシニ見セテネ。

それからのおれは
二人でラブホテルのある路を通ったりすると
息が詰り変な気分になるのだったが
紫陽花の咲くころ
彼女がおれを会員制の室内プールに誘い
おれは意外に胸の大きい

女の水着姿にどぎまぎしたけれど
肝心の蝙蝠Ｂａｔ君は
昼下がりの光に曝されて
不貞腐れたように
萎れてしわしわ眠っていた。

いつものビヤレストランで

白い歯並びが
笑っているようなおれの
頭蓋骨の
横からのレントゲン写真に
か細い頸骨や
半円の弧をえがく
後頭部のラインなど
それらモノクロームの濃淡に
おれは初めて出会ったかのように目礼し
歯医者の椅子から立ち上がり
昼下がりの街中に出ると。

いつものビヤレストランで
彼女は待っていて
ビヤレストランなのに
おれは冷酒を飲み
むべの葉を貪る
恐竜のような姿態の
太った芋虫のケータイ画面を
彼女は見せてくれたりしたが
夢を見たと言う。

いつまでも来ないあなたを待っていると
どこかで見たことのある
隣に座っている女の人も
あなたをじっと待っているのに気がつき
そのうちにここであなたを待っているのは
わたしではないと思い
立ち去ろうとしたら

足の指がつり
痛さに目が醒めた。

それは別れ話のようにも聞こえたけれど
それならそれでそうなのだろうが
おれは相槌を打ちながら
目の前の彼女の
何かの果実に似た形の頭の
レントゲン写真を
ぼんやりと思い浮かべていた。

チャーリーチャップリン

大西洋の水平線はかすみ
湿っぽい灰色の雲が漂っている
アイルランドの小さな港町で
おなじみの山高帽子にだぶだぶズボン
ちょびひげ
しかしステッキではなく
手頃な木の枝を杖にしたブロンズの
チャップリンにお目にかかったのは
去年の秋
たぶん四番目の妻ウーナは
出自がその町なので
しばしば釣りにきたのだと
石碑(いしぶみ)に刻んであったように覚えているが
おれの英語は怪しくて
それでも昔もうふた昔になるだろうか
アフリカに行ってしまうという
年若い彼女を
じゃがばたの旨い居酒屋で待ちながら
読んでいたのは中学生向け英語読本
チャップリンの伝記
貧しい父親は
それによればひどいアル中だったはずだが。

その彼女から

久しぶりに電話があり
何年かぶりに新宿の酒場で会うと
乳癌検診の
マンモグラフィーとやらの結果について
ついには溜息まじりで話すので
アイルランドの旅で知った
スロージンとアプリコットジュースの
カクテル
チャーリーチャップリンを
飲み過ぎたおれは
何度もマンモスグラフと言ってしまい
自分の化石頭に往生した。

ゲルピン

犬の吠えるような風の音で
眠られぬままに読んだ
吉田敏浩の雑誌連載のせいだろう
人的資源という言葉が
頭のなかに住みついている昼下がり
人材派遣会社でパートをしているという
彼女と久しぶりに会い
おれは相変わらずの銭無しゲル
と口にし
その続きがヒンだったかピンだったか
自信がなくなり口ごもり
長い彼女の指が把手をにぎる
ミントンだろうか
珈琲茶碗の模様を見ていたら
インスタントのおみそ汁を
コーヒーカップで飲んでいると
そんなものを飲んでいるのかと
プノンペンで客死した
父の小言が聞こえてくるようで
懐かしくて胸がざわざわしてくるの
彼女は白い歯をこぼすので
おれはなんだか学生時代の

喫茶店モンシェリに
二十代の二人がいるような気分になり
いまは人的資源という言葉が
流行りのように使われているけれど
敗戦後の国会では
時の総理がその言葉を国際会議で用いたので
それは先の大戦下に
物と同じに人間を資源として数え上げ
無惨に使い捨てにした
国家思想の悪弊であると追及され
外務大臣が弁明したのだという論文を
昨夜読んだばかり
資源局というのもあったのだ
おれが一気にまくしたてると
父は昔その役所に勤めていたのよ
彼女は遠くを見るような目をした。

それから二人はたそがれ二分咲き桜並木の路を歩き
インターハイ籠球のセンターだった彼女は
おれを見下ろしてときどき肩を寄せ
ゲルピンなのねといたずらっぽく笑い
居酒屋の扉を押した。

吉田敏浩「人が〝資源〟と呼ばれる時代に」(『望星』連載)

＊

彼女を待ちながら

深山幽谷の
青い川を流れて行く
一匹の死んだ蝶を
誰も見たことはないので
その日に日付はないが
しかし誰もが見たようだと言うから
非在ではない。

そんなことといくらでもありさ
秋にはニューギニアに帰るという
針尾雨燕が
時速一八〇キロの速さで
北国の春の山の頂を飛び越える風切音を
おれは聞いたことはないが
シュパーッ　シュパーッ
鋭く耳を過って行く。

その先は哲学の
Ｎｏｎ-Ｂｅｉｎｇあたりまで
飛んでいけばいいのだろうが
彼女を待ちながら
ワインは二杯目
読みたいと言うので持ってきた
ジャック・プレヴェールの
『ことば』をめくり
おれは「唄」に目を止めた。

もちろん仏語版ではなく小笠原豊樹訳の
〈きょうはなんにち
　きょうは毎日だよ
かわいいひと
きょうは一生だよ
いとしいひと
　ぼくらは生きて愛し合う〉
「唄」の原題は「Ｃｈａｎｓｏｎ」らしいが。

イヴ・モンタンが唄う
プレヴェールの「枯葉」を
中野サンプラザで一緒に聞いたのは
雨が降っていた日の夕べ
無差別自爆テロなんて言葉がなかった時代だが
ケータイにＣメール
「6月9日」69はシックスナイン
それも昔のこと
いまは白髪を染めた
いとしい彼女がやって来る。

朗読できない詩篇

何回点しても目薬が
うまく目に入らず
セーターの胸に垂れてしまい
目と同じように
老化している指や手を確かめる
肌寒い日の
アングラふうの居酒屋に
待ち人はきたらず
印刷手帳をひらき
記号見本をみていたら
！　雨だれ
？　耳だれ
とあるが
！はエクスクラメーションマーク
？はクエスチョンマーク
とおれは使ってきて不便を感じず
しかし感嘆符も疑問符も
明治の初めの翻訳といっしょに
日本語に入ってきたのだろうから
とはいえ
雨だれはともかく
耳だれ　耳の穴からうみが出る病気とは
遊治郎の甘い言葉を疑う
愛らしい女の桜色の耳には
ふさわしくはないではないか
などと思いを巡らし
ビールを追加して気になり
゛と。は
何というのだろうかと
探してみたが
不明
そしていまさらのように
天からのこの小さな゛。を
どちらであろうとも
ひょいと左肩に受けとめるのは
はひふへほ

だけだと気がついたところで
尿意を催し
迷路のような通路をいそぎ
トイレに行くと
一つしかない
♂　ｍａｎ
なかなか空かず
ついに身をよじり
♀　ｗｏｍａｎ
のほうのドアを開け
用を済まして出れば
鋭く厳しい視線を投げかける
うら若い
ほんものの
♀。

満月の午前三時

アメリカの西部で
名うてのガンマンが撃たれて倒れ
胸から流れ出る血が
乾いた大地に吸い込まれて行くのを
薄れる意識の底でぼんやり眺め
この血も自分のものではなく
借り物だったのだと
死の間際に悟るシーンを
書いた詩人は誰だったか
そんなことで話は弾み
酒場でシェリー酒を飲み過ぎたらしく
夜の三時に目が覚め
冷たい水を飲んでから
四階の外階段踊り場に出ると
太い血脈を透かしたような
満月が照っていて
それは迫ってくるような近さなので

しばらく息を呑んでいたら
　満月や仰角狭し屋根を食む
という句のようなものが
どこからか言葉を借りてきて
ぽかんと夜空に浮かんだのだが
二本目の煙草は吸う気が起こらず
ウイスキーグラスを片手に
ベッドに戻り
隣りのベッドでぐっすり眠っている
女の寝顔を見ているうちに
おれはおれの眠っているときの顔を
笑っていたわよなどと言われても
それは他人の目を借りてのことで
写真に撮ってもらっても
死顔とどこが違うのか
だからおれは本当の自分の寝顔を
ついに知ることなく死ぬのだと気がつき
ぼそぼそと呟いていたら
うるさいわね
女が目を覚ました。

初なときがおれにも

モノクロ映画が流れていて
家族がそろい
黙々と
みそ汁をすするシーンを
ぼんやり見ていたら
学生だった年の暮れ
初(うぶ)なときがおれにもあったな。

それは同人誌の忘年会で
おれとおれより年上の
男が二人と
頭の薄くなった主宰の詩人と
つまり男四人が
同人の彼女のアパートの一室に集まり

酒を飲んでいたときだ。

もちろん料理は彼女の手作り
けんちん汁のようなものも出て
そのときおれたちは割箸なのに
詩人は洗い古した塗箸で
お碗も使いこまれていることに気づき
不意に酔いが回ったが
おれより十歳は上だったろうか
細面少し下脹れ
外交の仕事をしているという
美形の彼女は
笑い声を絶やさなかった。

その帰り道
二人だけになった別れ際
ぼくの奥さんはヤキモチ屋だから
今夜のことは言わないようにと
父親くらいの年の差の
ベレー帽の詩人は
ときどき家を訪ねるおれに
さり気なく口止めし
おれは敬愛する大人から
初めて大人扱いされたうれしさを
押し隠すのに苦労した。

あれからもうほぼ半世紀
その奥さんも詩人も世を去り
大きな川の向こう岸の
超高層マンションに
八十歳を過ぎた彼女は
一人で住んでいると聞くが
若くて初だった自負心を
くすぐられたおれは
男と男の大切な密約のように
その口止めを誰にも言わず
童顔だったあの詩人の
そんな高等戦術を用いるほどの

いろおんなともついに巡りあわず
芋焼酎ちびりちびり。

それでもみどりの夜に

こっそり鼻毛を抜いたりしながら
帰りのラッシュアワーの
複数の改札口を見渡せる構内で
高校以来の友人を待っていると
蓬髪弊衣
尻の一部が見える破れズボンで
背中から瘤のように左に捩れ
顔面を地面すれすれ左下に向けてしか歩けない
よろよろの老人が
人の流れに逆らい
両足を交互に床にこすりつけ
それでも数センチずつ
改札口の方向に進んで行くのだが
急ぎ足で出てきて
一瞬その老残と向き合った男や女は
誰もがどきりとしたように身を交わし
汚物を避けるように通り過ぎ
しかし誰かがよけきれなかったのだろう
老人は床に崩れてもたもたもがき
立ち上がれないでいると
茶のブラウスの
金縁眼鏡の中年の女性が
人波のなかからさっと近寄り
抱きかかえて起こし
何か話しかけ
するとやっと若い駅員二人がやってきて
たぶん臭いのだろう
顔をそむけるようにしながら
駅の外へと連れて行くのだったが
白髪が目立つ友人が
そのとき改札口に現れたので
おれとおんなが見ていた寸劇は

そこで幕切れ。

それから三人は
その駅を見下ろす二〇Fのテーブルで
ナイフとフォークで魚料理を食べ
ビールとワインを飲み
それぞれの老いの自覚について話は弾み
散会したが。

帰り道
あれは人恋しさゆえの
確信的な行為だったのではないかと
先刻の老人について考えたりしながら
ふらふら歩き
おくびも出るおれに
あなたのその品格が不満足なのよ
突然連れあいが言ったので
都会の濁った六月の空の
それでもみどりの夜に
死んでもこのまま行くんです、と
おれは密かに誓ったのである。

太郎と花子

よく似ていて区別しにくいたとえに
鴉の雌雄があるのは知っていたが
両眼の上だからつまり額に
刷毛で引いたように筋模様が横に通っている
からだの大きいのを太郎
小さいほうを花子と名づけたのは
外階段四階の踊り場で煙草を吸っていると
その二羽の鴉は
五十メートルほど先のビルの屋上から
さーあと連れ立って飛んできて
手摺りに留まり首をちょこちょこ振るので
切れているチーズ二枚を千切り
取り合わないように

交互に放ってやると
ときには宙に舞い
嘴でキャッチするようになったからで
おれとの距離は四十センチ足らず
チーズがなくなり
もうないよと言いながらバイバイすれば
さーと公園の林のほうへ飛び去って行くのだったが
十日ほどの春の琵琶湖の旅から帰ってくると
姿を見せなくなり
今朝もおれは雨もよいの空を見回し
「虚無のカラスをおいはらえ」
という谷川雁の詩の一行を思い出したりしたが
どうしたのだろう
太郎よ花子よ
監視カメラだらけの街の
電線をときどき見上げながら
当てもなく歩くおれの口から出るのは
〜おれは待ってるぜ。

黄昏のベンチで

白い太ももを逆立て
宙へと吹き上げ
足首あたりで
引力に逆らい切れず
飛沫を散らしながら
人工池の水面に崩れ落ちて行く
雨の日の噴水を
ビニール傘を差して
人影のまばらな公園のベンチに座り
ぼんやりみていたが。

あの噴水のように
厭きることなく力をふりしぼり
限界を曝し続けたことなどなしの
いつもどこかでどうでもいいのさと
うそぶいて生きてきた
おれの人生にも

別れはあり。

昨夕は
老人病院で息絶えたという
詩人九十歳の
古刹での告別式に出かけ
笑顔の遺影をときどき見上げながら
誦経を聞いていたら
係の女性が耳元で囁くので
「ナンマイダブ」を呟いてから
受付けに行くと
書かれている額よりも
香典の中身が多いと告げられ
一万円札を返してくれたのだが
おれは初めての体験に
まごついたけれど
まあそれならそれでと受取り
なんだか得をしたような気分になり
十年以上も前に

故人と飲んで話して酔った
公園の近くの
うなぎ屋を思い出し。

その店に行ったら
一万円札の登場は
一九五八年十二月一日だから
おれは十九歳で
新品のその一枚が
おでこに張り付いた風の夜の夢のことや
まだ童貞だったことも
今日は話してみようかと
公園のベンチで待っているのだが
雨は激しくなり薄暗くなってきて
噴水も太もものようにはみえなくなり
だがケータイを持たない彼女は
なかなか現れず
それならそれでおれは一人で店を探し
白焼きで黙して飲むだけさ。

おれなのでした

ガスストーブの火をつけたままだったと思い
引き返すと
火は消えていて
そういうことがよくある最近なので
近所の天神様の境内に寝そべっている
からだの悪い所を撫でれば効能があるという
そこだけ色が剝げかけている
鋳物の黒牛の頭をさすり
紅梅を見てからぶらぶら歩き
電車に乗ると
いきなり座りますかと
制服の少女の小学生に声を掛けられたので
いいよありがとうと
立とうとするのを手で制して笑顔をつくり
空いていた斜め前の席に座り
まだ幼い横顔を見ていたら
古びたままの木のドアや座席が

軋んでガタピシ音を立てる戦後間もない市電の
窓枠の隙間に
友だちから借りたばかりの雑誌を
揺れた拍子に手から放して吸い込まれてしまい
泣きべそをかいたのは
あの年頃だったなたしか
しかしそれからこの白髪まで
繫がってきたというのが他人事のようで
そして茫としていて
海を見たくなり
終点近い駅で降りて
陸へ寄せて返す晴天の海の波動を
飛ぶカモメを眺めているうちに
月が替わると
エジプトに旅するという女性に
ふと会いたくなり
電話をしてみようと思ったけれど
たぶん机の上に
ケータイを忘れてきた

おれなのでした。

不景気

門前から人の列ができる道を
規制して今年は変えてしまったから
大晦日も三ケ日も
お客はさっぱりだったわとこぼす
八十歳のママさんがやっている
焼きトン屋の
カウンター席の二つ横に
白いヘルメットがぽつんとあり
ついふと手を伸ばしたら
店の外に出て階段を上らなければならない
トイレから
おれよりは若い
だが白髪まじりの先客の
がっしりした体の男が戻ってきて

何か珍しいですかと訊くので
ごめんなさいついさいきん
こういうMPタイプのほかに
前ひさしと全周のタイプがあり
小さなナットでも
ビル建築などの高い所から落ちてくると
ヘルメットを突き破り
死ぬこともあると本で読んだものでと言うと
ああそうらしいね
男は無愛想にこたえ
会話はそれでとぎれ
今度はおれがトイレから戻ってくると
もうその姿はなく
あの人はうちのお客で警官で
正月の規制は済まなかったねと謝りにきたの
腸ガンの手術をしたという
着物にエプロンのママさんは言い
次の客はなかなか現れず
おれはホッピーの継ぎ足しをしながら

とっくの昔に死んだ市川雷蔵の
円月殺法を
波立つテレビでみていたが
画面は替わり
不景気のニュースがつづいた。

*

ゴンドラの唄

ゆらゆらと遠くなる柩の上で
胡座をかいた後ろ姿が
〽きょうはーふたたびーこぬものを
ゴンドラの唄をうたっていて
どこかで聞いたその声に
おれはまだ行かないよと応えて
夢から醒めるこの夢を
初めて見たのは
公園の夜のベンチでだったろうか。

あのころは
白昼騒音が絶えない
高台のマンションの窓から
屋上広告を毎日ぼんやりながめ
曇った空を鳥は低く飛び
雨の日はさらに低く飛ぶ
などと手帖に書きとめ
誰の文章だったか思い出せないが
〈思想は二枚目の姿であらわれ
　場数をふんで三枚目になり
　捨身になって無頼の域に達する〉
そんな言葉に憧れていたから
廃屋のテレビアンテナが
凜々しく突風にしなっている街区を
亡命者気取りでふらつき
やきとり屋のカウンターで
逆さに立っている棚の徳利を

敵のように睨みながら
飲んだくれて
どこかの公園に迷い込み
眠ってしまったおぼろげな記憶が
点々。

それからは何度か見た夢なのに
迂闊にもきょうまで
ゆらゆらと流れるあの後ろ姿がうたう
ゴンドラの唄が
おれと同じ病気の果てに死んだ
親父の声だったとは
気がつかなかったよ。

ゲルベゾルテ

三途の川を渡っていたら
オトウサーンと呼ぶ
幼い娘の声が聞こえてきて
しだいに目が覚め
ベッドの側で
自分を見つめている妻と娘の顔が
クローズアップになったというのだが
誰かの見舞いに行くと
呼ぶ声はいつも男ではなかったらしいが
似たような話は何度か聞くのだけれど
おれはまだその川を見たことはない。

そのときの彼の話によれば
向こう岸は
淡い色の花々が夢のように咲いていていて
しらじらと水は澄んでいて
流れの音はしなかったそうだが
気鋭の前衛美術評論家である彼が
手術後間もないのに
熱心に三途の川の体験をしゃべるので
おれは長居をしてしまい

ようやく潮時を見つけ
帰り際にゲルベゾルテのカートンを
見舞いに渡そうとすると
煙草はもう見るのも嫌だと手を振り
お医者さまにあげましょうと
夫人がその場を取りなしてくれた。

それまでの彼は
「わかば」のチェーンスモーカーで
軽やかながらがら声で
夜遅くまで喫茶店で話してくれていたから
おれの本音は
はやく元気になり
また煙草をたくさん吸ってほしい
それ以外になかったのだが
肺癌はその後脳に進み
四十八歳で彼はこの世を去り
若かったおれの
当時は恩賜のタバコでもあった

常識外れの見舞いの品の
平たい楕円巻きの
あの香りよいドイツのゲルベゾルテは
苦い心痛む思い出の染みついたまま
三十年は過ぎ
二十一世紀になり
禁煙ファッショの加速するこの時代に
わかばはまだ店頭でみるが
工場が一つもなくなった
ゲルベゾルテは
ついに絶滅種の運命を辿ったと
昔は華奢な少女だった
煙草屋のおかみさんから
友だちの通夜の日だったろうか
おれは聞いた。

夏シャンツェ

何杯もの濁り酒を
友人と飲んだおれは
店を出るとすぐに
転倒し
大の字になっていたそうだが
通りがかりの空の救急車が
拾ってくれたので
頭蓋の小さなひびの跡だけで済んだのは
三年前の梅雨時だったろうか
などと思い出したのは
転勤先の息子の家を出て
ぶらぶら歩いていると
七月の見上げる緑の山の頂から
人形のようにジャンパーが
青い急斜面を飛んで行く
夏シャンツェが見えて
大きな転倒でも起きたのか

その方角から
かすかに救急車の
ピーポーピーポーが聞こえてきたからだが
ピーポーピーポーには
あの酩酊搬送の前にも
肺炎による高熱をこじらせ
おれはじつは世話になっていて
万が一のときには
延命措置を講じますかと
二人の医師に訊かれた家人は
うろたえたそうだが
そのさらに数年前になるのだが
背や腹の激痛に耐えられなくなり
それがおれの初めての
ピーポーピーポーピーポー
膿胸切開手術の傷跡は
焼印を押したように
いまでも背中にくっきり。

つまりここ七年弱で三回
救急車の固いベッドに
おれは揺られて運ばれたわけだから
夏シャンツェが近い
北の街の郊外に住むことになったばかりの
孫の男九歳女四歳は
絵本で救急車を見つけると
昨夜もじいじの車だと笑ってはしゃぎ
おれはといえば
権力者からならかまわないが
たぶんそうではない
誰かの幸せを掠めながら
生きているような思いがしてきて
心苦しくもなるのだが
この次あたりのピーポーで
そろそろおしまいだろうから
ごめんなさいそれまでは
と目をやれば
もう誰も飛ばなくなったらしい
夏草のランディングバーンに
影を引いて白い雲。

コアジサシ

河口を臨む土手の斜面に
黙って女と座っていると
夕方がやってきたので
釣船がつぎつぎと帰ってきて
その度に川波は起こり
小波となって岸にまで寄せ
ちゃぽんちゃぷり
うらがなしい音を立てて消え
川下の鉄橋を
長い電車が通ると
窓から見える乗客の頭が
串刺しの連なりのように
橋桁の向こうを過ぎて行くのを

ぼんやり眺めているうちに
対岸の
暮れなずむ空に
ひときわ高く動かない観覧車が
誰もいないはずなのに
時計のように
ゆっくりと回り
たくさん実のなる杏の木の下に掘った
いまはないふるさとの家の
裏庭の防空壕で頬張った
大豆だらけの握り飯や
大学予科生の兄がふざけた
我等一家七人爆死之跡という板切れが
父親の怒りの声と一緒になって
滝田ゆうのひとこまのように
浮かんできたが
ふと立ち上がった女が
ほらあれ！　と小さく叫ぶと
ツバメのような鳥が
頭を下に身を固くして
ナイフのように落下して行き
水面に突き刺さり
それをもう一度くり返し。

その夜すぐに女は電話を掛けてきて
あの鳥はコアジサシの雄で
高みで待っている雌に
小魚を持って行って求愛するのよと
調べたばかりを教えてくれたので
けなげなショーを二人で見たのだねと
おれは礼を言ったつもりだが
それ以上の軽口をたたくのは止めにした。

マレンコフ

マレンコフが死んだと
居酒屋で聞いたが

スターリンの時代の
ソビエトの首相ではなく
カラオケの世になっても
新宿の古いバーを回っていた
それが通称の
流しのギター弾きで
本名は誰も知らず
皺々の分厚い本の歌詞を
おれは老眼鏡で追いながら
「錆びたナイフ」だったろうか
その調子はずれの声に
ギターを合わせてくれたのは
三年前ではなかったか。

漏れ聞くところによれば
新宿のバラック街で流し始めたのは
進駐軍がいたころの
日本再独立のまだ前で
とんがり帽子にリボンの房の

おれはそのころ小学生で
絵に優れていた二番目の姉と
利発な弟にはさまれて
三角の形に積んだ俵と俵のあいだの
隙間が気になり
掛け算で答えを出すことができず
教室の窓から
いつもぼんやりと
藻岩山の上の
白い雲を眺めていたが。

その後じきに姉は十八歳で
弟はベトナム戦争終結の年に
自死してしまい
弟のそれは
なけなしの金をはたいて泊めた
ビジネスホテルの四階の
そこから飛び降りたという
窮屈だったろう小窓や

遺体を乗せた車が
警察署の門を出るときに
意外にも
黙礼してくれた警官のことなど
思い出せば胸はふたぎ
うつになってしまうので
酒を呷っては紛らわしてきたから。

などといえば格好づけで
飲んで話をしてみれば
家族に自殺者のいる人間なんて
ごろごろしていて
要するにおれは
単なる酒好きで
今夜も酔って家に帰ると
どうしてここの住所にくるのか
独身だったのに
弟の名前の下にご家族様ともある
メガネ屋からのご優待ハガキ

三十四年前の
度の強い遺品の黒縁眼鏡は
一度も磨かれることなく
押入れのなか。

だから三十歳のままの弟よ
殺人・強姦・放火さえしなければと
けしかけたおれは
おまえの倍以上を生きて
その三つが蔓延するばかりの
いまは二十一世紀
マレンコフと同じ肝臓病みだけれど
それでもさいきんは
深酒には気をつけているんだぜ。

おでん屋にて

三角ベースの黒いゴムまりを

追いかけていた九歳は
とつぜん転んで道路に寝転び
通りがかった
東宝ニューフェースに誘われたという
彼女のスカートを覗こうとしたが
白いふくらはぎとハイヒールが
それにほんのり化粧の匂いが
つむじ風のように過ぎて行っただけで
春のぼんやりした夕方の空は
いつしかバーミリオンに染まり。

その彼女が老嬢になり
その九歳も
つまり老人になったおれは
頭の地肌が見えるほど薄くなった
白髪の彼女が
そろそろとトイレに向かうのを
テーブル席から
チューハイ片手に目で追っていると
彼女は男用のほうに曲がってしまい
幸いなにごともなく
しばらくして出てきたが
両目を眩しそうに細めたまま
席の後ろを通り過ぎ
出口に行こうとするので
声を掛けると
もう外で待っているのかと思って…

きょうは調子がいいほうなのです
でも毎日となると疲れます
冷酒をちびちびやりながら
老嬢つまりおれの姉の連れの男が
小声で呟く
ぼつぼつ込んできたおでん屋。

隣りのテーブルで
生ビールを呑み
玉子や竹輪を口に入れながら

いま笑い興じている
お嬢さんたちよ
匂やかなその束の間に
年月があかんべをしないうちに
ふんわり広がるスカートをはいて
子どもたちが遊ぶ夕方の
路地の傍らを
どうか天女のように通り過ぎておくれ。

タマサシの旅

おとうとの顔も分からなくなったらしい病院のベッドに
寝たきりの寡黙な後期高齢者で手のかからない認知障害
の姉を見舞った帰りの日向の旅は。

夕暮れの
煤けた壁に品書きの短冊がずらりと並び
早くも酔った声がざわめく
地鶏屋で
地方競馬の
もう走れなくなった競走馬を出向いて引き取り
子供も乗れるようになるまで調教し
乗馬クラブに引き渡す
馬師とでも言うのだろうか
転々と旅する彼らと相席になったおれに
今日はサラブレッドの牡馬の
去勢した睾丸を刺身にして
チームで食べた儀式の流れなのでと
ひげ面の獣医が話しかけ
おれは汗臭い彼らのなかに
ポニーテールの女性が一人いるのに気がつき
そのタマサシを
あなたも食べたのですかと聞くと
三十歳は過ぎているだろうか
雀斑の浮いた彼女の顔は
一瞬さっと赤くなり
わたしは馬主ですからというその言葉には

恥じらいもこもっていて
自分の厚顔に
久しぶりにおれも恥ずかしさを覚え
悪酔いしてしまったが
次の日の朝は
緑の葉がそよぐ雑木林の丘の中腹の
天幕を張ったような屋根のレストランの
広い庭の片隅で
注文を受けた石の地蔵を
一人黙々と彫っている
すっかり白髪になった友人を訪ねると
彼は珈琲を啜りながら
切り出したばかりの大きな原石のころから
毎日一度は見にきていた
利発そうな男の子が
ようやく粗削りが終わるころ
おじさんはどうしてこの石を壊してしまうのと聞くので
仕事なんだよとこたえたけれど
なんだか急に恥ずかしくなり
時の流れのままに風化して行く
自然な石の姿にこそ
仏は現れるのだろうかとしみじみ語り
だからおれはタマサシについて話せなくなり
二人はしばらく
六月の青い空の白い雲をぼんやり眺めていたが。

帰りの飛行機では若かった姉が出してくれた詩集のあと
がきに何時までも詩を書いているなんて恥ずかしいこと
であると書いたむかしを思い出しながらおれはあのとき
馬師の誰かにタマサシを作れない牝馬の去勢の儀式はど
のようにするのだろうか
聞いておけばよかったと後悔していた。

飲むばかり

余震が続く日に
小樽の詩人から葉書がきた。

〈封筒の「…飲むばかり」の句
やっぱり飲むばかりなんだ
歯科のあとおれも飲みにいくかと
バスで祝津の「青塚食堂」へ
大型バスで乗りつける外国人客もなく
ひとりゆっくり
ヤリイカの刺身で燗酒を一本
ヤリイカの耳はうまいのなんの
春はこの海でも網で獲れるというのは初耳だったけれど
うねる鉄紺の海
これが突然盛り上がってきたりしたら…〉

その封筒裏におれが書いた俳句〈のようなもの〉とは
地震（ない）Ｔｓｕｎａｍｉ原発崩壊飲むばかり
だからおれも飲みたくなり
馴染みの寿司屋のカウンターにいくと
突出しに出てきたのは

ポン酢のなかでピチピチ生きている
白魚のおどり喰い
じつは初めての体験だったのだが
箸ではとても摑めないので
勇気を出して小鉢から
数匹をぐいと一呑み
口のなかで跳ねているのを
一噛みピクリさらに噛み
呑み込めば
ついにやったぞという快感もじんわり。

けれどもその夜は
あの人は蛇や蛆虫を食べてきたのよ
女たちが台所で噂していた
ニューギニアのジャングルから兵長で生還し
戦後は酒浸りだったという
眼の鋭い遠縁の死んだ男が夢に現れ
おれはなぜかうなされた。

バイバイをした

何万年も引き継いできたいのちですから
その後の毎日が
苦しくないのでしたら
ただ一人生き残っている
肉親の弟として
胃瘻（いろう）の手術に
あえて反対はしません。

ときどき遠い身内から
術後に苦情が寄せられるのを
懸念したという
若い女医に
そう言いながら
しかしおれなら
この姉のように
八十二歳で寝たきり
手足も体も動かせず
言葉も出なくなっていたら
延命医療は断ってほしい
心のなかではそう思っていたが。

翌日は見舞いの前に
叔父さんを慰労したいと言う
母親のいのちを長引かせることに
迷った末に決断したと告げた
一人娘の運転する車で
日帰り温泉に出かけ
波が押し寄せ
岩に砕けて散って返す
絶え間ない海の律動を
ガラス越しにぼんやり見ながら
湯につかりサウナにも入り
病院に行くと。

流れ着いた
白い流木のように

姉はベッドに寝ていて
虚ろな目を細く開けていたが
おれの目線を
一瞬追うような気がしたのは
あの世のほうがいまは賑やかだから
もういいのよと
アイコンタクトを求めてきたように
おれは思ったからで
しかしおれはそれには応えず
バイバイをした。

帰りの飛行機では
何万年も引き継いできたいのちですからなどと
心地よい台詞を用意していた自分が
ひどく恥ずかしくなり
ウイスキーをがぶがぶ飲み
ごめんよごめんね
おれは何度か呟いたらしい。

またいつか

またではなく
またまたになるのだが
集中治療室から生きて出てきて
デイルームとやらのガラス越しに
白い富士山をぼんやり眺めていたら
冷たいコーラが飲みたくなり
ポケットを探ると
五百円玉が二ケ
だが自販機の前には
パジャマ姿の女性が四、五人
他にすることもないのに
並ぶのは面倒臭いので
まだ絶食中でもあるおれは
日本国の銀貨を弄んでいた。

あれは去年のいまごろだったろうか
財布を落として悄気てるおれに

行きつけのバーのマスターが
ウイスキーの角壜に
ドライバーでコツコツ穴を開け
貯金箱としてプレゼントしてくれたのは。

それからのおれは
敵に出合ったかのように
釣銭の五百円玉を蒐めては入れ
その高さが肩口くらいまでになっている
あの壜を
退院したら
今日も顔を見せない
つれない女を温泉に誘うために
割らなければならない。

向こうのテーブルでは
たぶんチャイニーズの女患者らの笑い声
英語も仏蘭西語も
ついにおれはものにならなかったが

いつかまた
またまたまたの日が不意に来るのかどうか
先のことはお釈迦さまでも分かるめえ。

こーんこーん

手首を締められた
指のない手袋を両手にはめられ
腰はベルトでベッドに固定されている
昨日から同室の老人八十五歳が
兄（あん）ちゃんは誰か
ここはおれの家だ
濁声で詰問したのは
カルチノーマとは腺癌のことですと
おれに説明するために
刈上げの若い医者が
病室に入ってきたときのことだが
老人はすぐに大いびきをかきはじめ

消灯になってもおれは眠られず
サイドランプで手帳をめくっていたら
早世の画家の個展を見た日に
盲目のような窓ガラスの
廃屋の一軒家は
崩れて行くだけの時間を
健気に耐えていた
そんなことを彼女と話していたらしく
その小さな絵を思い出しながら
おれは少しセンチになり。

その夜更け
うとうとしていると
お隣の方
どうか助けてください
哀れっぽいしわがれ声で目を覚まし
代りにおれは
ナースコールを押したのだが
小走りでやってきたナースの話によると
老人は明日は別室に移るという。

しかしおれはすっかり眠られなくなり
明日あたりは見舞いに現れるだろう
彼女が電話でうたってくれた
〽こられられんけん
　こーんこーん
といううろ覚えの流行り唄を
朝が来るまで
口のなかで繰り返していた。

水たまりの唄

川の流れが見たくなり
雨上がりの朝に
堤防につづく小道を歩くと
水たまりが出来ていて
高いポプラの木や

青い空が映っている
その逆さの風景を
覗き込む自分の姿は
巨人国の
子供のようで
いまこのときも
やはり誰かが
世界のどこかで
こんな水たまりをじっと見ている
地球は回っている
白い雲が浮かんでいる。

そんな思い出に
古里の
その小道も舗装され
水たまりは消えて
戦乱は地上に尽きることなく
などと加えてみても
おれは年を取ったというだけのことで。

いまではおれの膵臓の先っぽに
小さな水たまりが出来ていて
そこには海月のようなものが
一匹泳いでいて
お医者さんは癌らしいと言うのだが
もうそんなことは
どうでもいいでしょ
お休みなさいねんねしな
海へと流れる川の音が
子守歌を唄う。

迷子札

細いくびをすっくとのばして
黄色い花を咲かせている睡蓮の
小さな水鉢を
玄関の脇に置いてある

一軒家を
この辺りだったろうかと
今日もその花に会いたくて
探しながら
路地をうろうろしていたら
道に迷ってしまったが
臆病だったからだろうか
子供のときには
迷子になった記憶はないのに
老人になってからは
たびたびなのは
そろそろなのであるからだろうか。

そのそろそろが来ないうちにと
三個目の
本箱を整理していたら
黄ばんだそれでも平成の
新聞記事の切抜きが出てきて
それは戦争下を振り返ったもので

昭和二十年四月二日
おれは六歳になろうとしていたときのことだが
〈迷児収容広告
今次ノ災害ニ因リ左記迷児本養育院ニ収容保護ニ付
心当リノ向ハ至急来院セラレ度シ
加藤聡（十歳）城東区大島六ノ六四三
氏名不詳（女）（四歳）不得要領〉
などという迷子広告までが
空襲被災地の町名番地が敵に知られるので
「記事差止め通告」に抵触するとして
軍や政府から注意や警告を受けていたという。

ついでに記せば
「記事差止め通告」の大本は
国家総動員法で
統計数字はもちろん
記事中の天気描写も報道禁止。

いまは気象衛星が空を回っていて

地上の天気は
天下御免
しかし戦火は絶えることなく
あすこでもここでも
迷子たちは泣いていて
今夜の東京は曇り
星は見えず
そろそろのおれの頭は
いつもの飲み屋が見つからずうろうろ
そして地球(ぢだま)も
たぶん迷子札をぶら下げたまま。

（『地球(jidama)の上で』二〇一三年青娥書房刊）

未刊詩篇

ＰＴＳＤ

酒を飲みながら
多量に煙草を吸えば
ヒュウヒュウと鳴るのは
おれの喉だが
猫のゴロゴロを
しばらく聞いていないのは
シロもニイニも死んでしまったからだ。

そのシロネコ母娘(おやこ)はあのころ元気だったので
ひょんと目の前に現れた
利かん坊の
クロネコの子を
もう一匹家で飼うのはあきらめ
黒の陶器が得意の

陶工一家にもらってもらうと
さっそく黒陶と名づけられたが
その名前には
ジャン・コクトーも意識されていたらしい。

しかしコクトーの詩のように
　私の耳は貝の殻
　海の響をなつかしむ
とは行かず
窯の近くの雑木林で遊んでいたら
急な豪雨と落雷に遭い
右半身の毛を焦がし
ずぶ濡れで逃げ帰ってきたという。

それからはほんの少しでも
空でゴロゴロの気配がするとからだは強張り
懸命の匍匐前進で押入れにもぐるのだが
ＰＴＳＤを抱えて
十三年
何度もこの恐怖に震えて生きてきたのだから
そんなに笑わないで。

（「小樽詩話会」48周年記念号、二〇一一年十二月）

また一人

赤い腰布の
玩具の小法師を
起き上らせるのにも飽きたころ
電話が鳴った
おまえより
おれのほうが早くなったよ
入院先で肺ガン末期と言われたという
しかし声は明るかった。

小中高と同期の彼は
医者の息子で
医者になったら

女をいじめてやるのだと言っていたが
結局医者にはならず
広告会社を定年退職し
妻に先立たれ
一人娘とおれの近所に住んでいたが
数年前に古里に帰り
ひとり暮らしを楽しんでいたようだ。

もっとも近くに居たときも
彼は酒は飲めないし
おれは碁や麻雀を好きではなかったから
数えるほどしか会っていないが
娘が結婚しないのを気にしていて
だがそういう話になった折には
おれは冷たかったかも知れない。

一カ月ほどして彼の死を知らされた。
はかないものだといつものように空を仰いだが
おれの心身は
人が死ぬと酒を飲むようにできているらしく
その夜もへべれけ
起き上り小法師をくれた女に
ケータイすると
さみしいの
タバコのけむりで涙が出たの
優しい言葉が返ってきて
おれは彼にすまないと思いながらズブロッカを重ねた。

（「騒」98号、二〇一四年六月）

ボート乗場にて

どこを旅しようとも
空は
いつも上にあり
よさこいソーランが
風に乗って聞こえてくる街の
ボート乗場のベンチに

わたしは座り
女は立ってガムを噛んでいた。

誰もボートなど漕いでいない
昼前の公園の小さな池には
小さなさざ波が寄せていて
にせアカシアの花びらも浮いていて
北国は新緑の匂いがした。

この池がまだ氷っている
昔はGHQの占領下にあったころ
イースターが近づくと
髑髏やサタンの仮面のスケーターが
かがり火の明りの影から
踊り上がるように現れ
わたしは家に帰るのを忘れて
じっと見ていたが
誰に手を引かれていたのか
どんな音楽が流れていたのか覚えていない。

そのとき
夜空に古里の月は蒼白く傾いていたか
冬の星々は瞬いていたか
そうだったろうし
そうではなかったかも知れない。

わたしはベンチから腰を上げ
女はガムをティッシュにくるむと
少しよろけたわたしの腕をつかみ
これからどこへ
青い空の下
その上の昼の星は見えない
なるようになるしかない。

（「騒」100号、二〇一四年十二月）

句集〈宿借り〉から

街暗転詩人昏睡雷雨ごふごふ

息を吸い息吐くことも戦なり

自裁とはおまえのことだよ冬の虹

冬の空冬のニヒルが降りてくる

単線に揺られて姉は消えにけり

はぐれ雲波久礼の駅のかんかんかん

ずぶ濡れの果てを知りたき雷雨かな

もういいぜ疲れただろう遠花火

泥酔を知らぬ男と飲む葉月

波に乗り脚を開いて母は来る

廃船を燃やして最期を見たくなり

家の跡どくだみの花いち匁

いやどうもデンキブランを注ぐ老女

魴鮄（ほうぼう）の姿造りの目に会釈

大女ふと立ち上がる夏波止場

偲ぶ夜のまぐろの刺身紅の口

男にも羊水欲しき夕まぐれ

春雷や青い女とキャベツ食う

蜘蛛の糸地球のへりを吹かれ行く

蜘蛛の巣の出来上がりても宿酔

風吹いてこれもそうかなけもの道

骨酒やおんなはなまもの老女(おうな)言う

ぽぽという果実食いけり風の朝

レバ刺しや死んだ男を招く猫

夢のなか国道越えて海が来る

オリオンや駐輪場で吐く男

流れ星いまもどこかを脱走兵

サーカスの少女消えたよ白い山吹

蚊を打ちて何事もなしいろおんな

夏空やトンネルのなかの県境

廃線が使用価値なくつづきけり

円顔のままで沈めよ日は海へ

冷酒や気づけば暗い海の際

ヒンズーの女神のほとの石のひび

（『宿借り』二〇一二年鬣の会刊）

散文

天才少女画家抄

　このエッセイの「アキヒコ」とは岡村昭彦のことである。彼について語るとなれば、わたしは長い年月を振り返らなければならず、しかも「明日もまた陽が昇る」という言葉に身を投げかけるようにして生きてきた、今となっては何かに生かされてきたとでもいうしかない過ぎた日々のために、摩滅しかけている記憶の襞々を、懸命に手繰り寄せなければならない。なぜ何のためにこのようなものを書かねばならぬ羽目に陥ってしまったのか。

　わたしが救急車で病院に運ばれ、破裂寸前の膿胸と診断されて危うく一命を取り止めたのは、二〇〇〇年夏のことであった。その後のいくらか気弱になったのではなく、自分の命について達観的になったような心の隙間に、アキヒコについて知っていることをみんな喋ってしまおうかという気の迷いが生じたのである。もちろんわたしが知っていることなどは、フォト・ジャーナリストとして世界を駆けた彼の人生の極私的な一面にしかすぎず、彼に聞いておけばよかったことが多々あり、おまけに知っているつもりの誤謬もあるだろう。にもかかわらず、死んだ人たちはもう異議を申し立てられないのだから、できるかぎりそっとしたままで、裏町の酒場でひっそり酒を飲んでは偲んでいたいというわたしの気持に迷いが生じたのは、いつの間にか老年の坂に差しかかり、若くして自ら命を絶った姉の純子や弟の聡それに現在の自分より九歳も若かったアキヒコの病死にまつわることどもが、重荷のように感じられ始めたからであろう。ともかくわたしは、米沢慧主宰の「AKIHIKOゼミ」で、ある日、長兄の準の次の一文を紹介してしまった。「ある日」というわけは、積んだ段ボール箱や紙袋の類を整理しなければ、そのときのメモが出てこないからである。

『走れ！メロス』　加清準

　薄暗い車内燈の下、何を考える気力もなく、ただゴットン、ゴットンという車輪の響の中の重苦しい沈黙。

今は共に亡き伯父と母、そして僕の三人を乗せ終着駅釧路へ向けて夜行列車は走っていた。遠い昔の話となったが――高校三年の妹純子が、昭和二十七年一月二十三日雄阿寒ホテルで、三枚の絵を残して行方不明となり、雪の中から遺体発見の連絡を受け、引き取りのため四月十五日札幌を発ってきたのである。この三カ月は肉親にとって正に憔悴の毎日だった。「生きているのか」「自殺か事故か」「原因は？」何もわからぬまま母にせがまれて回った何人もの易占師達が、高額な鑑定料を取りながら、「大丈夫生きている」と高言した場面を思い出すと、苦笑とともに「虚しさ」はいや増した。今更何をと打ち消して、ふと、彼のことを思う。僕からの連絡をうけて人の眼を避けながら、確か彼はこの列車のどこかに乗っているはずなのだ。

×　×

釧路へ着いてひと先ず旅館で仮眠。翌十六日午前四時半、傷心の母を旅館に残して伯父、伯父の会社の支店長、釧路署の警部補と僕の四人を乗せた四輪駆動のジープは、阿寒湖畔へ向かった。四月半ばとはいえまだ春浅く、阿寒への道は今の様な国道と違い、雪融けの山坂多いぬかるみの中で、ジープは前に進むのに難渋した。間もなくしらじらと夜が明けてきた時、うっすらと積もった白い雪の上に、僕は点々と続く人の足跡を見つけた。右へ左へ揺れながらもこの足跡は阿寒の方へ向いていた。

「彼だ！」昨夜、釧路駅へ着くとすぐ、自力で夜道を歩き始めたに違いない。ズシンとした重い衝撃を心に受け、何も言わずに平静を保つのがやっとだった。

×　×

昼前、雄阿寒ホテルへ着いて、そっと主人に聞くと、彼は一時間前に疲れた身体を休めようともせず、「妹に逢うんだ」と髭をそって現場へ向かったと言う。湖畔の相生寄りの発見現場では、駐在巡査が集った附近の人達をロープを張って遮断していた。確認のために僕はロープの中に入ったら、雪の中で眼を閉じ凍ったまま身体を横たえている雪の精の人形の様に綺麗な妹をこの眼で見た。顔をあげると、遥か離れて茫然と立ちつくす彼……。語を交わすには距離も遠くお互いの

視線が交錯しただけ。巡査に遮られて傍へも寄せてもらえなかったらしい。夕暮れ近く遺体を乗せたジープが正に出発しようとした時、姿を見せた彼は、すがる様な眼をして僕を見た。「おい、乗れよ」思わず僕が言った途端、警部補がどなった。「変死体移送目的で、本官搭乗の車は警察の車と見做す。不審な者の同乗不許可。出発！」彼を残したままでジープは阿寒を後にした。月はまだ寒月、八十三日振りに逢った妹を横に、兄とはいえ何の力にもなれなかった無力な自分を心から詫びたかった。

×　×

釧路へ着いて仮通夜となったが、ちょうど午前二時、電話と告げられて受話器を取った。「兄貴すまぬ。これから釧路へ走る。僕がつくまで火葬にしないと約束してくれ。逢って詫びない限り僕は生きられない」血を吐く様な低い声が耳を打った。次の日、火葬許可証を握りしめながら僕は弊舞橋の上に立っていた。

妹十八歳。南高三年。天才少女画家と言われ将来を嘱望されながら行きづまって自殺。

彼二十三歳。岡村昭彦。医専中退の日共オルグ。医師法、破防法違反で検挙。保釈中。

妹は失踪後、釧路刑務所に彼を訪ね、持ち金全部を差入れてから阿寒へ向かったと言う。「よし！　出来る限り引き延ばしてやる」一時間近く喫茶店で時間をつぶしている間、友情を裏切るまいと走った古伝説『走れ！　メロス』を思い出していた。

人に話せぬ青春の重荷を背負って、生命の限り『走れ！　昭彦』。僕は祈った。

火葬場で読経も終わり、炉の中へ正に寝棺が押し入れられようとした瞬間、「待ってくれェ」と叫びながら泥まみれの彼が転がる様に飛び込んできて、そのままガバっと純子の棺の上に倒れ込み息も絶えだえの彼の言葉は、「純ちゃん、逢いたかった。すまぬ。兄貴！　このまま一緒に押し込んでくれ」。激情に押されて逆に僕は息をのんだ……。

第二のキャパと言われベトナム戦争でデビューした国際報道写真家岡村昭彦の年譜の空白の何行かを鎮魂のため、今、敢えて埋めた。天国でも彼はひたむきに

走っている様な気がする。

（希望学園理事）

――「時事ジャーナル」1990／6／25より転載

「時事ジャーナル」は札幌市を中心にする地方誌で、筆者の加清準（かせ・ひとし）はアキヒコより一つ年上の一九二八（昭和三）年生まれ、財界人として故郷の札幌を離れずアキヒコを講演に呼んだりもしたが、彼とのそもそもの出会いはこのような妹の失踪とその死という事件を介してであった。一九五二（昭和二七）年一月から四月末にかけての、北海道のマスコミ（新聞とラジオしかなかった）に格好の話題を提供したこの我家の大事件の当時、準は北海道大学法学部大学院の学生だった。アキヒコ二十三歳、準二十四歳、それぞれの青春の最中であり、一九三三（昭和八）年七月三日生まれの純子は十八歳、ついでにいえばわたしは中学一年生になろうとしていた。対日講和条約発効により日本が独立を回復したのは、同年四月二十八日。

「北海道新聞」朝刊（昭和二七・四・一七）道東版は「凍死体は純子さん――右腕に鈍く光る金時計」という大見出しで記者二人連名の遺体発見現場の記事を載せ、「偽名で対面要求――岡村、拒まれうなだれる」という小見出しで次のようにアキヒコを報じた。

「消防団員の手で純子さんが白木の棺におさめられた直後息をきつて岡村がかけつけた。〃ぼくは純子の兄の友人で佐藤というものだが〃と彼は偽名をつかった。〃ぼくは昨日の朝から十五里の山道をかけつけた。純子の死体をみせてくれ〃と迫つたが前夜遺族関係者から佐藤と名乗る男がいつても遺留品や死体に手をつけさせないでくれという依頼があつてこの願いは容れられなかつた。岡村はまた〃純子がどんなに苦しんだか見たかつたのだ。そして苦しみを分ち合いたかつたのだ。もうなんのために保釈になつたかわからない。ぼくは他人の患者を救い自分の妻を殺してしまつた〃と純子さんの死体が運び出された後も？　立つたまま悲嘆にくれていた。そして岡村は〃純子がしていた腕時計とパイプは、ぼくが釧路市警で取調べを受けたときにやつたのだ。ぼくは左利きで外科手術をする時も時計を右腕にしていたのを純子が覚えていてそれを真似て右腕にしていたのだろう。純子は

弁護士も頼めないぼくのためにここまで来て画を書き弁護士の金策をするつもりだつたのだろう〃と疲れた足をひきずりながら純子さんとの尽きない思出を語り続けていた。」

五十三年前の新聞記事である。本当に「遺族関係者」からそのような「依頼」があったのか。それが事実ならば誰だったのだろうか。どのような疑いをアキヒコに持ったのか。もしかすると、記者の見ている前で、現場が乱れるのを恐れて警察関係者が流したのではないか。アドルムの空箱が遺体の側にあったために、三カ月弱前の、一月二十三日午後七時ごろ凍死による「自殺」という検死結果が釧路地警から出たのは、翌四月十七日のことである。

アキヒコは、わたしの知る限りでは右利きであった。確かに右手首の内側に釘で刺したような傷跡があり、そのために文字を書くときに不自由なのだといいながら、独特の角度で万年筆を握ってはいたが。なぜ「左利き」などといったのだろうか。純子にはそういっていたのだろうか。それとも両利きの時代もあったのだろうか。

翌十八日の「北海道新聞」道東版朝刊には「釧北峠で凍死体となって発見された札幌市南一七西五、当時札幌南高校三年生加清純子さん（一九）の遺体に会うために雪におおわれた十五里の山道を現場に着いた保釈中のニセ医者岡村昭彦（二五）は、純子さんの死顔を見ることも許されず、十六日午後兄準氏に守られた遺体が釧路に運び去られたあともなお湖畔にとどまって〃純子は可哀相な奴だつた〃と口走り、地元の人達の同情を集めていた」という短い記事とともに、白木の棺に背を屈めて両手をかけた警官の傍らに、白いワイシャツにネクタイを締めてオーバーのポケットにきつく両手を入れて立ちつくす、痩せて長身のアキヒコの写真を載せた。そのまなざしは棺から逸れているが、鋭いものが込められていた。

後年ライカを手にベトナム戦争の前線に再び立つ機会を窺っていたアキヒコは、わたしの家でしたたかにワインを飲みながら「おれが走って近づいていくと、奴らは慌てて棺に釘を打った。おれは指差して、人間の心を踏みにじる権力者の手先、奴らを、純子！　いつまでも呪い続けろ、と叫んだ」と語った。

生前最後となった純子が家を出て行くときの姿を見たのは、家族のうちではわたしだけであるが、それが生涯にわたってわたしの人生に消えない影を落とすことになろうとは、もちろんそのときは知る由もなかった。

（「シャッター以前」vol.4、二〇〇五年二月）

「朔太郎の詩」

酒を飲むと五官が次第にほぐれて行くのが分かり、普段は身を引き締めている触手のようなものが、だらしないヒトデのようになり、自分のからだの形とぬくもりのままに広がる淡い膜のなかで、ぼんやりと夢見心地になる。わたしはビアホールなどにひとりいるのが好きだが、もちろん人と飲むこともある。日本酒の冷やも飲むようになった。二合位の化粧瓶に入っているのを、つい二、三本やってしまう。たいていはそれで失敗する。生きて会っているこの場を疎かにしてはならないなどと思うと、眠ってしまうのである。気がつくと相手はいない。目上の人の場合は勘定も払ってくれてある。わたしはこそこそと店を出る。

夜道をふらふらしながら、自分のだらしなさは棚に上げて、萩原朔太郎が悪いのである、とわたしは口のなかで呪文のように呟いたりもする。

緑色の小瓶に蝶ネクタイの朔太郎の写真がこちらを見ている黄のレッテルを貼った、清酒生貯蔵酒「朔太郎の詩（うた）」を知ったのはそんなに昔のことではない。レッテルの「朔太郎の詩」は一気呵成の赤い書文字で、詩人に流れていた血潮を連想させる。

　死後五十年の著作権の期限が切れてからというもの、故郷の「水と緑と詩のまち」を謳う前橋には、朔太郎の名を冠した饅頭までが現れたという。さすがにこれはすぐ取り止めになったと聞くが、絶望と虚無の詩人には全く似つかわしくない。

　酒となるとどうだろう。「女等来りて卓を囲み　われの酔態をみて憐れみしが　たちまち罵りて財布を奪い残りなく銭（ぜに）を数へて盗み去れり」という詩を持ち出すまでもなく、いかにも詩人の生活に寄り添った影絵のようにそれは思えてくる。ニヒルな顔で飲んでいる、なんだか陰鬱な雰囲気も漂ってくる。朔太郎が饅頭を手に大はしゃぎしている図はなかなか浮かんでこない。もっとも泉下の詩人は、自分の名を商標にした清酒がこの世紀末に売られていいようとは、想像だにしなかっただろうが…

　ベトナム戦争熾烈な六〇年代半ば、晩酌をちびりちびりとやるようになると、一切を許容しがちになり、精神が弛んでしまう。そんなことが言われたことがある。わたしはそれを真に受けないでもなかったが、生活的には晩酌をする余裕などなかった。残業で遅くなる仕事が終わると、わたしは当時次々と新宿の街に現れた立飲みスタンド店に誘われ、硬貨を入れると自動的に器械からコップに注がれる熱燗を、毎夜酒飲みの上司に無理強いされていた。そうまでもしてわたしは酒を飲みたくなかった。きっぱりと断り切れない優柔不断な自分を嫌悪していた。

　そうこうしているうちに、からだが日本酒を受けつけなくなった。アレルギー発疹が出るようになったのである。掻くとみみず腫れになり体液が滲む。数年でアレルギーは治まったが、生理的恐怖心みたいなものが影のようにつきまとい、わたしは日本酒を避けるようになった。しかし酒税法が改正されてからは、水のように旨い日本酒が出回り、たまにそれに手を出す機会があると、敵を討つかのように飲んでしまい、崩れ伏してしまう。

萩原朔太郎の『宿命』のなかの一篇「自殺の恐ろしさ」という散文詩は、読むたびに鋭い刃物となりわたしの胸をかき回し、わたしを暗い悔恨と悲痛のなかに投げ込む。心のざわめきは数日間つづく。

「自殺そのものは恐ろしくない」と詩は書き出される。「今、高層建築の五階の窓から、自分は正に飛び下りようと用意して居る。さあ！　目を閉ぢて、飛べ！　そして自分は飛びおりた」と場面は設定される。「だがその時、足が窓から離れた一瞬時、不意に別の思想が浮かび、電光のやうに閃めいた。その時始めて、自分ははつきりと生活の意義を知つたのである。何たる愚事ぞ。決して、決して、自分は死を選ぶべきではなかつた。世界は明るく、前途は希望に輝いている。断じて自分は死にたくない。だがしかし、足は既に窓から離れ、身体は一直線に落下して居る。地下には固い舗石。白いコンクリート。血に塗れた頭蓋骨！　避けられない決定！」ここまでを写してきてわたしの感情はすでに乱れる。どよめく。

「きれいな顔をしていますよ」という刑事の言葉がよみがえってくる。警察署の地下の霊安室に降りると、ビニールシートに被われたおとうとは、氷よりも冷たくなって、ひたすらに眠っていた。

朔太郎の詩はさらにつづき、「この幻想の恐ろしさから、私はいつも白布のやうに蒼ざめてしまふ」と言い、「彼等はすべて、墓場の中で悔恨してゐる幽霊である。百度も考へて恐ろしく、私は夢の中でさへ戦慄する」と結ぶのである。そうだったのだろうか、おとうとよ。だがたとえ幽鬼になっていようとも、もう一度会いたい。語り合いたい。

ベトナム戦争が幕を閉じる一九七五年春、ホテルの窓から飛び下りて五つ下のおとうとは三十歳で自死した。わたしにしか開かれていなかった心の窓口を、思想家気取りでわたしは拒否した。後悔、悔恨が原罪のようにわたしを苦しめる。苛む。

わたしにとって萩原朔太郎は、『月に吠える』や『青猫』の詩人だけではなく、ただ一篇の詩「自殺の恐ろしさ」の詩人なのでもある。朔太郎を繙くと、魔の淵に呼ばれるように、その詩に目が止まってしまう。

わたしはなるべく朔太郎に近づかないようにしてきた

のだが、頼まれてその仕事をせざるをえなくなり、久しぶりに全集を読み、前橋にも出かけ、土産に初めて緑の小瓶の「朔太郎の詩」をもらったのである。気持ちが昂ぶっていたのだろうか、列車がホームを離れるやすぐさま、わたしは蓋を開け、「自殺の恐ろしさ」を忘れるためにか、瓶に口をつけてごくごくと飲んだ。わたしには、それ以来「萩原朔太郎が悪いのである」と呟く日が多くなったのである。

（「テクネ」No. 12、一九九九年四月）

伊藤信吉さんとのお酒

四十三年間にわたり身近に遊ばせてくれたから、伊藤さんとはずいぶんお酒の席を共にした。しかし〈差し〉でとなると、ヨシヱ夫人を亡くしてからの一人暮らしの掘炬燵の部屋で、また自宅から数分の「下田寿司」や渋谷の東急会館の中にあった「千代田鮨」でを除くと、それほど多くはない。

伊藤さんが解説、鑑賞面で売れっ子であった時代でも、「火の子」は別格として、同じ新宿の「風紋」「びいどろ」「萊利花」「未来」などで七、八回の記憶しかない。

三十三も歳上の多忙な詩人に、わたしのほうから飲んで話をしましょうなどと電話をかけるはずはないので、まずは伊藤さんからの誘いであった。わたしの出版社が新宿駅に近いので、その辺に用事があるからついでにということが多かった。ときには本の貸し借りもあったが、共通に知り合いの詩人のあれこれに関して、お互いの旅

先での小さな出来事などについてなどの、取り止めのない話にいつも終始した。偉ぶることなど微塵もなく、店の女性たちにも心優しく、こんなにも対等という市民感覚で話し合うことのできた詩人は、わたしは伊藤さんの他には知らない。もっとときには食べ物だけではなく、人の好き嫌いにも激しいところを垣間見せたりしたが、いまとなってはそれは秘密になってしまった。

伊藤さんの酒量は、当時の元気なときでも、ビール一本、ウイスキー水割一、二杯程度だった。わたしはと言えば、昔からの大酒飲みだったので、伊藤さんの前では眠ったりしてはいけないと、合い間に水を飲んだりして、適量を維持するのに懸命だった。眠ったことはなかったと思う。

五十代からの伊藤さんしかわたしは知らないが、この詩人は、酒場や居酒屋でひとり酒をしたことはないのではないか。酔って前後不覚などとは無縁の人生で、お酒の場の雰囲気が好きだったのだ。そういえば伊藤さんと行く店には、必ずお気に入りの女性が一人は居た。わたしはひとり酒のできない詩人の、何かの役に立ってもいたのだろう。

伊藤さんはわたしの文庫詩集（一九九六年刊）の解説で、「酒でもよいのだろうが、最近ひどく疲れてしまう」とわたしが書いたことについて、「酒に疲れる？　そんな。アルコール疲れ、それとも酔い疲れ？　そういう体験のない私はいささか解りかねる気もするのだが」と言っている。また自分の第一詩集『故郷』が出来たので、版元の経営者が百部を背負って生家に届けてくれたときのことについて、「詩集を届けてくれたとき、私は前橋の町に出かけていて留守だった。『夕方には帰るだろうから』とでも言って、お酒でも出して待っててもらえばいいのだが、家人たちはそういうもてなしをしなかった。中野重治氏が一九三六年三月に来訪し、一泊した時も酒一滴も無し。わが家には客人を酒でもてなす慣習がなく、また長男ながら出戻りの〈居候〉の身とて、自分で酒を買うことも出来なかった」と回想している（「身の置き所」、「騒」一九九七年三月号）。総社神社の神楽見学に中野氏が訪れたこのとき、伊藤さんは満二十九歳。

群馬町の県立土屋文明記念文学館の初代館長に伊藤さ

んが就任したのは満八十九歳。その数年前からわたしは足繁く伊藤さんの自宅を訪れるようになっていた。そしてその都度、助手の龍沢友子さんがいるときはその手料理で、わたしはお酒のもてなしを受けた。龍沢さんが不在の日は、伊藤さんが冷蔵庫から缶ビールを取り出してきて、龍沢さんが用意しておいた肴で数時間を過ごしたりもした。家の近くの下田寿司にもよく出かけた。伊藤さんはわたしの飲み過ぎを気にしながらも、その時間を楽しんでいてくれたようなのだ。散歩と称して、日吉駅までタクシー往復で送ってくれたこともあった。わたしは常に身の縮むような申し訳ない気持ちでいっぱいだったが、同時代の友人がみんな死んでしまった老詩人の孤独をいつも痛いほど感じていた。わたしは馬鹿なことを言い、伊藤さんが笑ってくれるとうれしかった。

そんなある日のこと。夏だった。伊藤さんの家に約束通り四時頃に行き、呼鈴を押したが、まったく気配がしない。裏口から庭に入って縁側のガラス戸越しに中を覗くとベッドはからである。郵便でも出しに行ったのだろうと思い、わたしは玄関の横で煙草を吸いながら待っていた。

伊藤さんの家はやや急な坂を三十米ほど上ったところにあり、さらに階段を七、八段上らなければ玄関に入れない。つまり玄関は坂道より二米ほど高くなっているのである。二十分ほど経ったろうか、その坂道をかんかん帽を被った伊藤さんがゆっくり上ってくる。ワイシャツを腕まくりし、サングラスをして、暑いからだろう、少し口を開き気味にしている。そして、ステッキを右肩に担いでいて、それには白いビニール袋が下がっている。伊藤さんは階段を上りかけて、やっとわたしに気がついた。「やぁ待たせてしまって。いらっしゃい。重いのでね」と伊藤さんは少し照れたような笑い顔をした。

「それは何ですか」と言いかけて、わたしは愕然とした。ビニール袋の中には缶ビールが入っていたのである。伊藤さんは飲んだとしても百円の小さな缶一つで足りる。五百ミリリットルの缶を何個も必要としない。「きみが来ると思ってね。あっはっはっはあ」

わたしは九十歳を超えた詩人の顔の汗を見ながら、ふと涙が出そうになるのを堪えた。そしてこのときほど酒

飲みの自分を呪ったことはない。恥ずかしく思ったことはない。しかし……

いまはあの世の伊藤信吉さん、またどこかでお会いしてお酒を飲みたい。

（「鬣」六号、二〇〇三年一月）

意志を貫いた詩人

そうなんだ、石垣りんさんは逝ってしまったのだと改めて思うが、生前だって会うのは年に二、三回、しかし三十年を振り返ると、七十回は越えているのだと感慨を深くする一方で、いまはたまたま会わない日々が続いているだけのような、込み入った感情のなかにわたしはいる。

編集者からの手紙には「石垣りんさん「さよならの会」」で話したことをもとにとあったが、記憶を辿ってみるとすでにあやふやになっているところがある。たぶんよく飲む酒のせいだろう。

石垣さんと最後に会ったのは、去年の十一月二十三日、天気は機嫌のいい旗日で、詩人の千早耿一郎さんと、伊藤信吉さんの助手をしていた龍沢友子さんとの三人で、荏原病院に見舞いに行ったのである。石垣さんはベッドの上に上半身を起こして、よく話をした。ベレー帽は被

っていないが、少し小さくなった丸顔のいつもの笑顔で病院生活などについてお喋りはとぎれることなく、わたしたちは聞き役だったが、さり気なく「私は肺癌なの」と言ったりして、わたしをドキリとさせた。帰り際だった、石垣さんはふとわたしの目をとらえると、「こうしてベッドの上に一人でいるのは寂しいけれど、私は思想により家族をつくらなかったの。強引に家族をつくらせてしまうような、そういう人もいなかったのね」と言ったのである。わたしは初めて石垣さんの口から直に「思想」という言葉を聞いたが、それは「意志を貫いたのだ」という遺言のようにも響いた。そして「そういう人もいなかったのね」という他人事のような口振りに、奥深い寂しさとある潔さを感じた。そこにはぽっかり穴が開いていて、戦前から自活の道を選び、定年まで銀行員として働き、女性詩人として戦後を生き抜いた石垣りんさんの、エロスのようなものが封じ込められているようにも思われた。

　石垣さんは戦後日本の動向に同調せず、日常の暮らしを見つめて、社会の歪みを摑み出してくる詩人だった。「摘み草」（一九八三年）という詩がある。経済成長下の「東京丸の内」に、高等小学校を出て銀行に勤めた昭和十年代に同じ丸の内で野の花を摘んだ思い出を重ねる作品で、そこには「私は定年退職したけれど／小学校出の少女を／受け入れる会社はもう無いだろう。」とあり、結びは「かつて握りしめた細く青い花茎／あれは私自身の首でした。」とある。丸の内のビル群をながめながら、低学歴の少女を雇う一流会社などもうないことを思い、自分もその流れの隅で加担したことをも告げるこの詩は、弱々しくもひびき、あの「表札」の凛とした強さの裏面になっている。この両面が、社会派の詩人石垣りんさんのヒューマニズムに潤いをもたらしている。わたしの石垣さんへの信頼の根もそこにある。

　石垣さんが、わたしの詩を面と向かってほめたことがある。それは「さくらの時節に」「あなたの子どもに会ってほしいという」電話の二度目を「まあいろいろ起こるだろうが」「知らないどこかで育った子どもが／不意に現れるのもブラボーだと／なにか花開いた気分になり」酒を飲みながら待っているという愚作だが、普通の

男の人は責任をとらずに逃げようとするのに「クレオさんはその反対よ」というのが石垣さんの弁だった。詩がほめられたのではなく、女性として女、子どもの側から男社会を見つめていたのである。石垣さんは嘘話を書かない、書けない詩人だった。

十年ほど前だが、伊藤信吉さんの家に毎年一度集まる「藤の会」で、内田麟太郎さんの「鉄橋」という詩について、「ゴトン　ゴトン／(合わせて10トン)／ゴトン　ゴトン　ゴトン／(合わせて20トン)」というところを、伊藤さんは「面白い、楽しい」と言い、石垣さんは「面白くない、楽しくない」と言い合う場面に出くわした。もちろんニコニコ笑いながらのことだが、師と仰ぐ伊藤さんとのこのやりとりには、詩の言葉に対する石垣さんの厳しい姿勢がよく表れている。八十四歳の生涯で詩集を四冊しか残さなかった、この寡作の詩人は、言葉遊びとか饒舌体とは身を隔てて、ダダやシュールとも縁なく、ぎりぎりのところまで平易な日常語を追いつめ、事物の本質を簡潔に詩にした。それはときには、情け容赦ないユーモアを詩にもたらした。

その石垣さんが、送られてくる詩集類を捨て切れず、部屋中本だらけとなり、本の上に布団を敷いて寝て、立って御飯を食べていると聞き、伊藤さんは、すでに老後の石垣さんの老後の身の振り方を、とても心配していた。嘆いてさえいた。

あの世とやらで会った二人は、「もう御飯を立ったまま食べることもなくなりよかったね」「先生も老人性ニヒルに悩まずにすみ、お互いによかったですね」などと笑い合っているかも知れない。

（現代詩手帖特集版『石垣りん』二〇〇五年五月）

詩人アナキスト秋山清

　札幌の高校を卒業して東京の私立大学に入ったわたしが、初めて出会った大人の詩人は秋山清だった。一九六〇年早春、二十一歳になろうとしていたばかりの物知らずのわたしを、初対面にもかかわらず対等に遇してくれ、優しい笑顔を絶やさない三十五も歳上のこの詩人に、わたしは一目で魅せられてしまい、以後親炙するところとなり、それは一九八八年、八十四歳での死まで続いた。いや親炙という意味合いでいうならば、近づき親しんで感化を受けるということは、今でも続いている。「そっとこいねがうものは、煤ぼけた明治この方の自由と平等」と詩に書いた秋山は、その願いを手放さず、詩人としては数多くの論稿や著作を残してくれたからである。それらを読むと、わたしはいつでも秋山に会うことができるし、その度に今を考え直す何かを見いだす。今回著作集編集委員の一人に加えてもらったことを、わたしは泉下の詩人に深く感謝している。

　秋山清は一九〇四年（明治三十七年）、現在は北九州市に属する周防灘を臨む漁村に生まれ、漁民集落の相互扶助の生活のなかで育ち、上京して働きながら日本大学予科に入学（中退）、自由の少ない時代に自由を求める反権力権威の思想としてアナキズムを自らに課し、戦前は局清や高山慶太郎などの名でプロレタリア詩や批評を書いた。小野十三郎と二人で編集した詩誌「弾道」では、更科源蔵らの「北緯五十度」を「農本主義的な人道主義」であるとして激しく論争を挑んだりしたが（一九三〇年（昭和五年））、秋山清を他の詩人から抜きんでさせたものは、あの太平洋戦争下を辛くもくぐりぬけた詩人としての矜持であった。無政府共産党事件で検束された思想的「前歴」を持つ秋山のところには、週一、二回の憲兵あるいは特高の来訪があったという。近代総力戦争における国家権力の下で民衆が生きるしかなかった当時を振り返り、「孤立のかなしみ」（初出一九五九年）に秋山は次のように書いた。

「私は深い洞察と先見の明があって、そのような態度を（日本文学報国会に入らず賛戦詩を書かない—暮尾注）とったのではなかった。世界の情勢もわからず、日本の頽勢もじっさいのことを知っていたのではない。無惨に敗北をするということもまだ確実には知っていない。ただ、戦争のために民衆の生活が不自由になり、貧しくなり戦争に皆駆り出されることに、ついてゆけないという自分の奥底の思いを否定しなかった。それは日本の社会主義の伝統を、忘れなかったからである。」

文学を以って国に報いるという日本文学報国会は、内閣情報局の指導監督下で文学者を統制した団体で、詩人のほとんどは会員となった。あるいはならざるを得なかった。秋山は勧誘されても、何とかかんとか言い逃れて加入しなかった。「孤立のかなしみ」とは、高村光太郎はもちろん多くの知人友人が、文学報国会などの活動にやがて積極的に加わり、賛戦詩を書くことで、自分との距離がしだいに離れて行ったことをいう。しかしこの「孤立のかなしみ」に耐えることにより、秋山は多数から離れ、自我の真底からの崩壊を防ぐために、戦争下の一庶民として揺れながらも不同調のおもいをひっそりと詩に込め、業界紙の片隅などに載せることができたのであった。敗戦後にそれらの詩篇を読んだ吉本隆明は、「ああこんな嘘のない真っ当な抵抗詩を戦争期に書き記していた詩人がいたんだ」と高く評価したが、小さな詩集『白い花』としてまとめられたのは、一九六六年のことであった。

戦後の秋山は戦争下のこの苦い体験を噛み締めながら「人民詩精神」を掲げて金子光晴らと「コスモス」を創刊し、初期の新日本文学会にも力を注ぎ、一貫してアナキズムの思想的立場から文学に携わり、人間の自由とその社会の在り方を追及した。だがその死後は知る人ぞ知るというような存在だった。『日本の反逆思想』『ニヒルとテロル』『竹久夢二』『近代の漂泊』『文学の自己批判』『アナキズム文学史』など著作は絶版のままだったが、今回全十一巻と別巻一（資料・研究篇）の『秋山清著作集』（ぱる出版）が完結し、その全貌を知ることができるようになった。何やらキナ臭い管理社会の現代に、詩

人アナキスト秋山清は蘇ったのである。

（「北海道新聞」二〇〇七年七月十七日夕刊）

芥川龍之介と和田久太郎

芥川龍之介が和田久太郎の『獄窓から』を賞讃したのは、一九二七（昭和二）年四月四日付「東京日日新聞」紙上であり、それは田端の自宅でヴェロナァルとジャールの致死量を仰ぎ、三十六歳で自殺する三ヵ月と少し前のことであった。市ヶ谷の未決監で書いた、随筆、書簡、短歌、俳句などを、和田の希望に添ってまとめた『獄窓から』は、昭和二年三月に労働運動社から発行されたが、その後秋田刑務所で書いたものや自筆略歴などを、近藤憲二が編集して補遺した『獄窓から』が、昭和五年十一月に改造社から発行された。和田はその間に無期懲役の判決を受けて控訴せず、秋田刑務所に移されて服役し、芥川の自死の翌昭和三年二月二十日、

もろもろの悩みも消ゆる雪の風

という辞世を残して監房にて三十六歳で縊死した。いうまでもなく芥川が書評したのは、労働運動社版である。

この二冊の重複を省いて一冊にまとめて復刻したのが『獄窓から――真正版』であり、一九八八（昭和六十三）年に黒色戦線社から発行されている。和田の生前にその唯一の著書を届けることができた労働運動社は、大杉栄、伊藤野枝、近藤憲二、村木源次郎、和田久太郎のアナキスト五人を同人として、一九二二（大正十一）年に設けたと「略歴」にはあるが、その発端は大正八年にあるらしい。

　わたしが芥川の書評を知ったのは、アナキスト詩人・秋山清『ニヒルとテロル』（川島書店、一九六八年）によってである。この評論集は、宮島資夫、尾形亀之助、尾崎放哉らの「ニヒルの群像」を描きながら、ニヒリストとして辻潤に力点を置いて論じ、「テロリストの文学」として、村木源次郎や和田久太郎、ギロチン社事件の古田大次郎、中浜鉄らの、その心情と思想と行動を探究する、大正思想史の谷間に光を当てる貴重な労作であった。この本を参考にしながら、以下に和田久太郎を素描する。

　和田久太郎は一八九三（明治二十六）年二月六日兵庫県明石市（現）に生まれ、病弱のゆえ高等小学校を中退、十二歳のとき大阪に出て株屋の丁稚になり、実業補修学校三年修了後に株式仲買人となる。十五歳で酔蜂と号して俳句の運座に連なり、河東碧梧桐に傾倒、二十歳で句誌「紙衣」を発刊したが、その後の放浪、自殺未遂、漂泊などを経て、新聞配達、俥引、古本露天商、道路人夫などをして働き、堺枯川と知り、上京して社会主義運動に入った。二十六歳のときに（大正五年）大杉栄のサンジカリズム運動に協力し、以後無政府主義者として活動した。一九二三（大正十二）年九月一日の関東大震災後の六日、大杉栄、野枝夫妻、甥の橘宗一（当時六歳）が憲兵隊内でひそかに扼殺されたことへの報復のために、翌一九二四年九月一日、当時の戒厳令司令官・福田雅太郎を本郷区菊坂町にて狙撃したが軽傷を負わせたのみで失敗、捕われて無期懲役となり、一九二八年二月秋田刑務所にて縊死。著書『獄窓から』は三年半足らずの獄中生活で書かれたが、昔の短歌や俳句など思い出したものもある。

　芥川龍之介は先の「獄中の俳人」という新聞書評で、「僕は和田久太郎君に会つたことはない。又社会運動家

としての君のこともごくぼんやりとしか知つてゐない」と書き出し、「この書簡の中に、君の心臓を現してゐる。しかも社会運動家でも何でもないわれわれに近い心臓をあらはしてゐる」「巧拙といふ上では歌は到底俳句に如かない」「和田君はあのしぶとかつた俳諧寺一茶を愛してゐる。が、君の俳句はどれを見ても一茶のやうに辛辣ではない。その代りに一茶よりもやさしみを持つてゐる」と評し、次のように結んだ。

「和田久太郎君は恐らくは君の俳句の巧拙など念頭に置いてゐないであらう。僕もまた、獄中にゐる君の前に俳談をする勇気のないものである。しかし君の俳句は、幸か不幸か僕を動かさずには措かなかつた。僕は前にもいつたやうに何も和田君のことは知つてゐない。けれども僕は『獄窓から』を読み、遠い秋田の刑務所の中にも天下の一俳人のゐることを知つた。

　のどの中へ薬塗るなり雲の峰
　五月雨や垢重りする獄の本
　麦飯の虫ふえにけり土用雲
　しんかんとしたりやな蚤のはねる音

かういふ俳句を作るものは和田君の外にはないであらう。僕は或は和田君にかういふ俳句を作ることも排悶のためかと思つてゐる。しかし君の才力や修練は「排悶のため」を超越してゐる。僕は『獄窓から』を前にしたまま、一気にこの短い文章を草した。これもまたわれわれ「怠惰なる日の怠惰なる詩人」たちにはやはり排悶のためになるからである。」

「排悶」とは『広辞苑』によると、「心中のもだえを払い去ること。うさばらし」とある。芥川は和田久太郎の俳句に本物を見た。「遠い秋田の刑務所の中にも天下の一俳人のゐることを知つた」という言葉は、感動なしには生まれてこないであろう。

『獄窓から』には二百五、六十句ほどが収められていて、ついでだからそのいくつかを、次に写してみる。

　昂然として百合の芽青きこと二寸
　菫、菫、芝枯にてはかなけり
　耳糞を取れよと肩の蜂が云う
　囚人に蟬捕はるるそれも秋
　死に別れ生き別れつつ飛ぶ雁か

この「雁」の句には、「我等五人は……」という前書きがついていて、五人とは、すでに獄中で病死した村木源次郎、翌月処刑される古田大次郎、和田自身と倉地啓司、新谷与一郎であると、秋山清は『ニヒルとテロル』で言っている。倉地と新谷は刑を終えて出所し、戦後も生きた。

芥川と和田との間に交流はなかったが、共通の友人に俳号三汀こと久米正雄がいた。久米の名前は、『獄窓から』の書簡にも親しそうな間柄で出てくる。改造社版には、芥川の書評に対する和田の次のような感想がある。

「教務主任より、過日しげ女の齎せし芥川龍之介君の『獄窓から』評を読み聞かせて貰つた。ただ好感を以つての紹介であつて、批評といふほどのものではない。君もやはり「歌は俳句より遥かに落ちる」といつてゐる。さうかなァ。歌だつて、三つ四つ位いはちよいといいのがある筈なんだがなァ……呵々。芥川君も「鬼瓦」とか号して、一時は僕等と同じく「日本人派」の一句党だつたと江口渙君から聞いてゐるが、僕の『鉄窓三昧』の中から、

のどの中へ薬塗るなり雲の峰

麦飯の虫ふえにけり土用雲

などといふ主観の強くない句をあげてゐる事を思ふと、君は多分、蕪村の句境を愛する人だらうと想像する。(五・二九)」

「日本人派」とは、碧梧桐が選をする「日本及日本人」の「日本俳句」欄に集まった俳人たちを言っているようだが、芥川も加わっていたかは知らない。

和田はそのことに半畳を入れているが、芥川と同じように秋山清も、和田は短歌よりも俳句のほうがいいと言う。しかし病気持ちの娼婦の恋人(和田も梅毒を飼い殺しにしていた)を歌った、

「あたいだつて本を読むよ」と投げ出しぬ霞お千代が出刃をかざす絵

村芝居掛ると言ひし若者に爛れし顔を「どうだ行こうか」

意地に生き意地に死したる彼の女の強きこころを我悲しまじ

などというのは、強烈な印象をわたしに与えている。

『獄窓から』の昭和二年九月の十八句のなかに、次の一句が書き留められていた。

悼芥川君

地の下で蟲の鳴く音をきかるるか

「蟲」とは和田のことであろう。優しい心映えが響いてくる。この五ヵ月後に、芥川と同じく三十六歳で、和田久太郎も自死した。

さてところで、わたしは芥川龍之介の俳句については、語るほどのものを持っていないことを、ここで白状しなければならない。詩友の相川祐一の好意により、今回初めて村山古郷編『芥川龍之介句集　餓鬼全句』(永田書房、一九九一年)を手にして、その一〇一四句に目を通した次第である。そして村山の「龍之介の俳句は、必ずしも技巧的で、修辞の粋を尽くすといった面ばかりではないことに更めて気づいた。龍之介の俳句の世界には、意外にも、素朴な写生と、即興・即席・挨拶の句の多いことを発見する」という指摘に、付け加えるものはない。

「自嘲」の前書きを持つ、

水洟や鼻の下だけ暮れ残る

という辞世の句と言われるものが、大正十四年作の、

土雛や鼻の下だけ暮れ残る

という写生句を改作したことによって、境涯句の様相を帯びるに至ったということも、初めて知った。芥川は絶えず自作を推敲し改作もしていたらしい。俳句詠みはみなそうだろう。

辞世句といえば、和田久太郎も改作ではないが、「悩みを消せる雪の風」は、「を」を「も」に、「せ」を「え」に、さらに「え」が「ゆ」になり、「もろもろの悩みも消ゆる雪の風」と推敲されて落ち着いた姿になったのを、その口絵写真の原稿の加筆の跡で知ることができる。芥川も和田も、何気なく友人知人に書き送ったように見えても、苦心して推敲していたのだろう。伊藤信吉も手紙や葉書によく俳句を書いて送ってくれたが、苦心したりしていたのだろうか。

これは何かで読んでいたのだが、大正八年芥川二十八歳のときの作、

青蛙おのれもペンキぬりたてか

にはまた笑ってしまった。可笑しい。自意識をからかう

自嘲のユーモアではあるだろうが、何だか餓鬼（子供）が作ったような俳句である。芥川は「澄江堂」の前は「餓鬼窟」と号していた。「餓鬼」には、中国語で自我の意味があるそうである。しかしこの句には、たとえばだが河出書房の「文藝」（昭和三十一年）の「芥川龍之介讀本」表紙絵（向井潤吉画）の、蒼ざめた色調の尖った顔での鬼気迫る冷笑は似つかわしくない。

芥川は俳句について、「発句は十七音を原則としてゐる」「発句は少しも季題を要しない」と言っている。そして「一茶句集の後に」という小文で、「予が句を読み歌を読むは、悲にあらず喜にあらず、人天相合する処、油然（ゆうぜん）として湧く事雲の如き、無上の法味を嘗めんが為なり」と述べている。

和田久太郎は秋田刑務所で『獄窓から』に、「「私は芸術の為めの芸術」といふ態度はいけない事だと思つてゐた。しかし近頃になつてから芸術は他の何ものの「為め」であつてもならない。やはり芸術は「芸術の為めの芸術」でなくてはならないのだと思ふようになつた。貴族階級の芸術、或は遊閑芸術、或は労働芸術、或は革命芸術、と種々の色彩の分化は起るだらう。けれども、真の芸術の芸術たる価値は、それ等の各々の色彩に即して、然もそれ等の色彩を超越して輝き出づる「あるもの」の上にあらねばならぬ。芸術は、此の「あるもの」の外の何者でもない。「芸術の為めの」といふ言葉さへ必要のない、純一の芸術境に没入した芸術こそ、真の芸術と云ふべきだらう」と書いている。

誤読かも知れないが、芥川の言う「無上の法味」と和田の言う「あるもの」とは、共通のものを指しているのではないだろうか。二人とも文芸文学の道を見つめ、惟然坊の俳諧をひそかに愛していた。

（「鬣」28号、二〇〇八年八月）

作品論・詩人論

暮尾淳の詩集のあとがきとしての金子光晴論（の序説）

秋山清

詩集『めし屋のみ屋のある風景』は暮尾淳にとって大きな修練の場のように私には思える。だが私がそういった結語めいたことをいう理由を明らかにすることは一寸うるさい。それがこの詩集についての批評でもあるのだから、理路整然と起承転結のはっきりした判断の道すじを辿らねばならない義務を感ずるからである。また私はそれを明確にして、たとい永いつきあいの相手であったとしてもその長短を明確にせねば気がすまない。だから私はそれを敢てしないのである。

かわりに私はささやかな感想を綴ろうと思う。暮尾淳についてか、暮尾淳の詩についてか、と問わるれば、私は他人への批評であろうとも自分のため以外にはかかない、ということを、まずはっきりいって、それから少しばかりかきたいのだ。

いったい諸君は、いや暮尾淳は、もう二十年にもなりそうな年月、詩をかいてるようだが、何のため、誰のためにその無義務、無価値な仕事をつづけているのであろうか。

暮尾淳は詩がうまい。金子光晴の『あいなめ』にいた時代から私はそう思って来た。その以前、素人たちを集めて詩を批評する会に作品を持寄っていた時代も彼は批評、作品ともになかなかだった。もう十数年になるだろう。だが今日あらためて今度の詩集の原稿を見せられて、十数年をけみしたとはどういうことか、といいたくなった。進歩は大きい。詩のテーマも一九七〇年代の日本のものだ。十で神童という言葉もあるが、なる程、大人になってからの進歩というものはこんなにむずかしいのだな、と思い知らされた。昔とかわっていないぞ、というはやさしい。だが、この間における変化と深まりをとらえることは、こちらもまたほぼ同じくらいの変化を遂げていなくては理解し難いかも知れない。

現代詩とは、その一つ一つが発掘でなければならない。あるいは発見、あるいは創造、それを自分で納得しなけ

ればならぬ世界である。いまぼくは『金子光晴』をひらいて時々見るが、うまいなァ、あいかわらず、という感想ではあるが、もう古い。何故古いか、成田のさわぎを知らないからだ。またいわゆる戦後の革新政党どもの目を覆いたくなる精神と現実の昨今の敗亡を彼は知らない。地球の上のここ三年に亘る原発の危機を知らない。彼の比喩の舌法は、だからすでに今日のものとして通用しない。こういえば、何とおまえの非文学的といわれよう。新と旧とはこの現実を知ると知らぬの落差、それ以外の何ものでもない。金子光晴にニヒリズムの欠(かけ)ら以外、何の哲学があったか。ニヒリストらしくもなく詩を軽蔑し切れずに彼は死んだ。自分のためにも人のためにもならぬ詩を残して。

　金子光晴の弟子暮尾淳に私はただ一つのことをいえば足るのだ。

　おまえさんは誰のために詩をかくのか。はっきりこたえて見るがいい。民衆、それも日本の、などとしらじらしいことがいえるか。あの金子光晴さんだってそう思っていた。大詩人の金子光晴が天皇にあてこするみたいな詩を二つ三つかいたが、あれは詩をつくるより田を造れ、以外の何ものでもない。誰の内にもあるものを節づけして語ったにすぎないことだ。

　君はすべからく、政治や政党に目をくれぬくらいの教養の持主だろう。『コスモス』の仲間にはプロレタリア詩の見はてぬ夢を見てる詩人が七、八人もいるだろうか。そんなの根こそぎにしたまえ。君は人のため、世の中、プロレタリア階級のなどのお題目で詩をかいたことはあるまいが、しかしばくぜんと民衆とか大衆とかいう架空の概念に向けて良心をそっとしておくくらいのところだろうか。そんなむずかしい議論よりも詩は自分のためにだけかくものですよ。いとしいあの娘のために、または連れそう妻に心底のさびしさを見すかされぬために、どこかで媾曳してきたかのような抒情詩を。師の金子さんに見ならって、かつてなかりしことをかつて在りしかの如くに。そして彼は冒険者で元気に満ちた社会派の如くに振舞い信用された。だがそれは今日彼を縮小する。詩とは自分を欺かぬこと、だから自分のためにだけ在るもの。まだ私はここのところが今日はいい足らぬけれど、

人のためや人に知られるためや金になるためには役立たずの遊びごとです。それを覚悟したときやっと詩も、めし屋のみ屋のある場末の町のバアで私どもは、マイクを手にして君は昭和の、私は大正の、うたをうたえるのだ。詩とは、聞き手のいないところでの独り良がり、それでも君はこれからも詩を書きますか。多分……。

（『めし屋のみ屋のある風景』跋、一九七八年青蛾書房刊）

酔いどれ痴愚

堀切直人

村山政太郎氏は大工をなりわいとする一方で、東京・石神井の自宅で「神通治療」の道場を開いている方である。中年になって宇宙の創造神、「別天天国の神」と霊交を体験して以来、病める人たちの治癒と世直しを自らの使命と心得て生きてきた人である。といっても、私はこの人を直接存じあげているわけではない。村山氏は、本屋でたまたま手に取った『神秘な脳内革命』（中央通信社）の著者であり、この本で氏の存在を知ったにすぎない。にもかかわらず、この人の名を取り上げたのは、同書の次のようなくだりが私の心に長らく留まっているからである。

「本文中に別天天国の神はみすぼらしい姿をしているような表現をしていますが、本当なんです。そのように変身して人間に見せているのです。

人間はきれい・美しい・豪華なことにあこがれていま

す。それらは、その中に悟りは実現できない世界でもあるのです。みすぼらしい中に悟りが隠されているのです。別天天国はおとぎの国であって、みすぼらしいことなどあり得ません」

暮尾淳氏は小出版社に勤務する一方で、東京・中野に住んで「詩のようなもの」を書きつづけている方である。私は村山政太郎氏とは一面識もないが、暮尾氏のほうはたまたま存じあげている。といっても、この人は奉仕の業などとはおよそ無縁で、暇さえあれば酒場で独りで、あるいは仲間と共に飲んだくれている三文詩人にすぎない。私はいちおう暮尾氏の十数年来の友人で、同人誌の「騒」や「核」に載ったこの人の詩はだいたい目を通している。ついこのあいだ、中野の一力酒場で昼の三時に顔を合わせたら、これらの詩から二十数篇をセレクトして編んだ新詩集のゲラを手渡された。

ゲラを通読して驚いた。暮尾氏のこれまでの詩も、「きれい・美しい・豪華なこと」とは縁もゆかりもなく、人間の「みすぼらしい姿」ばかりに目がゆく態のものであったが、それでもまだ尋常の域にあった。ところが、「先輩や仲間が、すこんすこんと生のベルト路から死の側へ落ちて行く」ような人生の晩年に自分自身が差しかかったという自覚のもとに書き進められた、これらの新作では、作者の人間の「みすぼらしい姿」への固執ぶりには尋常一様ならぬもの、鬼気迫るものが感じられるのである。よれよれぼろぼろの詩風はさらに磨きがかかり、よれよれぼろぼろの表現に関しては、この人の右に出る者は一人としていないだろうと思わせるほどの域に達している。暮尾氏の詩業はここにおいて極まり結実したといえよう。

この詩人は酔いどれ痴愚ではあるが、薄汚れた愚痴を垂れ流して傍に迷惑をかける甘えん坊などではない。詩の語り口は一見ノンシャランだが、じつは言葉は選び抜かれ、表現は圧縮され凝縮されている。興の赴くまま走り書きするようなタイプではない。本人は一度も詩作の過程を口にしたことはないが、かなり長いあいだ想を煮つめているにちがいない。

作中に毎回、「私」が登場するから、ちょっと見では「私小説」ならぬ「私詩」に感じられるかもしれない。だが、

作者は「私」の輪郭を保とうなどとはしていない。「私」が何やら独白すると、必ず妙なものが割りこんできて、モノローグを崩してしまう。統一された像を頭に結ぼうとする読者はいつもいつもはぐらかされっぱなしの態で作品の外に出る。生のずっしりした手ごたえを求める者には軽く感じられるだろうが、詩人の軽みは軽くない。「フール・オン・ザ・ヒル」、丘の上の道化者。分かったような分からないようなフレーズだが、この焦点を微妙にブレさせる手つきは生半可なものではないのである。

　詩人には、それぞれ固有のメロディーがある。中原中也は「ゆあーん　ゆよーん　ゆやゆよん」。暮尾氏といえば、「しあーん／むよーん」。なんなんだ、これは。中也の方は全身がかったるくなるが、こちらはまことに情けない限りであり、つい、フフと笑ってしまう。もう一回、口にしてみたい。「しあーん／むよーん」。

すたすたすた
だったよなあSよ
たんたんたんたん
だったよなあAよ
Hはぺったぺったで
Jはどんどんどんだったろうか。

　右に引いた「雨言葉」の冒頭に出てくるオノマトペは、酒場で一緒に飲んでいた仲間の一人一人がぼろけた階段を降りる際に聞こえてきた足音であると同時に、彼らがこの世から去っていった折に聞こえてきた足音でもある。「すたすたすた」「たんたんたん」「ぺったぺった」「どんどんどん」。こんな音を残したまま、彼らは三文詩人をひとりこの世に置き去りにして、あちらへ行ってしまった。

「無闇に0を重ねてきたのが／おれの人生のようで」とつぶやく詩人は、虚無を表わす0の取りすました形にカッコよさ、違和感を感じて、つい0にいちゃもんをつける。「0さんよ／いつまでもそこに居ておくれ／しかしおまえのその輪郭は／この世のおれには形がよすぎるから／どこかが切れて／だらりの線状になり／風化して／粉末みたいなものになり／ほんとうの0になってはくれ

ないか」と手を合わせて願う。しかし、そうは思いどおりにいかない。「生きている限り／それは無理だぜと／0のどれかが脳天で口を開き」、詩人は「そうかも知れないのでありました」と引き下がらざるをえない。

私が本文の冒頭部に村山政太郎氏の文章を引用したのは、暮尾氏がついにその詩表現において第一人者の域にまで達してしまった「みすぼらしさ」のなかに悟りが隠されていることを指摘しようがためでは必ずしもない。暮尾氏は悟ったわけでも、救世事業に身を挺しているわけでもない。所詮は陋巷に好んで出入りする酔っぱらい三文詩人にすぎない。彼の詩は結局、「酒臭い屁」のようなものでしかないかもしれない。にもかかわらず、神様のみすぼらしい装いとやらを引き合いに出したくなったのは、詩人の愚痴ならぬ痴愚に感じるところがあったからである。六十余年の暮尾氏の人生の総決算が忘れがたい形でここにちゃんと存在しているのに立ち会ったからである。

この詩集の白眉はやはり表題作「雨言葉」だろう。「ビリケン」は上質の短篇小説を思わせる作で、もう十遍近く読み直しているが、読むたびに情景がくっきり浮かび上がってきて喜びをおぼえる。「変な朝」はマイナーな、それこそ屁のような戯詩だが、私には妙に愛着を感じる。これも何回も読んでも飽きない作品である。しかし、本詩集を読んでいちばん嬉しかったのは、「運動会」が巻末に置かれていたことである（これは飯島耕一氏の案に添ったものだそうだ）。

あっ！　子どもよ
転んでもそんなに泣くな。

運動会より
もっと抜き差しならぬ舞台が
死ぬまでつぎつぎとやってくるのだから。

右に引いたのは「運動会」の末尾である。このくだりを読み返すたびに、胸が熱くなって、勇気のようなものがこみ上げてくるのである。

（『雨言葉』栞、二〇〇三年思潮社刊）

〈死蛍に照らしをかける〉相聞唄　原満三寿

『雨言葉』は、「酔い痴れたくなる生の暗渠」（以下注のない引用はすべて詩集より）をのぞき、人間の「生というこの仕掛け」をみてしまった暮尾淳の哀しくて可笑しい詩集だ。

　日常の暮尾は、小出版社のときどき優れた社長なのだが、なんだかんだといっては酒を呑む。呑んで酔っ払って座礁し、ときに難破する老朽船の船長は、「ついにはくしゃみを連発し／どうしていつも／そこまで酔うのかしら」と女が呆れるほど呑む。側溝に倒れたり、「ざらざらのアスファルトに／顔面をもろに打った」りする失敗をやらかしても呑む。そして「染みだらけのおれ」「一人酒の好きなおれ」「そろそろ頭がいかれてきた」「滅びるつもりのおれ」などとつぶやく。どちらかというと愚者系、弱者系の人物であろう。

　詩集に一貫してながれているものは、兄弟分だったカメラマンの岡村昭彦など、多くの男たちの死への哀切なモノローグである。「生というこの仕掛け」の不確かさ寂しさ、それにもてあそばれる人間の風景、女たちへのエレジー、そんな「生の暗渠」の泥底から、おさえられていた記憶や感覚が、酒場の片隅で酔うほどに、おとこをうかがい声をあげるものたちがいることに気づきはじめる。

　酒が死者を呼び起こすのか、死者が酒を煽るのか、「いつしか／なつかしいかれらの声が／雨の言葉で」降ってきて、「今夜は／みんなの雨言葉に耳を澄まし／おれはいつまでもここで震えているよ」ということになる。

　そんな死者たちを語るに、暮尾は、大勢の女たちとのときに道化的な交情を、女たちの生と性を活写しながら艶やかに明滅させる。

　そして、『雨言葉』の絶唱といいたい詩「雨言葉」や「草いろの物陰で」が唄われる。

　すたすたすた
　だったよなあSよ

たんたんたん
だったよなあAよ
Hはぺったぺったで
Jはどんどんどんだったろうか。

その順番でこの世を去って行ったのだが

（「雨言葉」冒頭）

それ以来
なるべくかかわりたくないのだが
夢のなかの草いろの物陰で
ときおり魂のようなものが
シュウシュウ泣いているのだ。

（「草いろの物陰で」最終連）

かねがね暮尾は、姉と弟の自死を凝視してきて、「死」という海底に錘を降ろして死を恐れもし馴染んでもきた。その海泥にいま暮尾は生の全ったき在りようを容れて泥みたがっているのではないか。

詩人にもファンの多い永田耕衣の名句に

死蛍に照らしをかける蛍かな

というのがある。句は、死蛍に生きている蛍が照らしをかけることによって生死の非情さを収斂拡大してみせたものだが、『雨言葉』は、暮尾という生者がさまざまな死者に照らしをかけた相聞唄なのだ。その照らしには、後半生をゆらゆら行く暮尾の生死へのエロスと怯懦がある。それが『雨言葉』の詩魂――。

（「現代詩手帖」二〇〇三年十月号）

なんてたって飲むのである——詩集『地球(jidama)の上で』

長嶋南子

会うときはいつも飲んでいる。私はアルコールが弱いので、一緒にいてもガバガバ食べている。暮尾さんは「酒を飲まない奴なんて」と思いながら、飲まない奴になにを話していいか困った顔でグビグビ飲む。酔ってしまえば何も困ることはない、何を話してもいいのだから気が楽になるらしい。

　暮尾さんはひところ流行ったチョイ悪おやじみたいにふるまっているけれど、人を押しのけない育ちの良さ、シャイで粋なところは男女を問わず人を惹きつける。なにか懐かしい人に会った気がするから不思議だ、手織りの上着やネクタイ、パパスの服をさりげなく着ていたりする。何よりも酔っぱらいの詩を確立した暮尾さんには誰も真似できないのであった。

小学校二年生位だろうか
赤いヘルメットの女の子が
真剣な顔をして眼を凝らし
ハンドルをしっかり握り
こちらに向かって来るのに気づいたが
この幅の間隔なら大丈夫と
判断したのに
自転車は不意に弧を描き
金網に激突
泣き声を立てるその子の
若い父親が走ってきて
一瞬立ち止まっておれを
ちらりと見るので
すみませんと頭を下げてしまったが
自転車練習中などと
もとよりおれは知るわけがなく
自分の意思や善意とはかかわりなく
たまたま存在していたというだけのことが
ひとに害をもたらしてしまう

その生の理不尽に
ひそかにおれはおたんこなすと呟き
だからその日は
山川草木
鳥獣蟲魚に詫びながら
蕎麦屋で安い昼酒を飲んだ。　（「おたんこなす」部分）

「私」が存在しているだけで人に害を及ぼしてしまうという認識、だから生きていてごめんなさいと世界に向かって詫びる。「誰かの幸せを掠めながら／生きているような思いがしてきて／心苦しくもなるのだが」（「夏シャンツェ」部分）、こんなに繊細な神経が打ち震えている人は、酒を飲んで酔わなければやっていられない。しかし人は存在しているだけで害を及ぼすのは当たり前、みんなそうなのだからお互いさまとおばさんは開き直れるので、酒は飲まなくても平気な神経を持っている。シャイなおじさんは開き直るなんて品のないことは、もってのほかである。毎日山川草木鳥獣蟲魚に詫びながら酒を飲む。ま、酒を飲む口実はいくらでもあるけどね。

「酔って部屋に帰り／送られてきた本をぱらぱらめくると／出口のない暗澹たるこの時代を撃つには／棍棒のような思想が必要だとあり／しかしおれにはそんな物騒な／棍棒なんて／もちろん利口棒ももう要らないよ」（「利口棒の唄」部分）、南洋の戦場をさまよって復員した先輩の世話になりながらも反面教師として、暮尾さんは箸にも棒にもかからない役たたずの無用の人になりたかった。そして女の人を利口にする利口棒が、バカ棒になっていく現実をサラッと描いていく手法はさすがで、また飲む口実が出来るのであった。

「あなたの品格が不満足なのよ」と連れ合いにいわれながらも「死んでもこのまま行くんです」と暮尾さんはおのれに誓う。こうなったら病気になっても歯がなくなっても、酔っ払いでいくしかない。「捨て身になって無頼の域に達する」男の美学は体を壊さなければならないので大変なことである。

「利発そうな男の子が／ようやく粗削りが終るころ／おじさんはどうしてこの石を壊してしまうのと聞くので／仕事なんだよとこたえたけれど／なんだか急に恥ずかし

くなり／時の流れのままに風化して行く／自然な石の姿にこそ／仏は現れるのだろうかとしみじみ語り」（「タマサシの旅」部分）、「何万年も引き継いできたいのちですからなどと／心地よい台詞を用意していた自分が／ひどく恥ずかしくなり」（「バイバイをした」部分）。

　石を削って仏をつくるより、自然に風化した石にこそ仏は現れるという視点、またお姉さんの死の床での自然に逆らって延命するという行為、いずれも「文明社会」への葛藤を描いている。葛藤の中で、口はばったいわかったような、甘ったるい言葉しかはけなかったという暮尾さんの自責の念は、読んでいて共感を覚えるのであった。

　暮尾さんの詩は、酔っ払いであることと人間好きであることが縦軸になっている。横軸には無常観、虚無感、脱落感、自虐、諧謔、反逆がある。それらにチョイ悪おやじを味付けして読み手をニヤリとさせながら惹きつけていくのだった。

　地上の天気は
　天下御免
　しかし戦火は絶えることなく
　あすこでもここでも
　迷子たちは泣いていて
　今夜の東京は曇り
　星は見えず
　そろそろのおれの頭は
　いつもの飲み屋が見つからずうろうろ
　そして地球（ぢだま）も
　たぶん迷子札をぶら下げたまま。

（「迷子札」部分）

（「交野が原」75号、二〇一三年九月）

鳥瞰視線から死者たちの像へ

久保隆

詩の他に俳句・エッセイを収めた『ぼつぼつぼちら』（二〇〇五年十月）以来の詩集ということになるが、その間、句集『宿借り』（二〇一二年五月）を刊行しているから、幾らか空白感は埋められている。ただし、わたしは、本詩集『地球（jidama）の上で』に収められている大半の詩篇は、初出誌（「騒」や「小樽詩話会」）で読んでいる。当然のことかもしれないが、いまこうして、ひとつに纏められてみると、初見時と印象が、かなり違って感じられることに驚く。

例えば、「愚かなるアバンチュール」に、「ほろ酔いの彼女を／そこだけ暗い地下鉄駅の入口まで送り／さようならと後ろを向いたジーパンの／お尻を思わず撫でてしまったのだが／彼女は振り向きもせず階段を降りて行き」という箇所があり、思わず暮尾淳らしい表現の仕方に惹かれてしまったことを覚えている。だが、最終連は、「そんな愚かなアバンチュールも／豚インフルエンザもテロも／素知らぬ顔して乗せて／いまも回っている地球に／飲み残し本醸造の／しぼりたて「ダダ」で乾杯」（〝ダダ〟という銘柄の酒が、限定発売で、本当にあったのだ）となっていて、鳥瞰視線とでもいう他はない、独特の角度を射し入れていることに気づかざるをえない。この鳥瞰視線から見えるものは、地球（詩集名の地球に〝jidama〟と付したのは、鮮烈だ）の上に住まう人々であり、自分を取り囲む人たちや出来事であり、ついには、自分自身である。ではなぜ、暮尾は鳥瞰視線から、自分を見ようとするのだろうか。一見すると自己を相対化するといったことを想起しがちになるが、そうではない。鳥瞰視線によって見えるもう一つの像というものがあるのだ。それは、生者とともにあるはずの死者たちの像である。「日常性を撃つなどという詩的野心は、もうわたしにはない」（「あとがき」）と暮尾はいう。確かに、そうかもしれない。しかし、日常性というものは、撃つべきものではない、イノセントに受け入れるものなのだと、わたしなら、いいたい気がする。そのことを一番知

っているのは、他ならない詩人・暮尾淳なのに、敢えて「詩的野心は、もう」ないというところが、暮尾の立ち位置なのだ。

「マレンコフが死んだと／居酒屋で聞いたが／スターリン時代の／ソビエトの首相ではなく／カラオケの世になっても／新宿の古いバーを回っていた／それが通称の／流しのギター弾きで」「飲んで話をしてみれば／家族に自殺者のいる人間なんて／ごろごろしていて／要するにおれは／単なる酒好きで」「マレンコフと同じ肝臓病みだけれど／それでもさいきんは／深酒には気をつけているんだぜ。」（「マレンコフ」）

ソ連の最高指導者にありながら、フルシチョフに追放され、その後、不遇の晩年を過ごし、八十六歳で死んだマレンコフに似ているとして、その名をつけられた流しのギター弾きの死は、暮尾淳にとって、日常のなかのひとつの死であるが、それは同時に、何十年も前の身近な人のもうひとつの死と、さらにもうひとつの死を喚起させるものであったはずだと、わたしには思われる。

「自分の意思や善意とはかかわりなく／ただたまたま存在していたというだけのことが／ひとに害をもたらしてしまう／その生の理不尽に／ひそかにおれはおたんこなすと呟き／（略）／蕎麦屋で安い昼酒を飲んだ。」（「おたんこなす」）

「酔って部屋に帰り／送られてきた本をぱらぱらめくると／出口のない暗澹たるこの時代を撃つには／棍棒のような思想が必要だとあり／しかしおれにはそんな物騒な／棍棒なんて／もちろん利口棒ももう要らないよ。」（「利口棒の唄」）

「単なる酒好き」で、「蕎麦屋で安い昼酒を飲ん」で、「酔って部屋に帰り」、地球(jidama)の上のことを想う、そんな暮尾淳の詩世界を、これまでわたしは、同じように酔い続けてきたように思う。「生の理不尽」さに気づくことは、死者を想うことから由来する。わたしたちは、時として、死（者）のことを忘れ、生（者）へと執着し、出口の見えない暗澹たる世界を彷徨することになる。あるいは、こうともいえる。棍棒のような思想が瀰漫しているから、死（者）を貶めて、生（者）を優先させる。それは、地球(jidama)ではなく、地球(chikyu)からの視線（水平的な視線といいかえ

てもいい）だからだ。もちろん、わたしは、そんなことを、暮尾淳がこの詩集で表出しているなどと、訳知り顔で解説したいのではない。少なくとも、無意識のなかで、「棍棒のような思想」を希求してみたり、「ただたまたま存在していたというだけのことが／ひとに害をもたらしてしまう」ことを忘失してしまう自分がいることを、暮尾淳の詩世界によって気づかされたということだ。

　まだまだ、酩酊が足りないのだ。しかし、「深酒には気をつけているんだぜ」という言葉を、かみしめながらも、結局、わたしは、これからも暮尾淳の詩世界に酔い続けていくほかはなさそうだ。

（「図書新聞」二〇一三年四月三日号）

暮尾淳小論

八木幹夫

行旅変死人の顔をした月に見守られて

＊

電話が入った。現代詩文庫シリーズの選詩集にちょっと文章を書いてもらえないかという。喜んでと引き受けたのだが、文庫用のゲラが送られてきた二〇一五年十月の初め、私は、実にみっともない状態になっていた。前月の十二日深夜。自転車から転倒して、肘、膝を擦り剝き、おでこは打つは、肋骨にヒビは入るは、ノウシントウを起こし、意識は失うは。さてはて救急車。どこかのヨッパライ同然、翌朝病院のベッドにいる自分を発見。見るも情けないありさま。微醺を帯びて自転車などに乗ったせいだ。これを聞いた暮尾さん、クスッと笑ったような気がした。ボクに似た男が電話の向こうにもいるわいと思ったのだろうか。

　暮尾さんに初めて会ったのは、今から十一年前、飯島

耕一詩集『アメリカ』（二〇〇四年思潮社）が出た年のこと。かつての西脇順三郎行きつけの渋谷道玄坂の「駒形どぜう」に六名の男たちばかりが集まった。当日、飯島耕一、新倉俊一両氏以外にどんな人がそこに現れるのか知らないままに参加した。『アメリカ』の出版祝を内輪でやろうということだった。恩師新倉氏と先に来て待っていた。飯島氏と連れだって見知らぬ男が入ってきた。その後、加藤郁乎、飯田善國氏が現れた。簡単なメンバーの紹介が終わると、飯島氏は上機嫌で語り始めた。新倉氏は相槌をうち、その横に私が座った。当時みすず書房から出た評論集『萩原朔太郎』二巻（飯島著）の書評を「現代詩手帖」に書いたところいたく気に入ってくださり、新倉氏を通じて招かれた次第。この日の飯島氏は舌鋒鋭く、実に快活に喋った。何度目かの鬱から抜け出たばかりの時期だった。一方、端の方で静かに飲んでいる人物が気になった。トイレに立ったのを潮に初対面の男の前に移動した。「あんまりエライ人のそばにいると窮屈でね」「そうね、こっちで静かにやりましょ」。この男が暮尾淳だった。飯島氏とは古い付き合いのようで、その縁は金子光晴まで遡る。喋り方に衒いがない。実寸大でものをいう。自慢げなところが一切ない。目の前の食べ物には頓着しない。静かに実にうまそうに呑む。笑うと顔がくしゃくしゃになる。私は吸い込まれるように好意を持った。素敵なヨッパライだ。

　その後、何度か別の場所でも飲む機会があったが、じっくり話し合うということもなかった。周りを和やかにする力を持っていた。「騒」という雑誌が送られてくるようになり、「詩」を読むとそこには順風満帆の滑らかな処世とは反対の、あちこち体当たりでぶつかり、転げ、反吐し、のた打ち回った後の、奇妙な気品を湛えた「詩」がそこには流れていた。初期詩篇に「港にて」という見事な詩がある。港湾の風景を描写しているのだが、その何気ない光景がどことなくそれまでの暮尾さんのくぐった時間の残滓が海面の油のように浮かんでいる。その後の暮尾さんの未来をも暗示する。

　　エンジンをかけっぱなしの消防艇。
　　ガソリン臭いぼくらの文明。

この静けさのうちにも
収益をあげていく港。
わずかな風に吹かれるぼくの
いがらっぽいニヒル。
水平線から
行旅変死人の顔をして
月がのぼる。
（『めし屋のみ屋のある風景』所収「港にて」最終連部分。
一九七八年青娥書房）

「詩」が流れていると言ったが、暮尾淳という存在そのものはよろよろと倒れそうで倒れない、右に左に傾くが立ちどまりもしなければ、滞ることもない。ひたすら流れていく。自分という存在の生き死にについてはどうにもならないものだと心底知り抜いている。

　詩集『地球（jidama）の上で』について以前書いた二つの文章を再掲する。

＊＊その哀愁と愛と酒と

　装幀表紙の上部に真赤な文字。文字ではなく単なる「引っ掻き」の傷跡かもしれない。真っ黒な地平線か水平線。右手に島影か。画面中央には空が描かれているのだろうか。いや、これも空ではなく壁かもしれない。その空白の空間に文字とおぼしき縦の線、斜め線、カタカナのように見えるものが表紙と内表紙に横文字のように並ぶ。しかし、それもアルファベットやギリシャ文字でもアラビア文字でもない。まだ文字を知らない子供が大人の書くものを擬して書いたのか。文意があるとしても意味は不明のままだ。解読不能のヒエログリフ。しかし、そこには確かに遠い人間の知恵の痕跡が残る。酩酊した誰かが閃いて空（紙切れ）に書き付けた解読不能の詩？　黒を背景と見れば、破かれた絵画の紙片ともなる。これは読者の無意識へ向けてのロールシャッハテストか。装幀者の司修が暮尾淳の諸詩篇に向けた愛情深い謎の伝言か。

　詩集タイトルも読み方が変わっている。「jidama（ち

だま）のうえで」。作品「迷子札」にはこんなふうに書かれている。

迷子たちは泣いていて
今夜の東京は曇り
星は見えず
そろそろのおれの頭は
いつもの飲み屋が見つからずうろうろ
そして地球（ぢだま）も
たぶん迷子札をぶらさげたまま。

　とある。迷子札をぶらさげた地球とはいかにも滑稽。迷子のような自らと戦火の絶えない地球のカリカチュア。ここに暮尾の自己と世界との飄々とした相対化の目がある。暮尾淳はカミソリのように鋭い感性を持つ詩人だが、会うといつも柔和な笑顔を絶やさない。無念無想で身構えがない。詩篇の題の付け方からして暮尾的なのだ。「拍手パチパチ」「おたんこなす」「利口棒の唄」「コンドームの行方」「タマサシの旅」「飲むばかり」「またいつか」等。ランダムにとりあげても、詩人暮尾の姿が浮き上がる。書き出しはどの作品も実に面白い。自分のことを語っているのかと思うと騙される。語りの展開の向こうに待っているものを見極めるまでは、出来事の主体はどこにあるかが解らない。こうした間接話法的な手法を生得のように身に着けてしまった。目前の人と正対し、真正面から語りだすには照れ臭く、斜に構えているというのとも違い、脇道に逸れながら、いつの間にか語るべき対象を包囲し、その人や町や風情を取り込んで、時代の空気の匂いと色までも一挙に表現する文体の面白さ。ともに酒を飲んで酩酊するがごとし。シリアスな現実をくぐってきた者にしか持ち得ない目。腰が据わっていて対象を見る目がぶれないのだ。

白い太ももを逆立て
宙へと吹き上げ
足首あたりで
引力に逆らい切れず
飛沫を散らしながら

人工池の水面に崩れ落ちて行く
（「黄昏のベンチで」傍点筆者）

この最初の五行は「人口池の水面」が現れるまでは「白い太もも」が何であるか解らない。想像力の快楽としては、はだかの女がさかさまに倒立した形で、一気に空中に躍り上がる錯覚を楽しんだ後に、噴水を見る男の構図へ戻る。男はいうのだ。

あの噴水のように
厭きることなく力をふりしぼり
限界を曝し続けたことなどなしの
いつもどこかでどうでもいいのさと
うそぶいて生きてきた
おれの人生にも
別れはあり。
（同掲詩）

これが第一連。第二連は詩友の告別式に出かけ、誦経を聞きつつ遺影を見上げていると、受付係から先ほど頂いた香典は中身が一枚多いと言われ、なんだか得した気分に。その一万円札が機縁で、十年以上も前の、故人と飲んだ公園近くのうなぎ屋が想起され、次の言葉が続く。

その店に行ったら
一万円札の登場は
一九五八年十二月一日だから
おれは十九歳で
新品のその一枚が
おでこに張り付いた風の夜の夢のことや
まだ童貞だったことも
今日は話してみようかと
公園のベンチで待っているのだが
（同掲詩）

ここでも、「その店に行ったら〜今日は話してみようかと」という主語述語関係を読み落しかねない。複数のエピソードが挟み込まれる。なるほど、こうして初めて第一連の雨の公園で「白い太もも」を見ながら「女」を待っている「男」との話題が繋がる。計算をしない計算

なのだ。

雨は激しくなり薄暗くなってきて
噴水も太もものようにはみえなくなり
だがケータイを持たない彼女は
なかなか現れず
それならそれでおれは一人で店を探し
白焼きで黙して飲むだけさ。

（同掲詩）

起承転結にあらず、起承転々々。息の長い文体で、というよりは生き方の自在さが記憶を自由に呼び込む文体なのだ。詩友を見送った翌日に女と待ち合わせて一杯飲もうという日常的瑣事に過ぎないが、そこに表現された時間の重層性は捨てがたい味わいがある。（句点の細心な使い方にも留意。）

この詩集で読み取る限り、暮尾は数回、死の淵をさ迷い帰還したことがあるらしい（「夏シャンツェ」）。それをこともなげに描き切る表現にも、達意が感じられる。しかも、姉や弟の自死という現実にも出くわしていて、それがほとんど昨日のことのように想起される（「マレンコフ」）。これも暮尾淳という詩人の感性を長く痛め続けてきた現実であろう。だからこそ酒はしずかに五臓六腑にしみわたる。次の「コアジサシ」のような作品は一朝一夕に書けるものではない。夕景の、河口を臨む土手の斜面での初老の男女の寡黙な会話。その立居振舞は、若い男女にはない哀愁と愛がほんのりと見える。

その夜すぐに女は電話を掛けてきて
あの鳥はコアジサシの雄で
高みで待っている雌に
小魚を持って行って求愛するのよと
調べたばかりを教えてくれたので
けなげなショーを二人で見たのだねと
おれは礼を言ったつもりだが
それ以上の軽口をたたくのは止めにした。

（「コアジサシ」最終連）

この地球（ぢだま）の上で、暮尾淳は先を急ぐ人にはそっと道を

開けてあげ、謎の言葉を呟き、また盃を傾ける。暮尾さん、あの表紙の血の跡のような文字？　あれは一体なんなのでしょう。地球の上で人間が生きていた証なのかしら。

（「鬣」47号）

＊＊＊捨て身の抒情詩――暮尾淳『地球(jidama)の上で』を推す

――（前半省略）一方、暮尾氏の姿は、この地球の上で、消え去ることもできず、さりとて人に浮わついたお世辞もいえず、蓬髪寒山・拾得のごとき風貌、言動。無手勝流悪あがき、よく云えば、無念無想、赤提灯の居酒屋でおだあげる、最後の無頼派のごとき姿が詩篇の至るところから匂い（臭い）立つ。とはいえ、その作品は「私」を語っているようで「私性」からは幾分離れた宙空にその怜悧な目はあり、自らと他者を截ち切りそうで截ち切らず、一種独特の散文体をつくり出す。一篇の詩で自叙伝的な小説ができると評した委員もいるが、実はこの散文性こそが、暮尾氏の人生をかけた捨て身の詩そのものといえる。読み込むほどに、その語りの重層性には含蓄があり、主体の転位していくさまは、氏が獲得した詩的散文体ともいうべきものである。かつて多くの思想的詩人たちが転向に転向をかさねて体制の側に紛れてしまったが、氏はそのようには生きられない。小賢しく高みから俯瞰するのではなく、火中の栗を拾うが如きこの酔漢の目は時代に流され揺れる庶民の悲哀を凝視する。

川の流れが見たくなり
雨上がりの朝に
堤防につづく小道を歩くと
水たまりが出来ていて
高いポプラの木や
青い空が映っている
その逆さの風景を
覗き込む自分の姿は
巨人国の
子供のようで
いまこのときも
やはり誰かが
世界のどこかで

こんな水たまりをじっと見ている
地球は回っている
白い雲が浮かんでいる。

そんな思い出に
古里の
その小道も舗装され
水たまりは消えて
戦乱は地上に尽きることなく
などと加えてみても
おれは年を取ったということだけのことで。

いまではおれの膵臓の先っぽに
小さな水たまりが出来ていて
そこには海月のようなものが
一匹泳いでいて
お医者さんは癌らしいと言うのだが
もうそんなことは
どうでもいいでしょ

お休みなさいねんねしな
海へと流れる川の音が
子守歌を唄う。

（「水たまりの唄」全行）

作品「水たまりの唄」はさりげない絶唱である。各委員の様々な意見交換の後、本年度第二十回丸山薫賞を記念するに相応しい作品として暮尾淳氏の『地球(jidama)の上で』が委員全員の推薦で決定しました。氏は長く金子光晴、伊藤信吉両氏に私淑され、晩年の伊藤氏への献身的な姿はとても印象的で、今回の受賞は故人、伊藤信吉さんも目を細めて喜んでおられるでしょうと委員の一人から声があったことも書き添えておきたい。

（二〇一三年度丸山薫賞推薦の言葉）

＊＊＊＊

暮尾淳という詩人のペンネームを何度か繰り返し反復していると、突然、昔読んだトーマス・マンの「トニオ・クレーゲル　ヴェニスに死す」（高橋義孝訳）という小説の少年の名前が思い浮かんだ。少年は暗く、運動も

できず、空想と憧れだけを胸に悶々と少年時代を過ごしたのだが、「クレオ」少年もまた北海道の地で未来への夢をふくらまし続けた少年の一人であったにちがいない。彼の感性にはなんともいえない凜乎としたものがある。詩の素材が陋巷の薄汚れた塵芥であっても、それらを掬いとる感性には限りなくやさしい眼差しと気品があるのだ。冒頭で引用した「行旅変死人の顔をした月」に見守られて暮尾淳はここまで生きて来た。そしてこれからも茫洋とした明日にむかって彼は流れていく。最後に私の大好きな彼の一句をあげてこの駄文を閉じたい。

骨酒やおんなはなまもの老女（おうな）言う　　淳

（2015.11）

現代詩文庫 227 暮尾淳詩集

発行日 ・ 二〇一六年七月二十五日

著 者 ・ 暮尾淳

発行者 ・ 小田啓之

発行所 ・ 株式会社思潮社

〒162-0842 東京都新宿区市谷砂土原町三―十五
電話〇三（三二六七）八一五三（営業）八一四一（編集）八一四二（FAX）

印刷所 ・ 創栄図書印刷株式会社

製本所 ・ 創栄図書印刷株式会社

用 紙 ・ 王子エフテックス株式会社

ISBN978-4-7837-1005-9 C0392

現代詩文庫　新刊

201 蜂飼耳詩集
202 岸田将幸詩集
203 中尾太一詩集
204 日和聡子詩集
205 田原詩集
206 三角みづ紀詩集
207 尾花仙朔詩集
208 田中佐知詩集
209 続続・高橋睦郎詩集
210 続続・新川和江詩集
211 続・岩田宏詩集
212 江代充詩集
213 貞久秀紀詩集
214 中上哲夫詩集

---

215 三井葉子詩集
216 平岡敏夫詩集
217 森崎和江詩集
218 境節詩集
219 田中郁子詩集
220 鈴木ユリイカ詩集
221 國峰照子詩集
222 小笠原鳥類詩集
223 水田宗子詩集
224 続・高良留美子詩集
225 有馬敲詩集
226 國井克彦詩集
227 暮尾淳詩集
228 山口眞理子詩集

現代詩文庫 第I期

1. 田村隆一
2. 谷川雁
3. 岩田宏
4. 山本太郎
5. 清岡卓行
6. 黒田三郎
7. 黒田喜夫
8. 吉本隆明
9. 鮎川信夫
10. 飯島耕一
11. 天沢退二郎
12. 吉野弘
13. 長田弘
14. 吉岡実
15. 富岡多恵子
16. 那珂太郎
17. 安西均
18. 長谷川龍生
19. 高橋睦郎
20. 茨木のり子
21. 安水稔和
22. 鈴木志郎康
23. 生野幸吉
24. 大岡信
25. 関根弘
26. 石原吉郎
27. 谷川俊太郎
28. 白石かずこ
29. 堀川正美
30. 岡田隆彦
31. 入沢康夫
32. 片桐ユズル
33. 川崎洋
34. 金井直
35. 渡辺武信
36. 安東次男
37. 三好豊一郎
38. 中桐雅夫
39. 中江俊夫
40. 高野喜久雄
41. 吉増剛造
42. 渋沢孝輔
43. 高良留美子
44. 三木卓
45. 加藤郁乎
46. 石垣りん
47. 木原孝一
48. 北川透
49. 菅原克己
50. 多田智満子
51. 鷲巣繁男
52. 寺山修司
53. 木島始
54. 清水昶
55. 金井美恵子
56. 吉原幸子
57. 藤富保男
58. 岩成達也
59. 井上光晴
60. 会田綱雄
61. 北村太郎
62. 窪田般彌
63. 辻井喬
64. 新川和江
65. 吉行理恵
66. 中井英夫
67. 粕谷栄市
68. 清水哲男
69. 山本道子
70. 宗左近
71. 中村稔
72. 粒来哲蔵
73. 諏訪優
74. 続飯島耕一
75. 荒川洋治
76. 佐々木幹郎
77. 正津勉
78. 辻征夫
79. 安藤元雄
80. 藤井貞和
81. 大野新
82. 犬塚堯
83. 小長谷清実
84. 江森國友
85. 天野忠
86. 嶋岡晨
87. 阿部岩夫
88. 関口篤
89. 衣更着信
90. ねじめ正一
91. 菅谷規矩雄
92. 井坂洋子
93. 片岡文雄
94. 伊藤比呂美
95. 新藤凉子
96. 青木はるみ
97. 中村真一郎
98. 嵯峨信之
99. 稲川方人
100. 平出隆
101. 松浦寿輝
102. 朝吹亮二
103. 続荒川洋治
104. 続藤井貞和
105. 続寺山修司
106. 吉田文憲
107. 瀬尾育生
108. 続谷川俊太郎
109. 続続谷川俊太郎
110. 続田村隆一
111. 続続田村隆一
112. 続天沢退二郎
113. 続続天沢退二郎
114. 新井豊美
115. 続吉増剛造
116. 続続吉増剛造
117. 続鮎川信夫
118. 続北村太郎
119. 続吉野弘
120. 続石原吉郎
121. 続鈴木志郎康
122. 川田絢音
123. 続続吉野弘
124. 続北川透
125. 続白石かずこ
126. 続清岡卓行
127. 続宗左近
128. 牟礼慶子
129. 続吉岡実
130. 続辻井喬
131. 続大岡信
132. 続新川和江
133. 続川崎洋
134. 続清水昶
135. 続高橋睦郎
136. 続長谷川龍生
137. 続中村稔
138. 八木忠栄
139. 続佐々木幹郎
140. 城戸朱理
141. 野村喜和夫
142. 平林敏彦
143. 続渋沢孝輔
144. 続那珂太郎
145. 財部鳥子
146. 続長田弘
147. 吉田加南子
148. 続清水哲男
149. 辻仁成
150. 木坂涼
151. 田中清光
152. 阿部弘一
153. 続続大岡信
154. 続続鮎川信夫
155. 続辻征夫
156. 福間健二
157. 守中高明
158. 平田俊子
159. 村上昭夫
160. 広部英一
161. 白石公子
162. 鈴木漠
163. 高橋順子
164. 池井昌樹
165. 続続清岡卓行
166. 倉橋健一
167. 高貝弘也
168. 御庄博実
169. 続吉原幸子
170. 井川博年
171. 加島祥造
172. 続続吉原幸子
173. 続粕谷栄市
174. 小池昌代
175. 征矢泰子
176. 八木幹夫
177. 続入沢康夫
178. 岩佐なを
179. 四元康祐
180. 山本哲也
181. 続続辻征夫
182. 友部正人
183. 河津聖恵
184. 星野徹
185. 山崎るり子
186. 続渡辺武信
187. 最匠展子
188. 続安藤元雄
189. 続井坂洋子
190. 高岡修
191. 続伊藤比呂美
192. 川上明日夫
193. 秋山基夫
194. 日高てる
195. 松尾真由美
196. 川口晴美
197. 中本道代
198. 倉田比羽子
199. 中森美方
200. 岡井隆

9784783710059

1920392013008

ISBN978-4-7837-1005-9
C0392 ¥1300E

定価 本体1300円+税

司修

くれおじゅんは、よいどれのしをかきつづけてきた。かれはよわよわしくあぶなげなさけをのむ。ときにはさかばのいすからおちてのびてしまう。しはいつもさかばにいてこいびとがそばにいる。こいびとはいるのであっていたのではない。しをいしきしているのに、しをおもわせずしをかいている。しょうねんのころのあねのじさつが、くれおじゅんのせなかにはりついている。かれはよって、はむれっとのようにきちがいにへんしんしている。そうやってしのほんしつにせまろうとしている。《その後じきに姉は十八歳で／弟はベトナム戦争終結の年に／自死してしまい／弟のそれは／なけなしの金をはたいて泊めた／ビジネスホテルの四階の／そこから飛び降りたという》（詩集『地球（jidama）の上で』より）

暮尾淳 くれお・じゅん

1939年北海道札幌市生まれ。札幌南高校を経て早稲田大学文学部心理学卒。20歳のときに秋山清を訪ね、伊藤信吉、金子光晴を知り、以後この3人に親炙。金子の「あいなめ」、秋山の「コスモス」、河邨文一郎の「核」同人を経て、90年「騒」創刊編集人（2014年100号で終刊）。現在「Zéro」「鬣」同人、小樽詩話会にも参加している。詩集に『めし屋のみ屋のある風景』（78年）、『ほねくだきうた』（88年）、『紅茶キノコによせる恋唄』（94年）、『雨言葉』（2003年）、『ぼつぼつぼちら』（05年）、『地球（jidama）の上で』（13年、第20回丸山薫賞）など。他に岡村春彦との共編著『岡村昭彦集』全6巻（87年）、句集『宿借り』（12年）などがある。